捡起时光的红叶

高远 著

作家出版社

目录

第三辑｜瞬　间——摄影作品

读高远的书

高远比我大整整十个月——这还是这次他让我给他的大作写"序"时才发现的。但我从来没有这种感觉。我一直把他当作可以与我画等号的同龄人。

说聪明，我们俩都不傻，在工作岗位上都能够独当一面，很好地完成各自的任务。甚至都不缺少别具一格的创造精神。

说幼稚，我们俩都到了耄耋之年，都也至今保留着某种童心，有时甚至对人、对社会的观察，仍然带着儿童式的"纯真"与朦胧。世界在我们的眼里，至今仍是那个五光十色的万花筒……就像他这本书的书名，《捡起时光的红叶》——多么充满童趣呀！虽然也完全符合耄耋老人的心理。

说起来，我们俩还真的有不少相似的地方。当年，我们俩同在中国戏曲研究院工作时，曾有个共同的绰号："托"。他被叫作"高托"；我被叫做"苏托"。这个"托"不是"拖拉"的"托"，而是"托拉斯"的"托"。因为我们在"文革"初期，曾被当时的"革委会"安排负责整理单位里每天贴出的大字报。那时的大字报还不是贴在墙上，而是挂在礼堂里横着拉起来的一排排绳子上。我们俩负责每天傍晚要把挂出来的大字报收起来，整理好，叠放整齐，空出绳子，让给新的大字报。于是我们俩就被戏称为"报业托拉斯"——高"托拉斯"、苏"托拉斯"……这个差事很对我们的胃口，干这件事反映了我们俩在思维方式上的一个类似的特点：都像是走进文科大厦的"理科男"——办起事来，比较喜欢"丁是丁，卯是卯"，方方正正，规规矩矩。

但很快，我们的规矩方圆就都被打破了：大字报已经被刷到墙上，"革委会"已经被扫进历史的垃圾堆。

此后，我们都下了干校（文化部怀来——宝坻——静海"五七干校"）。再后，我们两家成了邻居（西堂子胡同1号）。

再后，我们俩各自从"五七干校"走进了不同的工作岗位。他到了人民文学杂志社；我当了几年老师，然后走进与他在同一栋楼的中国戏剧出版社（就是当年中国戏曲研究院的那栋楼——北京东四八条52号）。

这真的像是历史同我们开的一个玩笑：从同一栋楼出发，"斗批散"十年之后居然回到了同一栋楼里。我们之间有缘。所以他非要我给他的书写序。

为了写这篇序，我把书稿反复读了两遍。这才发现：我还真的并不能与他"画等号"。本来，我觉得他像我一样，很平凡。但读了这本书以后，我发现他颇不凡。他真有他独特的目光和思维，我岂能与他"画等号"呢？

他那广泛的"兴趣"，他对人对事那深入地了解和剖析，他那三维乃至四维的角度去观察和解释世界的能力，他那样的想象力，在山川中听到音乐，在大地上看到古今，我佩服。

他关注各种人。从幼儿园小朋友，到古稀耄耋的老头老太太；从工人、农民到艺术家、学者、政府官员；从土生土长的中国人、走出国门的中国人，到漂洋过海来到中国的外国人……而且凡是他关注的人和事，他都会找到其中最独特的地方，深深地挖到根上。

我们看到一位退休的护士，被他写得活灵活现，深入"灵魂"。让我们从中看到这位老人为什么能够得到"南丁格尔奖"（《第三种生存状态》)。

许多著名演员和导演，被他记述之后，能看到每一位的独特成长经历和独特的个性——从生活到艺术，为什么他（她）会是他（她）而不是别人（《一步一个脚印的导演——水华》）。

50 年代，谢添接受了为苏联喜剧片《我们好像见过面》华语配音，片中一人配 24 个角色，观众被他不同音调、音型、音色所征服迷痴，显示他平日摸索模仿方言积下的硬功夫。

他的人物介绍，常有"特殊"的角度和对象：从幼儿园的小宝宝映射出社会科学的大学者的心灵与思想（《于光远与家里蹲大学迷你教授》）。

从其独特的自身经历刻画了一位特立独行的副市长（《一个"怪人"的崛起——记副市长王宏烈》）、从一座大理石雕像引出来一位令人敬仰的人物（《汉斯，一个不该陌生的名字》）、从中规中矩的采访国家领导人而给我们的当代企业家指出一条光明大道（《企业家，投身到科教兴国的伟大事业中》）……

我们往往能从他展示给我们的一些独特的"犄角旮旯"，看到关系着我们国家的过去与未来的宏伟画卷；在"道听途说"的片段中看到文明与愚昧的历史性搏斗（《国道·魂桥》）；在莽莽戈壁上，让我们看到祖国的伟大现实和一步一个脚印的建设华章（《一个黄褐色的迷》《"绿色通道"——铺向世界屋脊》《瀚海遗珠》）……

我们在他的笔下看到，牙雕和微雕艺术都登上了大雅之堂；书法和诗句都成为唱歌的对象；旅游者的"轨迹"可以成为祖国这片"大海棠叶"充满活性的叶脉，"黄褐色"的青藏高原能够奏响一代又一代雄浑的建设乐章……他抒写的人都是有血有肉、充满爱心的活人（《面对心的呼唤》《托起爱的方舟》《悠悠故土情》）。他所描绘的爱情能让人心灵颤抖（《深深的海洋》）。

他走过的地方，会在他的笔下成为犹如亲历的宝贵感受。无论是在国内还是国外。我是个旅游爱好者，但对于许多我曾到过的地方，却没有他那样丰富多彩的感受和理解，乃至想象。《托起爱的方舟——游泰姬陵》《在印度三次乘火车的经历》《瀚海遗珠》《灯河》《呵，井冈山》《塞上奇观》《京西有个爨底下》《四月江北行》《虎跳峡——我心中的大峡谷》《做客草原》……

书里还有许多篇章，记录了他自己的生活与经历，交往与情感。那更是他独有的珍贵记忆。读来，能够看到一位跨越了上个世纪40年代到当前——21世纪20年代的老人独特的经历和思想、情感。这是应该留在中华民族历史长河里面的一滴晶莹透明的水珠。谁说不宝贵呢？

但，最终我还是印证了我给他概括的一个特点："走进文艺殿堂的理科男"，写起文章来丁是丁卯是卯，规规矩矩，认真负责。有的文章可以看到他对采访对象"死缠烂打""刨根问底"的痕迹，有的文章可以看到他反复修改的痕迹……

天马行空的想象与脚踏实地的准确。这是这本《捡起时光的红叶》中每片叶子闪耀着的色彩。

这篇《序》交稿了，我准备开始第三遍读这本书……

苏明慈

志存高远慰生平

——为高远先生大作序

高远先生是我的老同事、老朋友、好兄长。因此，当他"快递"来一卷书稿嘱为之作序时，不敢推辞，也不能推辞。

的确，如他书中所说，"1993年一次作协干部学习班，中华文学基金会的李林栋和我同一宿舍，他正在为新创办刊物《环球企业家》招兵买马，动员我。就这么偶然我就去了。继续干编辑工作，封了个副主编"——从此，我们俩日常工作、生活在同一办公室，大约共度了十多年的办刊时光。或者也可以说，我俩为新兴的"中国企业家"走向"环球"共同奋斗过。当时的艰辛与欢乐，当然全铸就在这一篇"章"，自当义不容辞。

回想起来，高远先生首先是一个志存高远的人，名副其实。细读这卷书稿，我更认准了这一点。他打小为文，一生热爱编辑和写作，并且极其相称。早在沈阳上小学和中学时，他便积极向报刊、电台投稿，并且先后有"作品"发表于天津《新儿童》（半月刊）、沈阳人民广播电台"儿童时间"栏目、中央人民广播电台征文等处。其后，如愿考入北京中央戏剧学院戏文系，毕业后又如愿进入刚复刊的《人民文学》。从此，开始了他作为职业编辑"为他人做嫁衣"的一生。在供职《人民文学》期间，他不但光荣入党，而且其责编的多篇报告文学获奖。他本人也因之荣获"优秀责编奖"。在供职《环球企业家》期间，他始终兢兢业业，尽职尽守，也受到了大家一致的好评。

高远先生不仅是个优秀的编辑，而且是个在编辑之余努力写作的作家。除其早年即有了很多"少作"见诸各种报刊外，后来其写作报告文学、人物专访、各种散文，甚至翻译作品持续不断，虽未为大抗，却也能为时代播撒出一长串文学明珠。如采访作家萧乾、文洁若夫妇，电影导演水华及演员于兰、谢添等，采访时任国家科委主任宋健等的人物小品或大块文章都明见功力。其写作的报告文学《瀚海遗珠》及散文《游泰姬陵》《灯河》《呵，井冈山》《家·迁·变》《四月江北行》《鲜花伴你远行》等等，也都给人留下文丰意挚、独其所能的美好印象。

高远先生不仅为编，为文，华才独具。在家庭中，他也是一个好夫君，好父亲，这一点在编辑部所有人的心目中，看法都是一致的，而且常常为大家所称道。记得他夫人后来身体欠佳，行动不便，他精心照料多年，从无怨言。甚至其夫人过世后，他还能常年服侍老岳父，并坚持其幸福老年，直至送终，这其实非常难能可贵，并非人皆能为的。他对自己的女儿也是珍爱有加，培育有方，终至女儿能毕业于北大名校，并曾赴美留学，如今已是专业有成的一位成才之人，孰令闻之者艳羡。

最后，祝贺老朋友高远先生这卷心血之作顺利出版，并祝愿其花开市场，香飘久远。

李林栋

2022 年非常年末

写在《捡起时光的红叶》出版之际

　　文学老前辈巴金曾说过，我们的文学编辑不是不能写、不会写，而是把时间和精力放到工作上。而他们所写出的好作品，也受到读者的欢迎。高远同志在《人民文学》《环球企业家》工作几十年，现将他自己写的作品挑选集结，奉献给读者，可喜可贺。

周　明

第一辑 | 自　述

我原名叫高振运，现名高远。为什么要改名呢？是这样的——我爸爸给我起名时，是繁体字时代，运字写法是在"之针"上载着軍字，后流行用简化字，就变成"之针"上驮着云字，与简化字的远字，非常接近，不经意间，一些人就叫我高振远。久之，我干脆将讹就讹，还把振字也省掉，就叫高远，意义也更积极。没有料到，事情总有两面性。后来发现叫高远的人，男女老幼都有，同名不少。这是在60年代那动乱岁月干的蠢事，可也不好再改了。

亲爱的朋友，我就是这样一个平平常常的人，也犯这种平平常常的错误。我虽不是魔术师，但也能变幻出一座多彩的虚拟隧道。我来当导游，带你看下去。

这虚拟隧道分连续三段：第一段"自述"是以作者经历流（一些偶然和必然）为素材，锻造出时间板块（从红领巾到文学编辑，最后成耄耋老人）修筑起来；接下来第二段"笔下"，是用笔尖流淌出的人和事为素材，锻造出生活板块构筑起来；第三段"瞬间"，是相机镜头捕捉到的景和物。

好了，朋友，睁大你的眼睛，运用你的心灵，感受其中的奥妙吧。

小时候

我 1938 年 4 月 18 日生在沈阳市府广场附近的浩然里 100 号，小时候最喜欢晚上大人带我到广场，看车来车往的灯光，听叮叮当当"磨电"（有轨电车）响。懂事和活动是搬到北关区大北横街傅家花园胡同 46 号。一进院大门，迎面便是座假山，由花岗岩摞起，形成一座影壁。

这里北边有八王寺汽水厂，厂附近有个很大的坑，坑内满是污水，既不能喝也不能游泳，是环保之害，但却是冬季天然冰场。大人小孩都在这里溜冰玩。大多数买不起冰鞋，而是自制的"冰滑子"（一块和鞋大小的厚木板，再镶上根"豆条"），在冰上滑得自由自在，乐趣尽兴。如今大水泡子早已填平。

我读的天后宫小学，从前是所庙宇。我爸爸有两张过去学校老师与学生合影的照片，一张是在天后宫寝殿前，上方悬挂一匾额，上书"海不扬波"，另一张是在院墙外有烧香炉（图 1-1 及图 1-2）。西院还有座高高的大戏台，台面比二层楼还高。院子很大，自然成了学校的操场，场子四周有高高的白杨树，落到地上的杨树叶子，有小手心那么大，叶柄很长很结实，我们小孩捡起这种大叶子"咬狗"玩（每人各拿一个带叶柄的大叶子，相互用力较劲，看谁把对方叶柄拉断，谁就赢了）。

图 1-1

图 1-2

后来学校搬迁到横街原李知县府，还叫天后宫小学。我们小学毕业一直在这里。再后来学校改名为横街小学。

小时候东北是日伪"满洲国"，1945年8月15日，小日本无条件投降。那时爱画中美英苏四国国旗，一种强国的兴奋感。不久，苏联红军来到东北，苏军撤出后，国民党来了。1948年11月2日沈阳解放。我赶上个旧社会的尾巴，习惯的叫法是"生在旧社会，长在红旗下"。

我一上学就是二年级——第一天走进一年级教室，看见都是陌生新面孔，回家我就跟爸爸说，我要跟常来咱家的同学在一班（爸爸在那学校当老师，有些同学常来我家），第二天我就成了二年级的插班生。尽管开始有些功课还吃力，慢慢也赶了上去，后来是中上等，再后就进入前列。

图2

爸爸高胜善（图2）直接管我的事，记得就这一回。他非常安分守己，在小学教地理多年，有人要他到中学去他却不肯动。图3是母亲赵凤臣和我们三个孩子合影：母亲居中，左起是哥哥高振大，中间是我，右边是姐姐高振凤。哥哥是中学教师，姐姐那时是小学教师，后来也是中学教师，可以说是个教师之家吧，事业上兢兢业业，生活上和谐融洽是家里的氛围。除夕夜，全家一起包饺子，一

图3

1950年天后宫初小毕业

图4

年能吃上白面饺子，那是可数的。妈妈是主力，我只管做剂子传给妈妈擀皮儿，然后大家齐动手包。吃饭之前，我们三人要给爸妈拜年，我和哥哥是磕头，姐姐行鞠躬，我也要给哥哥姐姐行鞠躬拜。

那时学生都带名签，我的照片是小学四年级初小毕业时拍的（图4），上边一长条，左侧方形图案，红底黄五星，是图书管理员的标识。学校发动学生家长，将自家的图书借给学校，办起图书馆。每本书后盖有图章写明书的主人。就是在读了一本"开明少年文库"的《发明大王爱迪生》后，我也产生要做科学家的念头，这成了少年时代的梦幻。平时也常动手，鼓捣点小玩意儿，成为一种乐趣。比如自己装矿石收音机，后来竟又做起照相机，父亲把他用过的老花镜交给我当镜头用。

上小学跳级二年级，好像捡了一年，可到高小毕业时又退回一年。那时学校是春季始业，到我们六年级毕业时又改成秋季始业。我们班有八名男生获得保送升初中的资格，学校的白清泉老师带着我们八人到三中去报到，却遭到拒绝。人家说他们是女校，但事先问过教育局，说可以收男生。为此，我们八人联名给市教育局长邵凯写信，也没结果。一来二去，又错过升学时间，只好继续再读小学六年级。

红领巾三人行

1950年6月27日我被批准加入中国少年儿童队（后改为中国少年先锋队），高兴戴上红领巾（我现在还保留着队籍表和红领巾）。

全校第一次过大队日活动，是到沈阳北陵去游玩。出发时，大家排着整齐队伍，辅导员站在队前，领着大家呼口号："准备着，为

图5

共产主义事业而奋斗！"大家群情激动齐声回应："时刻准备着！"热烈庄严。到陵园内，先听讲解，集体参观，然后各小队分散活动：采标本、扑昆虫、玩游戏……活动中注意不损坏公物。返程途中，忽然天降雨，辅导员跟大家说："不要慌！"大家首先想到的是，不能让心爱的红领巾受潮，好像无声的号令，大家都先后快速把红领巾摘下来，叠好，藏进书包或衣服里。这个队日活动过去六七十年了，我依然记忆鲜明。我的作文就写了这次活动，随后又将这篇文章寄到儿童刊物《新儿童》（图5），成了我第一次得到公开发表的习作。

我们那一代，从小就在心里树立——加入少先队、共青团、共产党为人生政治上三大追求。

我们三人都喜欢看书，写小文章，并且1950年都在天津《新儿童》半月刊上发表习作，王实的《我们这样过寒假》，孙宗禹的《夜行军》，我的《爱护红领巾》。这成了珍贵的记忆。

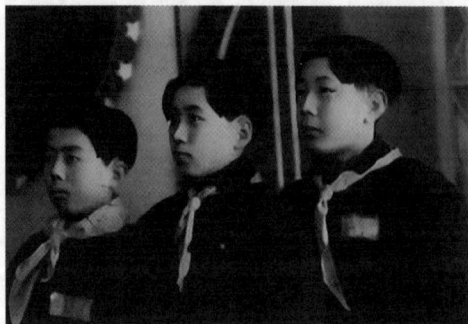

图6

照片（图6）上的三人胸前都佩戴着红领巾，是我和小学同班好友（现在叫"发小"）王实（中）、孙宗禹（右），我居左，于1951年春节的合影。

1951年我们（我和王实、孙宗禹）写了一个广播剧《高兴为了啥?》到沈阳人民广播电台"儿童时间"演出，我们就是演员，事先"儿童时间"节目主持人鲍丽大姐看预演时，进行了指导。演出后还给了报酬，就用这钱，三个人到照相馆拍了合照。

我那篇原稿上，由于姓氏写得潦草，发表时，"高"字印成了

"马"。后来，杂志社来信告知，已在给银行的稿费单上改正过来。
（见图7）

我们还都是沈阳《好孩子》杂志的通讯员，从此开始了与"编辑"大朋友交往的漫长之路。没想到，后来，编辑竟成了我和王实

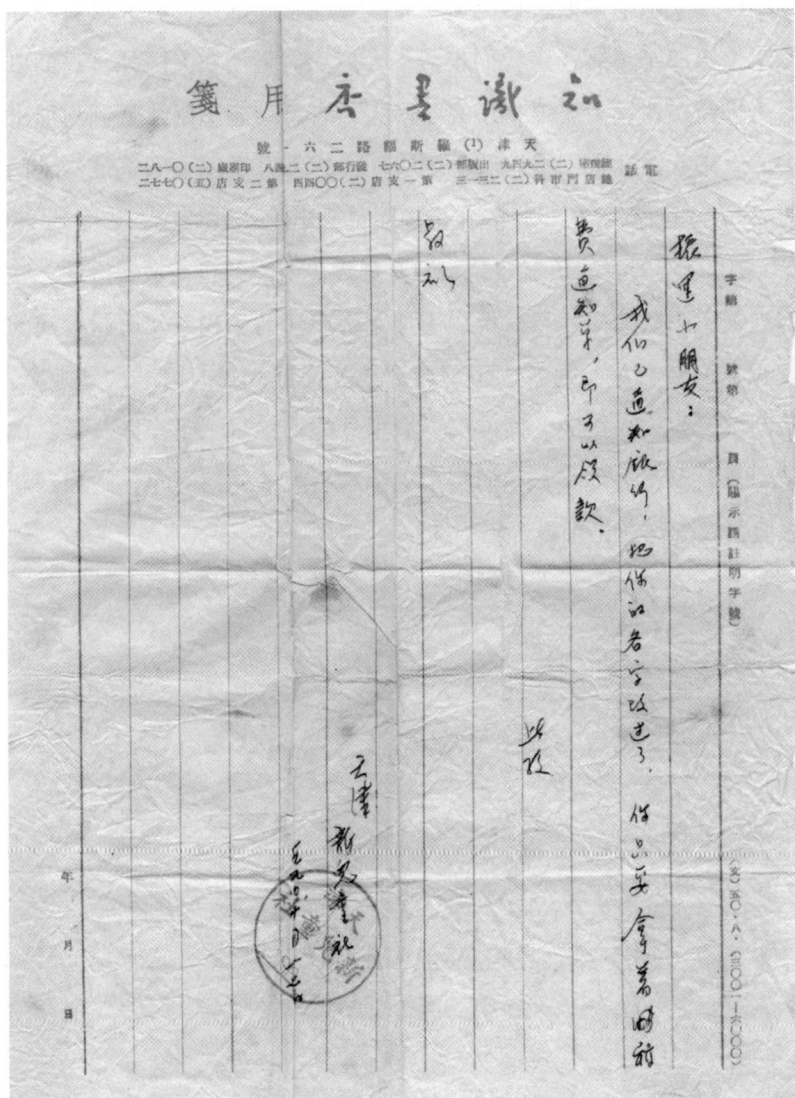

图7

的终身职业。他在辽宁少儿出版社编审退休。孙宗禹由于家庭变故，小学毕业后直接进了工厂工作，他的文学潜质没能得到进一步发展，可惜了。

那时，我们不仅读为少儿写的书，也看热门流行书。为了看《新儿女英雄传》《吕梁英雄传》，我常跑沈阳市图书馆和辽宁省图书馆。开始进辽宁图书馆时，楼门窗口有人专门发牌准入，有一次看我和发小李锡厚个子矮，嫌我们年龄小，把我们阻挡在大门外。我们以后再过窗口时，为了显个子高年龄大，有意踮起脚跟，就顺利混进去。后来，在辽宁图书馆和沈阳市图书馆都办了图书阅览证，进门时亮一下就通过，但也只能在馆内阅览，不能外借。

1950年朝鲜战争爆发，全国开展轰轰烈烈的抗美援朝运动。我们红领巾小队响应号召，也搞了拥军优属活动。我家邻居赵大姨的大儿子报名参军，她就成了军属。年关临近，我们第一次到她家，帮助做卫生——扫地、擦玻璃，里里外外打扫得干干净净。第二次是春节前夕，去拜年，我们每个人都给赵大姨鞠躬拜年，她穿着新衣服，喜气洋洋，乐得合不上嘴。

中学文艺时光

　　1953年1月我在沈阳市第六中学加入中国新民主主义青年团（中国共产主义青年团前身），当时团总支组织委员郭恩泽（现名郭大森）、李舜英找我在团总支办公室谈话，正式通知我批准事宜。

　　沈阳市第六中学位于万泉公园（俗称小河沿）附近，从我家到学校约10多里远，一般走路去上学，半个小时左右，时间紧时，偶尔也坐一段（3站）磨电车（有轨电车）。每天和我一起上学的是发小李锡厚，两家院在胡同里对门。8点上课，半个小时之前一定要出发，早饭就要在此之前吃完。两人谁先吃完谁就去叫另一位，有几次，我去叫时，他还没吃，就背起书包跟我走。这种情况我妈妈

图8

知道后，就分析说，他是继母，人家要管一大家子，不愿为他单独早做饭，不如叫他来咱家吃，每顿加一把面条、一点米就够了，我当然同意。就去跟他说了，开始他还不好意思，架不住我反复说，最终同意了。这样，每天我妈妈做好面条，盛好两碗，我就去叫他来，一起吃，饭后一起走。这种情况持续了一段时光。儿时这段情趣，忆起就很感激妈妈的热心。

后来还知道，这所学校竟也是周恩来总理1910—1913年就学

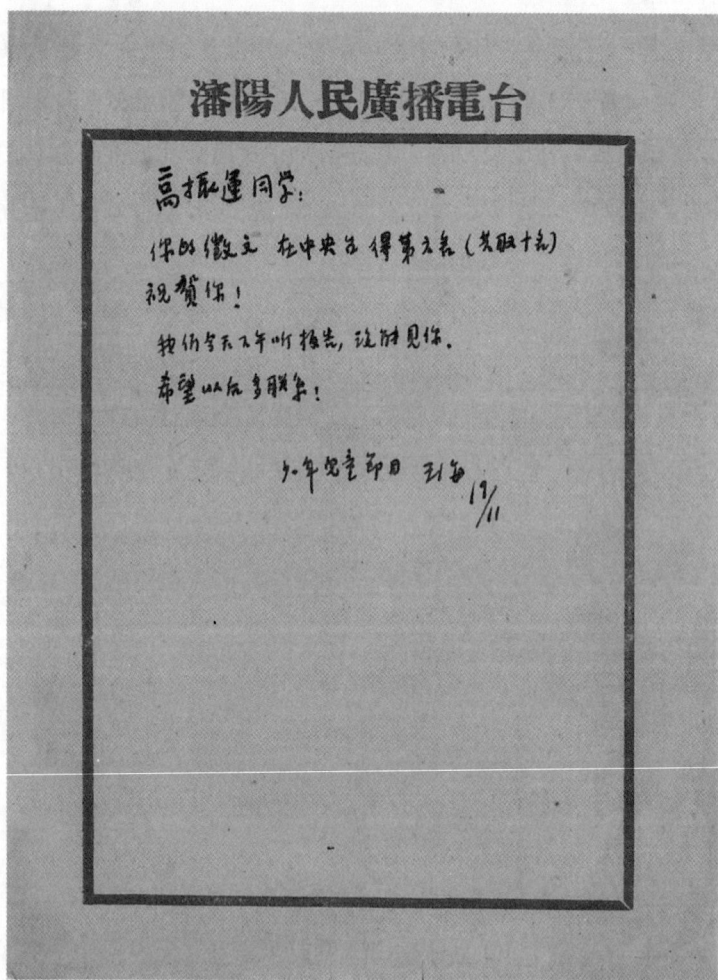

图9

的"奉天省官立东关模范两等小学校"。在这里周总理当年就立下了"为中华崛起而读书"的宏伟志愿。如今这里已专设"周恩来同志少年读书遗址"展览馆。周总理白色立式雕像就在我们读书的两栋二层楼前（图8）。

入团后，我学习更努力，兴趣依然广，除体育（体弱多病）外，门门5分（优秀）。

1953年8月，中央人民广播电台少年儿童节目举办的《我的朋

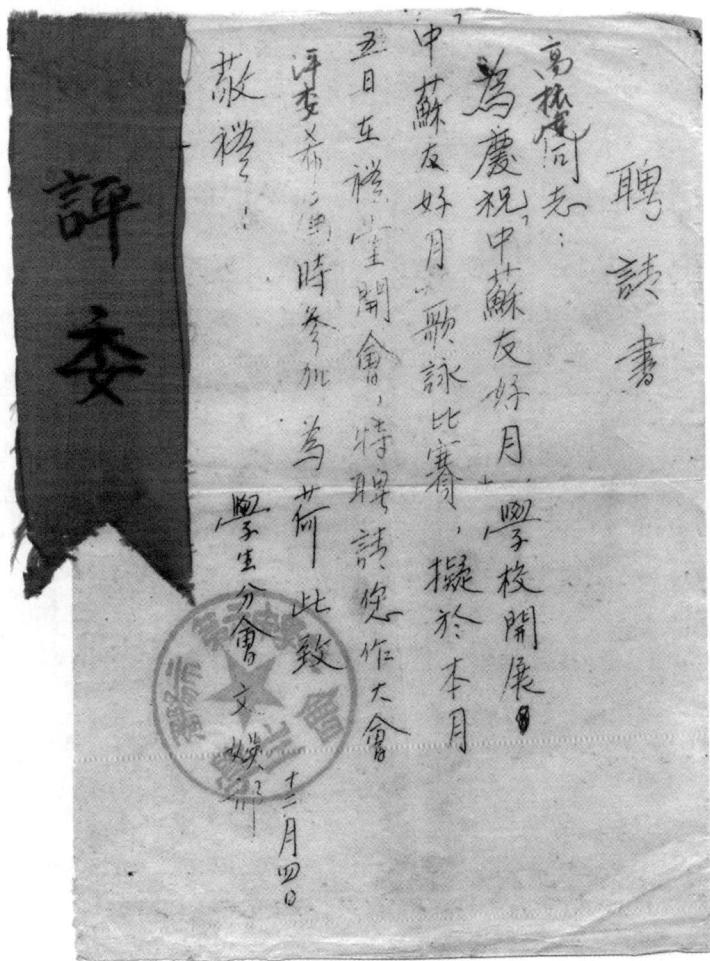

图 10

友》征文中，选中我的文章《学校是我们的第二个家》（我是 10 名中的第 6 名，见图 9），这更鼓舞起我的写作热情。

从小学起我一直都是合唱队员，在六中的歌咏比赛时，我还被聘为评委（图 10）。看了瞿希贤的《歌曲作法简明教程》，做了几个练习之后，甚至产生我也可以当作曲家的幻想。1954 年沈阳东北音乐专科学校附中招生，我就去报名考试，最后虽然没被录取，但被推荐进新建的北京艺术师范学校，因年小体弱，家里不同意，我也就没去。

1954 年我收到莫斯科广播电台的复信（图 11），介绍苏联中学生寒假生活。信里还寄来好多莫斯科的风光照片。至于我的信是怎么寄去的，不太记得了，可能是广播电台转去的。我从小学就是收听小组的积极分子。

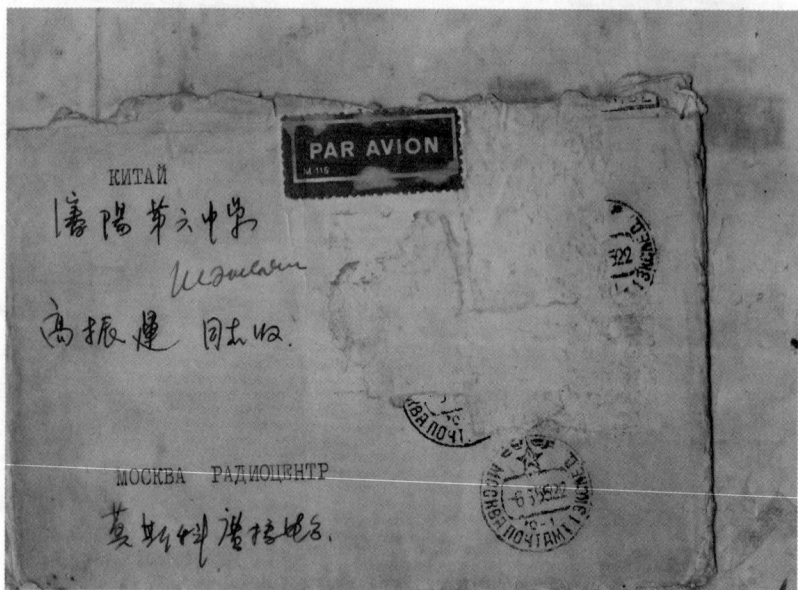

图 11

当小记者

1957 年沈阳市中学师范学生田径运动会上，我们在采访沈阳体育学院的朱玉德教练（图12），照片上左是朱玉德教练，右与朱教练对讲采访的是我，中间是同来采访的庄凤舞，我俩是同班同学，被聘为大会《简

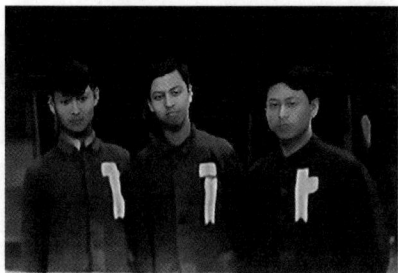

图 12

报》记者，现场采访后，赶写出稿子，然后，将这篇稿子和其他记者的稿件，统筹编排，打印出《简报》。这可算是业余记者的第一次体验。

到大学之后，在国棉一厂劳动时，我又当了一回编辑记者，为我们的《战斗小报》编写了几期。把劳动中同学的感受，还有表扬总结等等，有别人写的，也有我写的，集中起来，安排到版面上。那是当业余编辑的又一次实习体验。

在沈阳 26 中学时，我还利用早自习时间，征得领导同意，给全校作过一次共青团团史旳广播宣讲。事先收集有关资料，认真学习撰写好讲稿。当时各教室都装有广播喇叭，是为学校广播通知事项等用。

我当时是学校团总支宣传委员，和管理这套设备的同学个人关

系也不错，就顺利搞了这次活动。

（图13）我2005年回故乡，母校大楼依旧，只是门前扩成大马路，环境变化真大，西边还修了立交桥。

图13

与周总理握手

这张照片曾在北京某照相馆墙上悬挂。1959年我考上中央戏剧学院戏文系。1961年暑假返校，一天，同学董学诚、张善明突发奇兴，拉我当一次模特，来到首都照相社，让我穿上铁路工装，戴上工帽，他俩像导演摆弄演员，指使我这样那样摆姿势，装模作样，拍成这个样子，照相馆可能还满意，就当样片作广告挂起来了。（图14）

图14

我进大学时，团徽已正式发布。从此，每天在我的左胸前佩戴起金光闪闪的团徽，感到很自豪，并且还是团支委，当然各方面都努力表现得更好些。

1960年4月2日是院庆10周年，上午在四楼礼堂开大会，陈毅副总理光临并发表了热情洋溢的讲话。晚上周总理莅临，怎么也想不到，我竟然有幸与敬爱的周总理握了手——当时，我站在一楼楼梯口台阶前担任保安工作。领导事先一再强调保安工作的重要，并嘱咐不能要求和总理握手。周总理来了，进入楼内直奔楼梯而来，很快到了我面前，我的双眼对总理行注目礼，并轻声说："周总理好！"周总理非常善解人意，朝我微笑着主动伸出手来，我连忙激动地伸手迎上去，紧紧握了一下，感到总理的大手温柔而有力，一股热流立刻从手心传来。每当回忆起那一刻，彼时的幸福之感，终生不忘。

大学还有不少难忘的记忆。一次新年晚会上，我班男生登台演唱俄语歌曲《莫斯科郊外的晚上》《喀秋莎》《列宁山》。事先主要由我负责排练，当然离不开教俄语的姜丽老师辅导。登台那天，还得到表演系高年级同学帮我们化妆：深眼窝、高鼻梁，更像外国青年。

说起俄语，还要啰唆点。我从中学到大学，都学俄语，俄语字母 P 发音难度大，我的发音准确流畅，受到老师注意，从中学到大学都是课代表。课下我还和本班的闫润木拿着从图书馆借来的俄文高尔基的《俄国文学史》，到姜丽老师家请她辅导，她从不拒绝。我还尝试翻译儿童文学作品，译文《鹅变成了哨兵》发表在上海《少年文艺》1962 年第 5 期（图 15，笔名高良），就是初试成果，自然也得到姜丽老师帮助校正。发表前，编辑部跟我要俄文原件，我回信告之，已随译文同寄。他们找不到便以"译写"含混过去。

我们学院的培养目标，是话剧为主的有关专业人员。我们系专业课程也是围绕这个设置。为增加戏曲知识，9 名同学组织起业余小组，系里祝肇年老师定期来讲《西厢记》（图 16，后排中间是作者）。

图 15

图 16

在学院更深的一次记忆是，到八宝山革命公墓，为欧阳予倩老院长扫墓。1963 年 9 月欧阳予倩老院长逝世一周年，戏文系师生和院领导李伯钊、罗光达副院长在墓前集体留影为念。（图 17，一排左五为作者）

图 17

初入农村

1964年3—5月，走出教室，到河北白涧公社莘庄参加农村"四清"运动，我和秦学人、郭昕、曹燕柳四人一组，触摸社会，接触实际。除了参加运动，我们也发挥自己的特长，辅导当地文化活动，建立了一个临时小广播站。夜幕降临，男女俩青年站上碾盘，拿起纸喇叭筒，开始读报。我们四人也到现场，帮助解决可能发生的问题（图18，读报员旁白衣服者为作者）。

图18

1964 年 5 月 27 日晨，我们告别白涧，系里石丁主任等前来接回，师生与乡亲们惜别前合影留念（图 19，站立者右五白衣者为石丁主任；前排站立者左二为作者）。

图 19

华北油田

大学毕业后，按规定要到工厂或农村去劳动锻炼，约1964年，我来到华北油田。此前，对油田毫无感性知识，甚至天真地以为像湖面那样，一片汪洋。

旧中国，石油被称为"洋油"，全靠进口。新中国成立后，为了发展生产，建立自己的工业体系，必须摘掉"贫油国"这顶帽子。王进喜率领的1205钻井队，决心"宁可少活20年，拼命也要拿下大油田"，苦干五天五夜，终于在1959年9月26日打出第一口喷油井，为纪念这个大喜大庆的日子，油田被命名为"大庆油田"，产地也改为大庆。"贫油国"的帽子终于摘掉了。大庆精神成为工业建设的"传家宝"。

我们到了华北油田之后，不免惊讶。眼前是一马平川的原野，石油全在地下

图 20-1

管道里流淌，像血液在人体里流淌，故石油也被形象地称为工业的血液。控制油压和流速的，是地面的采油树。采油工人管理采油树，如同工人管理机器一样。采油树的叫法很形象，真像树木一样，分布在广阔的田野上。我们去的采油 12 站，绝大多数是女采油工。

那天有摄影师来，我跑到一棵采油树旁和采油工一起摆姿势合影留念（图 20-1）。

不久，又传来喜讯：在新疆发现超特大储油田。太鼓舞人了！

1965 年我已被分配到中央文化部艺术局后，年末我和艺术局的彭卓民去江苏参加"四清"和劳动，队部派我俩下基层，途中与标语合影（图 20-2）。

图 20-2

一辆自行车

图 21

买这辆二手自行车（图 21）用的是我准备买相机攒下的钱。那天，艺术局搞摄影的曹孟浪陪我到东四寄卖商店，准备挑选二手相机。突然他问我，你不打算买自行车吗？这一句话像一记猛棍，敲醒了我，在实用和兴趣的双双权衡下，还是选了前者。于是，这车成了我相当长时间内的交通工具。

先是从西堂子到东四八条，我搬到天坛东里后，上下班更离不开它。住西堂子胡同，是两人集体宿舍，从五七干校回京后，同室的阿姚调回广州老家，西堂子宿舍变成了我的新房，解决了在干校登记结婚无单间问题。我女儿出生后，岳母王涓如搬来帮助我们照顾新生儿，我就临时住到八条办公室，几把凳子拼成床，一住就是一年多——每天早晚赶回西堂子"上班"：做早晚饭，洗尿布等家务，一切料理完，再赶回八条。

1976 年春夏，中国作协分房，我搬到永内东街宿舍新两居后，才彻底解决了我的居所问题。地处天坛公园南门，我请岳父王景山也搬来。过去，女婿和岳父母住到一起，叫"倒插门"，我们则是一起组成新家庭。两位老人都有文化，又有丰富的生活阅历，大家在一起和谐融洽。二老帮我带女儿，他们之间感情亲密，"爷爷""姥姥"孩子叫不离口（图22），岳母终年75岁，岳父则高寿101岁。

图 22

每天，我从护城河边骑到东四八条，穿行在这条东部主干线的自行车长河中，前后左右都是自行车，不可随便变更车速和方向。下班再反向一次。

这车跟我几十年，功劳不小。直到我彻底离开工作岗位后，才断断续续停止使用。最后把它送给了物业的小傅师傅。

迎风破浪海上行

1966 年秋，北京大中学生大串联开始，这股浪潮很快就席卷全国。不久，我们这些已经毕业两年的大学生，也卷进这"免费旅游"的行列中。

图 23-1

我们一群（几个人已记不清了）先来到天津，这张照片就是我和好友苏明慈在天津解放桥前留影。下一目标是上海，大家决定尝尝坐轮船的滋味。于是，我们登上了一艘船号为"战斗—63"的货轮（它原来的船号是和平—63），走海路。汽笛鸣，船开航，划开海面，在船尾拉出一条滚滚白色滔链，远处海面上翱翔着海燕，这美妙情景，以前只在书中见过（图 23-1 是我在海上的照片）。现在平生第一次亲历，激动之情难以言表，不由得唱起："大海航行靠舵手，万物生长靠太阳，雨露滋润禾苗壮……"

当轮船出了渤海湾，进入黄海后，遭遇八级大风，船开始激烈摇晃颠簸。据说，客轮的船底是平的，一般不容易左右摇晃。而货轮的船底是尖的，一遇上风浪就会像钟摆那样摇晃起来。但风浪大了的话，客轮有可能倾覆，而货轮则不容易翻船。

我们坐的船摇得厉害，牙具茶缸都被晃得掉到地上，甚至滚下旋梯，发出"叮叮当当……"一串脆响。大家都被摇得头晕难耐，只好躺下求稳，但丝毫不能减轻那受罪的感觉。小张晕得最厉害"哇——"的一声，一口一口吐出酸水，真担心后边还吐什么……可是，我们那位苏先生，却是另一种情形——也不知何时，他爬到轮船的顶层甲板，站在那里，跟船一起摆动：船向左边倾斜，他左脚使劲蹬一下，船向右倾斜时，他右脚再用劲蹬一下，努力保持身体平衡。他说，那感觉就不是船被大风吹得来回摆动，倒像是他在"踩浪木"，船是被他蹬来蹬去才晃动的！

当长江口、黄浦江口陆续出现在眼前的时候，我们兴奋得跳跃欢呼——可算熬出来啦，这是和友人苏明慈在黄浦江口（图23-2）。这可真是"经风雨，见世面"了。

图 23-2

一把小提琴

1969 年我们来到"五七"干校，先到黑土洼，后到黄庄洼，最后落到团泊洼。之所以一迁再搬，是住房问题所迫。文联各协会几百号人统统下来，住老乡家，绝非长久之计。后来对我们讲，这里临近中国北疆，当时中苏关系紧张，一旦打起仗来，这么多人在此不当。此时还有管我们的军宣队也由野战军转为河北军区，于是在新军宣队带领下，迁到黄庄洼——河北省一片大洼之地，同样也面临住房问题。劳动开始，挖土推土垫房基是主要任务。一年下来，就盖了一间大房子，房基就有一米来高（防水涝）。按此速度，要盖到猴年马月？于是第二次搬家，来到团泊洼。这里有现成的劳改农场，同属河北军区管辖。一声令下，划出其半归干校使用。但还不能满足全部，盖房依然成为主要任务。

这时我已被调到木工组。组里有两位老师傅（美术馆的郭永庄和戏曲研究院的任海水），他们带领 7 位各连里抽调来的"徒弟"（本人为其中之一），学习使用手工锯、刨子、凿子等木工工具，做门窗，遇到檩条等大活，也用电锯（图 24）。

我们组里有位音乐研究所来的小宋（文杰），在所里就研究乐器制作，在活儿不忙时，我们跟着他学做小提琴。用专用的木料，专业的工具，最后完成 5 把成品。我的那把还有我爱人武吉文的功劳。她也在干校，帮我上了全部 60 道漆（那特别考验耐心，一道漆干后，

图 24   图 25

才能刷下一道），成为我俩登记结婚的纪念。第一次试音就由学音乐的她来进行（图25）。

"五七"干校是所劳动大学。但"毕业"（分配工作）有先有后，我是六年后才分配的，收获也不少：锻炼了身体；学了木工手艺；爱情和小提琴双收获。

加入《人民文学》

1975年秋，我从干校回京，分配工作的前夜，同一连队戏剧专家张庚的研究生吴乾浩找我，提出和我调换新的工作单位，我还不知分配方案，他可能已晓，要分他去人民文学杂志社。而他愿到戏曲研究院，让我与他对调，就这么偶然，可以理解，我同意了。

我来到了人民文学杂志社参加复刊工作。第一期1976年1月出，分我负责的稿子是"四人帮"文艺组送来的剧本《磐石湾》，一个字也不能改动，即使动个标点，也要请示他们。这责编充其量就是个校对而已。

这是我同作者交谈对稿件的看法和意见（图26）。

粉碎"四人帮"思想大解放，先后发出了《哥德巴赫猜想》和《人

图26

妖之间》两篇报告文学（我是后篇的责编），发表前也有反对意见，但当时的主编李季坚持发。果然一经发出便在社会上引起巨大反响，带动其他报刊也纷纷发表社会问题报告文学，对推动改革开放起到积极影响。在全国报告文学评奖中，我当责编在《人民文学》发表的多篇获奖，我因此也沾光获得优秀责编奖。

1986 年 6 月，我光荣地加入了中国共产党——实现了自己人生历程的第三个梦想。

1949 年 9 月，应主编茅盾之请，毛泽东主席为《人民文学》创刊题词："希望有更多好作品出世。"是的，《人民文学》一代又一代的编辑和所有工作人员没有辜负这一期望，大家齐心协力，不断创新，使《人民文学》被公认为是最权威的文学期刊。我为自己也曾尽了绵薄之力而骄傲。

1989 年是《人民文学》创刊 40 周年，全社人员合影（图 27），我在后排站立右五。

图 27

职业新契机

　　1993年一次作协干部学习班，中华文学基金会的李林栋和我住一个宿舍，他正在为新创办刊物《环球企业家》招兵买马，动员我。就这么偶然我就去了，继续干编辑工作，封了副主编，开始与专家学者、企业家等一批新朋友打交道，开阔了视野，学到新知识，锻炼了活动力。

　　《环球企业家》是由中国作家协会主管，中华文学基金会主办，以"推动中国商业国际化"为使命的高端商业杂志，办公地点设在地安门西大街67号文采阁——中华文学基金会址内。这里是由澳门中华总商会会长、儒商马万祺资助下搞定的。"文采阁"三个字就是他的墨迹（图28）。1993年7月《环球企业家》杂志在钓鱼台国宾馆举办创刊新闻发布会，社长、主编张锲主持并致辞（图29），人大副委员长王光英、人大副委员长雷洁琼莅临（图30）。会上专家学者、企业家、作家纷纷发言祝贺。

图28

图29

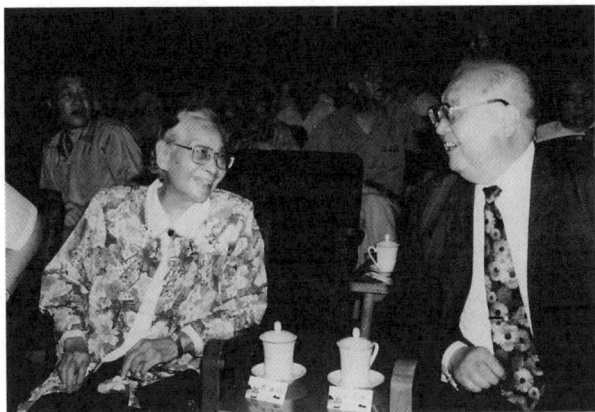

图 30

1995 年杂志发表了我以本刊记者身份专访国务委员、国家科委主任宋健的特稿《企业家投身到科教兴国的伟大事业中》，他呼吁要通过各种渠道，提高企业家的社会地位和素质，培养造就一批能够指挥大战役、搞大产业、占领大市场的企业家。

《环球企业家》杂志社人员合影照片（图31）（前排中坐者为作者）。

图 31

生活新篇章

　　退休后，在人民文学老同事、老邻居赵国青的推介下，报名老年大学摄影班。听老师讲课，跟着老师到风景区拍照。下次课，再听老师从技术到艺术的评说，使我从小的爱好得到进步、提高。外出拍照，从近及远不断扩大视野范围，在这过程中也结交了新朋友，增进了友谊。境外旅游拍照，我女儿高艾成为得力的助手，不仅生活上有照顾，拍照时也常常提出好建议。这摄影给我退休后的生活增添了活力。

　　女儿小时候受我的影响，也喜爱拍照，我专门给她买了双镜头反光镜箱。因为分量较重，她便挂在脖子上，形象地叫它"铁疙瘩"，

图32

就用这"铁疙瘩"拍了老外在古观象台上，还获了奖。照片（图32）就是她和我在国外的合影。

在莫斯科普希金造型艺术博物馆院内，绿树映衬着这位"俄罗斯文学之父"潇洒自如的半斜坐雕像，令人敬仰。（图33）还是大学时，本班刘光杰同学，有天悄悄递给我一张纸，上面是普希金的名诗俄文版的《假如生活欺骗了你》，用打字机打出来的。后来我慢慢就能用俄语背诵了，到2018年网时读书会的迎春晚会上我用俄汉双语朗诵该诗。

图33

在参观纽约联合国大厦时，我专门去大会议厅中国席位上留影（图34）。1971年10月25日，联合国大会以76票压倒多数恢复我国合法席位，把台湾（"中华民国"）驱逐出去。毛主席说，是第三世界的朋友把我们抬进联合国的。从此，中国在世界的影响日益

图34

扩大。至今，已成为全球第二大经济体，又是控制新型冠状病毒最好的国家。中国好，世界更好——全球瞩望着我们！2020年新春茶话会，老同志合影（图35）（注：后排左一为作者）。

图35

第二辑 | 笔 下

第三种生存状态

——记社区里的南丁格尔奖得主司堃范

听人说，在团结湖社区里有位老大姐，是劳动模范、南丁格尔奖得主，退休后依然不停歇，义务为老年人服务，深受群众爱戴。我遂萌生了解这位老人的愿望。

那是入伏后最闷热的"桑拿"天，在团结湖公园里我见到了她。这公园是附近一带居民的"后花园"。每天清晨，人们来这里跳舞、唱歌、下棋、舞剑……更多是环湖路上络绎不绝的散步者。在这条公园主干路上，人们自然而然走成两个反向转动的环，多数人习惯进门后右侧通行——逆时针前行，也有愿意左转——顺时针。人群中绝大多数是老年人，他们尽情享受着晨间的快乐，舒展筋骨，焕发精神。人老了，活着，也要活得愉快，活得开心。

有人告诉我，那位老大姐来了。只见一位身着白底浅花长衫的老年女士，一进公园就左转，我跟过去。乍一看她身单体薄，但那大幅摆动着的双臂，和着坚实有力的步伐，加上一头银灰短发，则透着一股特有的朝气。她时而扬起左手，与迎面的老人打招呼，时而同路边座椅上的老妪互致问候，好几位大姐大哥走过来请教看病吃药的事，一会儿，又被迎面的一对老夫妇拦住，询问附近一家小饭店关张的事，前边又一位离休老干部向她了解最近涨工资的事……她一路走着一路活动着筋骨，又不时停下同人们交谈着，无拘无束，自由自在。老年人亲切地叫她司大姐，也有叫她司护士长、司阿姨的，孩童则热情地喊她司奶奶。她本人更喜欢叫她大姐。

司大姐是怎样一个人？为何有如此的凝聚力及亲和力？

"没有围墙的医院"

司大姐姓司名堃范，退休前是红十字北京朝阳医院外科护士长，1985 年第 30 届国际红十字南丁格尔奖中国三位获奖者之一。

1988 年退休后，第一件事是到居委会主动要求工作。居委会和街道主管这方面工作的负责人都很赞赏她的想法，积极热情支持。第二天，在街道办事处专人陪同下，她走家串户，一栋楼一栋楼，从楼底爬到顶层，将团结湖地区老人的健康状况摸得一清二楚，发现他们中不少人都程度不等地受到高血压、冠心病、心脏病、气管炎、肺气肿、骨质增生、老年性白内障等常见病、多发病的痛苦折磨。对谁该做什么检查，谁该吃什么药，心中也有了底数。其中有15 位孤寡老人，最大的 91 岁，最小的 63 岁，需要特别护理，司大姐便自己包干管起来，逐一建起病案。对于血压在 180mmHg/100mmHg 以上的，她坚持每天量血压、测脉搏、听心音，帮助买药、打针，监督按时按量服药。

她的愿望和想法，一开始并不为人们所理解和接受。

头一天普查时，70 岁的关大爷没在家，第二天司大姐一个人再去时，就遇到了麻烦。明明人在，却怎么也敲不开房门。好半天才有了回响："你找我有啥事？""我是朝阳医院的退休护士……""我没病。"话音就断了。只好耐心再敲，又停了好一会儿，屋内再送出一句："我没病，你走吧。"司大姐没灰心，还敲。门终于打开一条小缝，司大姐继续热心地解释："我想照顾咱社区的孤寡老人，义务服务，让您的晚年愉快健康。"没想到依然是硬邦邦的回绝："看你说的比唱的好听，我的医疗合同在医院，你在社区，你是能给我瞧病，还是能给我报销医药费？"司大姐和颜悦色地说："我给您检查身体也好啊。"这才勉强让进门。

一量血压240mmHg/120mmHg，老人却还说从不吃药，没事。司大姐三步并作两步，赶紧回家把老伴的复降片拿来，先让老人服下。之后，天天去看他，督促服药，老人的血压逐渐降下来。一来生，二来熟，对她的态度跟着也变了。终于有一次不好意思地说："我的后背又疼又痒，有好些日子了。"等他脱下衣服一看，嗬，大小不等的湿疹，有14片，抓挠得鲜血淋淋。司大姐立即带他去医院瞧病。此后，每天给他涂药，量血压，不久湿疹痊愈，血压也维持正常了。

看起来，每天按部就班去照看护理那些包干孤寡老人就行了。实际上，求她看病的老人，很快就超出包干的范围。

一天晚饭时分，忽然听到楼下大声呼叫："哪位是朝阳医院的护士长？"司大姐赶快下楼去问，来者是附近一位退休老工人徐志夏大姐，傍晚时分老伴张玉堂突然咳起血来，老两口都很惊慌，想到别人提过的司大姐，匆匆赶来求援。司大姐懂得老人一旦发起病来，心情容易发急，往往病情发展很快，应迅速得到医治才稳妥，尽管已经超出包干范围，天还下着雨，而且她手边也没有止血针剂，但她还是答应去看看。司大姐跟着徐大姐爬上五楼，也没停脚歇口气，赶忙察看病人张大哥。只见病人面色苍白，说话有气无力，嘴角正不断涌出鲜血，每涌一口，眼里就多一分恐慌。张大哥多年来患有支气管扩张，门脉高压，常咳血，今天自己感觉比较重。司大姐测了血压和脉搏，凭多年的护理经验断定，情况尚不严重。司大姐先从张大哥的药盒中找出止血和消炎的两种药，一边喂药，一边安慰。来的路上，司大姐注意到徐大姐走路有点颤，一问果然患过脑血栓，也给她量血压：200mmHg/100mmHg，让她也赶紧吃上降压药。

聊天中得知，老两口有两个儿子，老大是工程师，远在外地，老二住西郊，经常出差，十天半月也难得过来一趟。

在她观察和安慰的一个多小时中，张大哥果然没有再吐。老人放下心来，对占用了她这么长时间不好意思，催她快回家吃晚饭。

饭后司大姐还在想，张大哥为什么不吐了：是彻底止住了，还是一时控制？万一夜里再吐怎么办？老两口该多着急呀！她感到自己还没尽到责任，为了消除老人的不安心理，决定亲自陪二位老人度过这一夜，随时处理出现的问题，司大姐的老伴老佟很支持她的这一想法，亲自打着电筒抱着被子送她过去。张大哥感动万分，不仅没吐，还踏踏实实睡了一夜好觉。可是，司大姐在别人家的沙发上却怎么也不能睡安稳。尽管如此，第二天司大姐照常到医院上班（退休后，有一段时间她仍然到医院当顾问），中午回家，还把专门取来的中西药给张大哥送过去。

许老有一次咯不出痰差点儿憋过去，司大姐想尽方法解决了问题，以后经常上门去看病。许老的老伴钱大姐见她每次来，又查体，又喂药，却从不提交费的事，心存疑虑，有一次不好意思地开口问道："一次出诊费该交你多少钱啊？"司大姐被这突然一问愣住了，随即笑笑："如果要钱，我就不来了。"许老感动地说："这年头什么都讲钱，你办事不要钱，可真了不起。"是啊，别人哪里知道，在司大姐退休时就有好几家医院高薪聘她，都被她一一婉谢。

人们有意无意地传颂着司大姐的事迹，媒体也时有报道，找她看病的人更多了，甚至社区外也有人慕名而来。

一天中午，司大姐刚上床休息，邻居就来敲门，说楼下有位拄着拐杖的老头，手里拿着信，要找司护士长。司大姐忙穿好衣服下来，见老人坐在台阶上等人，腰弯得很厉害。老人得知她就是司大姐时，高兴地站起来，说他从北京电台的广播里听到她的事迹。"我姓陈，今年83，老伴姓焦，85啦，我俩都有病。"接着讲起坐车、上楼、看病实在太困难，特来请她去家里一趟。这些困难，正是她义诊的初衷，当即为老人量了血压，答应第二天去，然后把老人送上大街。

次日，尽管下着雨，司大姐还是打着伞如期而至，老两口激动得直要磕头。她赶忙拦阻："大爷您千万别这样……"仔细检查后，那位焦大姐颈椎病严重，最大问题是睡不好觉，而陈大哥多年皮肤病经常瘙痒，还有分泌物渗出，要穿上三条裤衩才能正常活动。是湿疹还是股癣？一时无法确诊。为此，第二天司大姐专门到医院请教皮肤科主任，一名主治医生也随她上门确诊，对症敷药，几天后便不痒了，焦大姐吃了她开来的睡眠药，觉也睡得香多了。

后来找她的人越来越多，有四个患高血压的老人以前不当回事，未能坚持吃药，抢救无效而死亡。她感到一些老人对高血压等心血管病的严重性认识不足，有必要普及有关防治知识。从 1997 年起，她每星期三定时到中路居委会办公室，集中为社区内的老人量血压、测脉搏、听心音、打针，宣讲老年常见病的知识，解答老人的疑问，介绍专家，陪同看病。对那些该量血压而未到的，她便登门补上。

对于找上家门求医问药的老人，她的家也便成了诊室，她在家时从不锁房门，以方便病人。她在公园里散步时，也经常为老人介绍专家，回答看病吃药的疑问，不少人当场就得到满意的解答。一次晨练时，王大姐对她说，自己的乳房上长出了疙瘩，司大姐用手触摸后，发现腋下淋巴结，怀疑是癌症，建议她去医院检查。第二天王大姐由家人陪同到医院检查确诊为乳腺癌，及时手术治疗，一年后王大姐重又出现在公园晨练身影中。

夜晚 10 点多钟，一位患高血压的老大姐来电话，说昨晚整夜没睡好，一闭上眼睛就冒金星，还不停闪光，焦急地问怎么办。司大姐马上给朝阳医院眼科主任打电话，专家问有没有近视症，如有，属正常情况；如无，明天来医院看病。司大姐赶快打电话询问，那位大姐说从小就近视，于是安心睡觉了。对一时解决不了的病情，司大姐都能迅速找专家求教，及时耐心地告知处理办法。为解病人之急，睡觉时，她还把电话放到床边。不少老人说：司大姐比医院的大夫看病还好。司大姐却说，我只比医院大夫花的时间多，讲得细致一点。正是这"细致一点"体现了司大姐的体贴入微、极端负责的崇高精神。

主动替患病老人到医院代买经济实用的药品，成为司大姐服务中经常的项目。有一次，她从一位老大姐手中接过代买药的钞票，又破旧又皱巴，那老大姐不好意思地说："刚卖破烂的钱。"司大姐不觉心下一沉，连忙回应："以后吃这药你就不用交钱了，我送你吧。"

有鉴于此，1996年司大姐开始享受每月100元的劳模津贴时，当即同老伴商量说：咱俩的退休金够生活用了，这个钱就拿来为困难的孤寡老人买药和补品吧。从此，她设立了这个专用款项，长期供给5位孤寡老人免费吃药。

许多患病老人于第一时间在自己家中就能得到热心诊断和及时护理，如同家庭病床一样，而司大姐到老人家中送医送药，也仿佛在医院里按时巡房查床。她不满足已有的经验，为了不断提高诊断技能，更准确处置老人常见病多发病，退休后她又认真研读了一些治疗老年疾病的书，既当护士，也当医生。人们说司大姐办起了"没有围墙的医院"，但是她却执意不同意别人叫她司大夫，每当人们这样称呼时，她一定要纠正："还是叫我护士长吧。"她就是这样，宁愿多做实事，而绝不追求虚名。

司大姐的热心服务，赢得了大家的尊敬和信任，把她当成自己的贴心人。退休后这15年，得到她上门护理的累计近6000人次。经她包干护理的孤寡老人，也从最初的15人增加到29人。

"姥姥最爱孤寡老人"

俗话说，少年夫妻老年伴。老年夫妻是生活的支柱，精神的依托，一旦失去一方，心理天平立刻严重倾斜，如天塌一般，可怕的孤独感像狼样袭上心来。对老人的这种忧愁和困苦，司大姐也给予更多的同情和无微不至的关怀。

1996 年初，许老家的小保姆来找司大姐："您快去看看吧，奶奶不行了，爷爷叫请您。"司大姐进门一看，心跳和呼吸停止，浑身冰凉，早已经不行了。但是许老还边作揖边焦急地哭着："司护士长，求求你，把她救活十分钟，叫我和她说几句话。"司大姐只好赶紧挤压胸腔做人工呼吸，忙了好一阵之后，才表示已无回天之力。一听这话，许老哭着扑上去，像孩童般伤心欲碎，不停地吻脸又吻脚，还对着耳朵说个不停。许老将老伴生前最后一块干大便也精心包藏起来，留作纪念；还把老伴生前的尿灌装饮料瓶，要当橘汁喝（多亏小保姆机灵，发现后偷偷换成真橘汁）。司大姐一边安慰许老，一边给许老单位打电话，让派人来料理后事。

一个星期日，上大学的儿子过生日，司大姐难得和家人团聚，气氛格外热烈，正在举杯把盏时，忽然有人急急敲门，原来是邻居陈大姐刚来做客的外甥女，说舅妈突然发病。司大姐放下筷子，说一声："你们不用等我。"拿起血压计走出门去。

陈大姐躺在床上发愣，经司大姐检查，血压脉搏都还正常，问哪儿不舒服，陈大姐用手拍拍胸口说："里边堵得慌。"看看没有什么危险，便同她慢慢聊起家常。原来，这位老大姐听外甥女说亲戚瘫痪了，有五个子女轮流照顾着。联想自己，20 多年前失去老伴，一直孤零零过日子，她说："我没儿没女，哪天也瘫在床上，谁管呀？不如趁现在还没瘫，自己把自己弄死算了。"司大姐耐心开导，亲切安慰："你血压偏低，没有偏瘫可能，有病由我来护理，你还有什么不放心呢？"直说得这位老大姐从悲观中走出来，司大姐才离开。

回到家，宴席早已散去。而陈大姐的事还在她的脑海中转悠，她深感对老人来说疾病固然可怕，而孤独则是更危害的敌人。于是，她决定运用心理疗法，从精神上多给予关怀和帮助。她请陈大姐到自己家做客，还陪伴到公园晨练、散步，用自己的乐观情绪感染她，同时培养她的生活乐趣，陈大姐心情逐渐变得好了，身体也慢慢好起来。

63岁的李大姐，老伴新近过世。李大姐是位没文化的家庭妇女，吃了老伴一辈子，加上生活艰难，两人几乎天天拌嘴吵架。她对司大姐说："老头子走了，我连个吵架的人也没有了，活着还有什么意思？干脆也不活了。"这位李大姐本人没工作，又有胃病，还心动过速，本来生活就不舒心，现在一离开老伴生活更感无望，遂产生自杀的念头，在自家门框上挽了个绳套。司大姐一天里前后去她家七八趟，劝她、开导她。李大姐感动得将司大姐视为知己，拿出自家的门钥匙，交给司大姐，让她随时能来家坐坐聊聊，司大姐很感动，但没接钥匙，并告诉她："不要过分担心，如果真有一天你动不了了，我会来陪你。"

过了几天，司大姐再来，一进门，迎面阵阵猫屎尿味扑鼻，呛得人喘不过气来。司大姐劝她别养猫："一只猫，简直弄得你的家进不来人了，扔了吧。"没想到，一句话竟使得李大姐的脸色陡地变了，声音也变了："别的话我爱听，这个话我不爱听。我这辈子没养过孩子，连只猫你还不让我养吗？猫就是我的孩子，就是把我扔了，也不会扔了它！"听了这话，司大姐内心深受震动，于是转换了方式，动起手来帮李大姐打扫房间，把屋里整理得清爽干净，并向有关部门反映她的生活困难，通过居委会安排工作。后来，李大姐心情好起来，病情也跟着好转，她说："我也自食其力了。"

有了司大姐的关怀和照顾，孤寡老人心中增加了许多安全感，有了依靠。难怪司大姐一病就把这些孤寡老人急坏了，他们说：你要有个三长两短，我们可咋办？司大姐急孤寡老人之难，在她的心中没有比这占据着更重要的位置。那年，有人逗她的小外孙女，试探着问："姥姥最爱谁？"刚能讲话不久的小外孙女毫不犹豫地说："姥姥最爱孤寡老人。"

人有几种生存状态？

有人对司大姐的所作所为不理解，退休了，还不轻轻松松颐养天年，却天天忙着为人送医送药，不仅分文不取，还要搭上自己的时间，倒贴钱，到底图个啥？

是啊，退休，意味着人们将放下繁忙的工作担子，从谋生的重压下解脱出来，从社会生活的主战场上退出。今后主要将在家庭和个人的小天地里驰骋。这必将带来心理上的变化，也将引起生存状态的变化。

面临退休的人，一般人常有几种顾虑：收入将减少，生活有无后顾之忧？职业活动的成就感淡化，不再受社会的欢迎。

对司大姐来说，退休金当然比在职工资要减掉不少，但她不是贪图物质享受的人，对金钱从来就不看得那么重。还在护士学校读书时，她就响应号召，为抗美援朝购买飞机大炮，毅然捐出母亲留给她的金戒指；刚刚工作每月 38 元工资时，她毫不犹豫地每年拿出 20 元，认购 200 元的国家建设公债；在获得南丁格尔奖后，她立即将奖金全部捐给残疾事业和医院；获奖一周年时，她豪爽地拿出一年工资中上调的部分，招待科里的护士姐妹。在她的心里，国家的安危和发展，同事的支持和友谊都远比金钱贵重得多。退休后生活能够有保障，经济上便也再无所求。有人说，你不愁钱，又有儿女，一辈子做了那么大的贡献，退休后什么都不干，也对得起国家了。

生存有了保障，精神的问题便凸显出来。从职业的繁忙转到日常的平淡，老了老了，朋友少了，社会交往圈子越缩越小，会产生感情的落差，难免生出一种失落感，接着是寂寞，甚至绝望，这是生存状态转换带来的大冲击。

司大姐是最不甘寂寞的人，她说："我人虽然退休了，但我的心不能退休。"她在思考怎样使晚年生活过得更充实有意义。作为一名共产党员，她想到了为人民服务的精神不能退休。从她的性格来说，让她退下后整日无所事事，反倒会憋出一场大病；只要她的身体还允许继续工作，她就不会闲待下去。最便捷也是她最中意的，便是继续她的护士老本行，这点她的老伴老佟最了解，一语中的："不干这个她还会去干什么？"

的确，她钟情于护士这行工作。从医院退下来，她找到大有用武的新天地，在社区孤寡老人群体中发挥着余热。每日思考孤寡老人的事多于个人的事，常动脑，勤动手，反应敏捷，心胸开阔。自己喜欢的事情，心情当然愉快，干起来就精神勃勃，充满活力。不易感到疲劳。她的内心世界就不断注入新的泉水，保持长流不息。

司大姐那么热衷于义诊，除了考虑到老人的需要和经济现状外，也有意识回避金钱的陷阱，这样，群众打心眼里欢迎，自己更能心态平和，轻松自由。

她的行为超越个人私利，更多反映着一种无私奉献的精神追求，是一种非常积极的生存状态。

就人们的生存状态而言，从大的方面讲，可以划分为三种：第一种生存状态，属个人生存发展的生理需求，是人的自然角色；第二种生存状态，为生存发展的环境需求，一种职业身份和家庭成员，是人的社会角色，这是人的基本生存状态。而司大姐则属于另一种，是生存发展的心灵升华，属创造性的精神角色，这就是第三种生存状态。

生存状态是一个动态的概念，作为个体的人，首先你都是自然角色，但如果仅仅停留于此，人就回到动物去了。每天要工作，为生活的饭碗，就得遵从职业的指挥棒去忙碌，是一种身不由己的社会角色，即第二种状态；当你下班回到家里，开始家庭生活，虽然仍属于第二种生存状态，但已转入状态内的另一种形式，这中间还不时有转入转出第一种生存状态的情况。人的一生就是在这几种生存状态之中转换来转换去。而第三种生存状态似乎更难捉摸，常常是在第二种状态下出现，如：忘我工作到没有报酬的超常加班加点（这在许多先进工作者、各行各业的杰出人物以及科学家、理论家、文艺家等人群里都常见）；有时甚至是突发的一瞬，如：见义勇为。当然也有持续时间长的，如司大姐这样的义诊活动。更有大家熟知的无私奉献助人为乐的楷模——雷锋，等等。

事实上，这种生存状态一直存在着，通过实在的日常活动体现出来，例如，救灾捐赠、赈灾义演、志愿义工、忘我劳动……表面上大多与第二种生存状态差别不大，实则有本质区别。当事者没有追求任何利己的动机，而自觉地奉献出自己的时间、金钱、物质甚至生命，为他人、为社会作出了有益的事。这是社会公认的美德。

如果说，支持第二种生存状态的主要是物质利益的话，那么，第三种生存状态的动力则主要是精神的追求——他们拿出自己的物质和精力，无保留地奉献给他人，与他人分享一份快乐，从而发现自己的人生价值，得到另一种快乐，这样的人内心世界是充实的。

你也就不难理解司大姐说的："能使老人享有一个健康愉快的晚年，是我最大的幸福。"绝不是漂亮的口号，而是她的真心话。

她对老年人情有独钟。当年在医院时，司大姐就护理过一些老年病人，看到忙于工作的子女来探视的很少，更多的是老人来陪床——有人陪伴，或单位来人探望，这些爱对病人的心理抚慰，是再好的药物也替代不了的。

　　人老了，就怕生病，可疾病偏偏又追着老人。而且老人行动不便，加上经济有限，到医院看病有诸多困难。有鉴于此，她认为护理工作也应该由医院转向家庭，她愿以自己新的实践，为社区老人医疗保健摸索一些经验。她觉得，给孤寡老人以实际帮助，对自己不过是举手之劳，而对孤寡老人则如雪中送炭啊！

　　在上门服务的多次接触中，司大姐进一步了解到，这些老人不少是有很高文化素养的，都曾有过美好的青春，已留驻在祖国昨日绚烂的画页上。这里有两航起义的有功老人、有三十几年从未出过差错的老会计师、有兢兢业业干了一辈子的妇产科主任、妇产科老专家、有一生从事教育事业的优秀体育教师、有志愿支援农村建设埋头工作几十年的农村小学教师、有医院营养师、有外贸工作者、有退休老工人……可以说，他们是社会的功臣，民族传承链上不可或缺的一环，如今他们人老了，需要有人护理时，却由于没有子女或者子女不在身边，生活上遇到了种种困难，理当得到社会的关爱和帮助。更何况中华民族历来有养老、尊老、爱老的优良传统啊！这种信念，是司大姐对孤寡老人关爱备至的驱动力。

　　李大姐一辈子埋头在远郊小学校教书，老伴赵大哥是黄埔军校毕业的，按政策她本来可以要求调回北京，但她却没有提出，她说："我喜爱那些孩子，他们那里太缺少好的老师了。"一直到退休后才回到北京。她血压高到230mmHg/100mmHg，司大姐每天去看她。老伴过世后，李大姐不幸又得了肺癌，为了照顾她，司大姐多次一天跑她家几趟。病到晚期，天天要靠吸氧气支撑着。一天，正碰上氧气用完了，她痛苦地喘息着，司大姐一时找不到帮手，便不顾天寒地冻，自己骑上自行车顶着西北风到医院给换回。李大姐感激不尽，临终前，紧紧攥着司大姐的手说："我一辈子没儿没女，没想到人老了，晚年会遇上你这么好的人，运气真好，得感谢社会主义。就是死了，我也知足了。"带着心满意足的心情告别人世，这也是人生之幸事。经司大姐护理过的孤寡老人，有十多位这样无憾地走完人生最后之路。他们称赞司大姐是好人。只有把心交给群众的人，才能得到这样真情中肯的评语。这是群众发自内心的赞扬，是老百姓给她的最高奖赏。能够得到这样奖赏的人，是幸福的。而这一切又都是她所从事的工作带来的成就，因此，她百分百热爱护士工作。

一位老同学问她："这么多年了，你还没熬成大夫？"对于业内轻贱自己职业的看法，她很痛心。她不是没有机会离开护士岗位而跻身大夫行列，只是她从不为所动。在她看来，大夫固然重要，值得尊敬，但护士工作同样也不可缺少，绝不低人一等。

社会上还有一种"大夫越老越值钱，护士老了没人要"的偏见，对此她更不平。大夫老了经验多，受到欢迎不奇怪。年老的护士也有自己的长处，同样可以继续发挥作用。护士这个职业使她的能力和才能得到最大发挥，成为她追求理想信念和实现人生价值的最佳选择。拥有这样坚定信念的人是幸福的。

幸福是什么？是一种个体的感受，是一种难以捉摸、瞬息万变的东西。有人刻意去追求，却未必能得到。而司大姐则属于另一种人，她只是努力把幸福送给别人，幸福反倒会自然降临自己头上。予人玫瑰，手有余香。当她护理病人的时候，首先想到的是使病人尽早脱离病痛，恢复健康，过上正常人的生活。拥有健康是人生最大的幸福，对此还有谁比在病床上呻吟、在手术台上与死亡搏斗过的人有更切肤的体会呢？困难见真情，在重新获得这种幸福的过程中，人们对给自己以帮助的人是难以忘怀的。

一个假日，司大姐进到百货商店，从一个人群拥挤的柜台前走过，女售货员微笑着有序地应答着顾客，司大姐觉得这副面孔似曾相识，便在人群后面停了一下，恰在这时，售货员抬起头来发现了她，忙笑着朝她点点头，大声说："司护士长，你好！"她却尴尬地叫不出对方的名字。司大姐脑子里迅速转动着，终于想起，这是她曾经精心护理过的乳腺癌病人，手术后不想吃饭，司大姐专门从家里做来病人喜爱的麻酱面，才有了胃口，度过化疗关。如今当着众多顾客亲切问候自己，司大姐心里立时涌起一股暖流，赶忙挥挥左手表示答谢，也对记不起人家的名字致以歉意。司大姐又忆起售货员出院时说的话："我只要活着，就会继续工作。"看着完全从病魔的阴影里走出来，愉快地工作着的女售货员，司大姐为她感到幸福，心中默默地再为她祝福。

在广场里、在人行道上，在汽车里、在火车中，在许多公共场合，司大姐一次次碰到这样幸福而又令她尴尬的场面。你不会责怪她的忘性，而只会为她的无私奉献得来的爱所感动。爱是人间最真挚的感情交流，是无价的回报。多被一人爱，就多一分幸福。司大姐该拥有多少幸福啊！

1992年司大姐病倒了，在她患病期间，先后来看望她的不下百多人。这天病房门一开，进来的是社区里生活最困难的一位老姐妹，她走到司大姐床前，迟疑了一下，才从口袋里掏出两只鸭梨递过去，不好意思地说："一点儿心意。这梨脆，水多，败火。"司大姐不觉眼睛一热。两只鸭梨轻得不值一提，但司大姐很清楚，对平日舍不得多花一分钱买菜的老姐妹，却是几天的菜金哪！这里饱含着的那片真情，是无法用金钱计算的！

出院后第二天，司大姐浑身无力，勉强站起来，走到窗前，忽然看到刘唤堂刘大哥来了，想来是找她量血压的，但她虚弱得拿不动血压表，只好又躺到床上。过了十来分钟，刘大哥手上捧着一只碗，气喘吁吁地站到她面前，随后颤巍巍地揭开盖碟，慢声慢气地说："听说你住院了，把我和谢大姐急坏了，我俩都快90的人了，不能到医院去看你，在家里时时惦念着你。听说你出院了，我俩高兴极了，这碗蘑菇是谢大姐的外甥从外地带来的。谢大姐说蘑菇有营养，亲自给你做的，叫你好好补补身子。我和老伴的血压都正常，按你的安排吃药，你放心，好好养病吧。一定能好的！"司大姐的心弦又被这种无价的真情所拨动，久久回荡。她想，自己一定尽快养好病，早日站起来为他们服务。遗憾的是，司大姐还未康复站起来，两位老人却都离开了人世。司大姐感到自己欠了一份永远无法补上的情，只能用为更多孤寡老人服务来报答他们。

梦想是怎样走向崇高的？

司大姐也是千千万万普通人中的一员，她所做的，都是百姓日常生活中的平凡事，所体现出的崇高精神境界，却不是一步能达到的。

童年是多梦的年代。在她13岁那年，跟着大人到北京"德国医院"（现在的"北京医院"）去看望住院的姑母。推开病房的门，她被眼前的雪白世界惊呆了：雪白的屋顶，雪白的吊灯，雪白的墙，雪白的窗帘，雪白的床，雪白的床单，雪白的被子，雪白的床头柜上一束盛开的紫丁香，飘逸出的幽香也是白色的，这时又进来一身雪白的护士小姐——白衣、白帽、白鞋、白袜，端着白磁盘，走到病人身旁，轻声细语同病人说话，接着喂药、打针以及其他的护理……步履轻盈，动作利落，温柔和蔼，笑容可掬，真真是雪白世界里的"白衣天使"！她目不转睛地看不够。她太羡慕护士小姐了——干净的环境，神气的工作，多理想的职业！将来自己也干这工作该多好啊。

司大姐做过好多梦，只有这个梦始终忘不掉！初中毕业后，她以同等学历考取了只收高中毕业生的河北医学院附属高级护士学校。开学第一天，新生齐齐坐在一间明亮宽敞的教室里，老师指着黑板上黄发碧眼姑娘的大画像，对大家讲："这是南丁格尔。"接着讲了有关她的故事。在19世纪克里米亚战争中，是这位意大利出生的英国姑娘，在英国战地医院服务中建立了奇功。当时条件极端恶劣，不仅缺医少药，连生活用水都不足，南丁格尔率领38名护士，克服困难，设法解决生活和医药用品，并在士兵家属的协助下，使伤员死亡率从50%减少到2.2%，她创立的一套护理方法成为现代护理制度的基础。她的奉献精神激励了后来成立的红十字会会员，在红十字会1907年的大会上，设立南丁格尔奖章，为奖励各国护士的国际最高荣誉。1912年，南丁格尔死后的第二年，在第九届国际红十字会大会上，正式确立颁发南丁格尔奖。

从此，在司大姐的心中树立起一个手提马灯巡视在战场上的女护士的优美形象，她更为自己的理想而兴奋。

以初中文化基础来学高中毕业后的课，她只能投入更多的精力，刻苦学习，完成每个阶段的学业。她怀着新奇兴奋的心情，第一次到病房去实习。当她掀开病人的被子时，迎面一股污浊的血腥臭气冲进鼻孔，她感到阵阵恶心，就要呕吐出来，赶紧往外跑，一进厕所，便翻肠倒肚地吐了起来，连鼻子都往外喷酸水。洗把脸，漱了口，振作一下后，在老师的带领下，勉强给病人洗脸、梳头、擦背、扫床、叠被……到了晚上，白天那一幕又在眼前映现：嘴角上残留着血丝的肺结核病人，头发乱蓬蓬，两只眼睛凝滞在骷髅般的头颅上，露出怕人的暗光，那股血腥臭味，好像还留在鼻子里，一想到这马上又要呕吐。好几个夜晚她被吓得一身冷汗，从梦中惊醒，好几天都没胃口。她甚至对于选择的职业也产生了怀疑。

几个月后，这个病人竟然奇迹般康复了。一度令司大姐恐惧的

"骷髅"变成充满生机的青春面容。这个清华大学学生，被疾病折磨得休学，甚至产生过轻生的念头。感谢医护人员给了他极大的抚慰和坚定活下去的勇气和信心。

在实习期间，司大姐还亲身感受到自己护理过的两个流行性脑脊髓膜炎患儿、一位妇产科病人康复后的喜悦。这一切教育了司大姐，认识到救死扶伤是护士的崇高职责。不怕脏和累才能获得这种崇高。

参加抗美援朝医疗队工作，则是她人生的一个转折点。在北国黑龙江畔的后方野战医院，天寒地冻，条件简陋，大房子安排给志愿军伤病员，医护十姐妹挤在一铺土炕上睡觉，夜里翻身要先喊"一、二、三——向左（右）翻"，每洗完一大盆绷带和纱布，手指冻得像红萝卜，半天才缓过来，还有敌机的骚扰……很快就习以为常了。

值夜班时，司大姐借助电筒的微弱光亮，穿梭在 50 个伤员中间，仔细察看着每张脸，谛听着各个角落的声音。这天，她循着一声微弱的呻吟，来到一位右下肢打着石膏的伤员身旁，伤员指着腿告诉她："里边有东西，磨得像针扎。"恰巧医生不在场，她想到领导的话："要把'最可爱的人'的痛苦当成自己的痛苦。"怎么办——拆下石膏固然稳妥，但再打上可就难了，若打不上更糟，急中生智，找来一个细长铁钩，尖端贴上胶布，慢慢插进石膏与皮肤的空隙中，找到痛处，尝试着轻轻往外钩，终于将一小块石膏碎渣取出，伤员感激地说着："谢谢你！"很快便睡着了。司大姐则感到自己像交出了一份合格答卷，心中久久喜悦。看着自己手拿电筒巡视病房的样子，忽然想起那个手提马灯的南丁格尔，产生一种奇妙的联想：如果南丁格尔在，她会想到什么？

南丁格尔会想什么，无从核考。司大姐自己在想什么倒是清楚的。这些天，她自己的思想感情上也经受了一次"特别的医疗"。战士小吴被抬到野战医院时，只有一条右臂，但他丝毫没有悲观情绪，不但积极配合治疗，还刻苦练习用一只手来料理生活和写字，准备伤愈后重新要求上战场。司大姐问他，你一只手怎能再去打仗啊？他说，我不能打枪还可以用一只手写通讯报道，歌颂我们战友的英雄事迹。这强烈地震撼了她，与"最可爱的人"相比，感到自己太幼稚可笑——来野战医院的路上，第一次听到防空警报时，自己慌忙往车座底下钻，多么怯懦渺小啊。差距在哪里？战士小吴在火线上加入中国共产党，为了国内的和平建设，为了将来实现人类最美妙的共产主义理想，早把个人生死安危置之度外。于是，在她的心目中，共产党员对祖国和人民无私奉献的光辉形象，顶天立地。她怀着激动的心情，借助手电光，在病例纸上写下入党申请书，决心做个无私奉献的人。

以后她在行动上实践着自己的诺言，她从见习护士到合格护士，到优秀护士，不断做出优异成绩，1959年，她终于成为中国共产党光荣的一员。她在平常的岗位上，每天做的事也都很平常。比如，为一位手术后长时间解不出小便的女病人，按摩、冲洗、聊天鼓励，整整十几个小时没有离开病人；一位50多岁的农妇，胆囊切除，术后只能进流食，但喝牛奶、藕粉都反呕，司大姐连续几天主动从自己家里端来玉米粥，使病人有了胃口；为双下肢烧伤的老大爷，抢在手术前掏出便秘的干屎球；一骨盆骨折的农妇需要手术，请求通知其家属按时来签字，她从查号台到单位值班员，再到集体宿舍，找到只知姓的班长老乡，再通知到家属……为病人做的这些事，都很普通，又很平常，但并不是所有人都能够做到的，是要付出额外的时间和精力的，正是这种额外的付出，显示出不平凡的精神境界，登上生存状态的一个高点。尤其难能可贵的是，她绝不是一时心血来潮，而是数十年如一日，时刻把病人苦乐放在心上，在她那颗金子般的爱心里，为病人服好务，如同呼吸吃饭一样自然，成了她的一种习惯。

一天，手术室里接来一位脚外伤的病人，医嘱马上做手术。但医生忽略了病人吃过午饭还不到一小时，不能先做必需的"腰麻"的规定，司大姐向医生提出这个手术现在不能做。一下惹恼了医生，冲她大喊："你多大岁数了？什么时候才退休？管事可真不少啊！"她笑着应答："不管什么时候退休，只要干一天，就要管一天！"

类似的冲突何止一两起，但出于对病人健康高度的责任感，出于公心，司大姐敢于坚持，每次都正确处理了矛盾，事后医生也信服。

无私地贡献个人的精力物力，无畏地抛弃个人的情面得失，这远远超出工作本分的精神境界，无疑已升入第三种生存状态。

为什么感到内疚？

在多功能厅里，司大姐站在电视机荧光屏前，跟着卡拉OK的音乐画面，兴致勃勃地唱着《爱的奉献》，这是她最喜爱的歌，唱得轻松自如，唱得开心，听众为她的全神投入不时发出赞叹声和掌声。这是2002年夏天，在北京郊区的一所疗养院里，一批老干部正在度假。接下来，《蓝色多瑙河》响起，司大姐大大方方接受应邀，与一位老干部跳起华尔兹，虽然她对花样有些荒疏，但从舞的律动上分明显出她的功底。要知道，在1952年的新年联欢晚会上，她曾跳过通宵。此刻，远离都市的喧闹，是重温逝去的青春年华吗？不，昔日的少女，今天已鬓发斑白，与老伴携手来到这绿野仙踪的天地，享受大自然的宁静，一切烦恼沉重都烟消云散，神清气爽，脑清休舒——那就尽情地唱吧、跳吧、玩吧！享受这"休闲"的快乐。

长期以来，她一直处于超常忙碌状态之中，现在终于有了闲暇时间，给自己的身体一个休整机会——即使是钢铁的机器也还要定期保养，何况人是更复杂的有生命的机体——她的感受新鲜而强烈。

长期以来，国人如同生活在被上帝安排好的程序里：六天里忙于工作，第七天是"战斗的星期日"，被洗衣、打扫、购物等家务所占满。现在，随着温饱问题的解决，开始有了点余钱，每周五个工作日制和节日长假制，以及煤气灶和洗衣机等家电的普及，人们的业余时间多起来，除了温饱的最低要求得到满足并提升到新高度外，生活有了更多新的内容，休闲便是其中主要一项。休闲的方式多种多样，学习、影视、跳舞、运动、展览、聊天、书法、绘画、棋艺、旅游……通过这些活动，增长知识，联络感情，促进了解，增进友谊，扩大视野，开阔胸怀……人们从更多方面享受生活的愉悦，生活质量得到前所未有的提高。这是从前不敢想，也不可能想到的。

这次，司大姐是以家属的身份参加老伴单位的活动。结婚近半个世纪了，两人在公众场合一起活动还真不多，更不要说这样玩了。

司大姐是有名的大忙人。十几年不休一个节假日。她是幸运的，丈夫、婆婆和儿女都理解和支持她。

谈恋爱时，她就多次表明，做护理工作生活不规律，上夜班是常事，节假日往往休息不成，老佟总是点头默认。结婚后，夫妻俩各忙于自己的一摊工作。老佟是首都集中供热的元老，在修建工人体育馆工程时，他连续几个月吃住在工地上，连春节也没能回家。

司大姐虽然不会做家务，但明事理，懂得敬重婆婆，从进家门起，每月交出工资一半，家里的大事小情，都交由婆婆处理。慢慢地，婆婆对她的工作也开始有所理解——儿媳是个很有感情的人，她把全部精力投放到那些与自己无牵无挂的病人身上，没夜没日地忙碌，哪还能分心来顾家呢？这种基于爱的理解是沟通婆媳的桥梁。此外，婆婆潜意识中也还有内外分工之别，觉得儿媳工作好，有能力，受器重，是在外面干大事的人，家务事则是家庭主妇分内的，自己就全包下吧。以至司大姐的一双儿女，也全是婆婆一手带大的。连女儿生病时也是婆婆抱着跑医院看病、打针，没让她分心耽误一天工作。婆婆是典型的中国传统妇女，把自己的一生毫无保留地贡献给家庭，贡献给儿子儿媳，正是有这样可靠的家庭后盾，司大姐才能在事业上大展宏图，这点她非常清楚，十二分感激婆婆的支持，同时也深深感到自己是个不称职的儿媳。她还未来得及对老人家表示一片孝心时，婆婆就安详离去了。她的心里异常沉痛，工作再忙，她终于也挤出点时间给婆婆上了一次坟，后来每当儿女上坟时，她总要他们代为敬献上一束花，但是这远远弥补不了她心中的遗憾。

　　司大姐真不知该怎样感激丈夫才好？认识老佟那天，他的朴实忠厚，温和热情，有理想求上进，办事干练有魄力，一下就吸引了司大姐。和他相处越久，感受他的优点越多，尤其是在"文革"中，司大姐被诬陷是国民党特务，遭到无情打击时，她苦闷得精神已濒于崩溃——那天晚上回到家，她真的觉得活不下去了，她想到轻生，是老佟冷静沉稳的头脑解救了她，帮她分析要害，减轻她的精神压力，老佟说，"你要死了，这个家可就毁了"。一句话使她头脑清醒过来。这样好的丈夫，最能体贴她的难处，婆婆一走，老佟立马将治家的重担接过来，使这个家庭依然和谐温馨。可是，司大姐心里很清楚，老佟肩上还另有一副工作的重担哪！老佟始终是自己工作上的得力助手，就是在她退休后的活动中，老佟也始终如一积极支持，帮助孤寡老人取药、包饺子，直到跑大栅栏为孤寡老人买可心的鞋。老佟是她事业成功的坚强支柱，被朝阳医院誉为"模范丈夫"。老伴为她所做的一切，无疑也是一种无私奉献，在她的"军功章上有老佟的一半"。退下来后，她也尽力照顾好老伴，做他的全职保健医生，比如，督促丈夫按时吃药、喝水、休息，为了让老伴坚持早晨的立得治疗仪治疗气管炎，她包做每天的早饭。尽管如此，比起老伴对自己做过的一切，她依然感到自己不是个称职的妻子。

没能在儿女的童年给他们应有的母爱，她始终感到愧疚。但孩子长大后却也能理解她，在奶奶过世后，他们成了爸爸料理家务的助手；儿子还成了她的外语辅导老师；有次她正要带发烧的儿子去医院，却因邻居老奶奶突然发病而退居第二位，儿子也能体谅。如今，儿女都已成家立业，也都有了他们自己的孩子。对于儿女，她只好说远远没尽到做母亲的职责。

遗憾也罢，愧疚也罢，这毕竟是特定的历史环境所造成的。时代曾经张扬这样的理念：革命加拼命，拼命干革命；有命不革命，活着有啥用。在现实生活中，工作是革命的代名词。虽然司大姐的心灵深处还存有家庭成员应尽义务的传统观念，但身处那个时代，她的积极行动已把时间占得满满登登的，不可能再给个人留下理家这块"自留地"的时间，她的这种不能超越便留下今天的"遗憾"和"愧疚"。这种矛盾正反映出生存状态的失衡。

人的最佳生存状态应是动态的平衡。在第二种生存状态中，人的社会角色包含两个方面：职业工作和家庭成员，两者不该截然对立。但在实际上，人的正常合理要求往往被忽视，以至在正常情况下，我们也曾偏颇到可以不管不顾家庭的程度，而只剩下工作这一个侧面，仿佛工作就是唯一的目的。其实，工作的本原目的是为了更好的生活。在工作之外，人还有其他方面的许多合理要求，也应得到满足，如此，生活才能丰富多彩，精神才能充实活泼，逐渐走向如马克思所说的"人的全面发展"。我们应理直气壮地学会享受生活。

每当周末孙女来看望爷爷奶奶时，司大姐的心中会涌起一种难以名状的甜蜜。孩子走后，她常会不无感慨地问老伴："我们的儿女小时候是否也这样可爱？"为了经常唤起这种慰藉，司大姐在自己的床头柜上，摆上孙女的彩色大照片，一抬头，那天真可爱的面容就进入她的眼帘，如同孩子在身边一样。

社区"健康使者"

去年盛夏，司大姐应邀出席北京市东城区卫生学校毕业典礼。站在主席台上的她，一身雪白的护士服，头戴护士帽，胸前还配挂着南丁格尔奖章，为应届毕业生授帽。在庄严的音乐声中，77位青春少女排队上台，一个一个走到她面前，双腿跪立，司大姐郑重地拿起簇新的燕翅帽，给每位姑娘戴上、摆正、别牢。然后，这群姑娘每人点燃手中的蜡烛，集体宣誓，气氛格外庄重热烈。望着眼前即将走上护理岗位的新生力量，在台上站了几十分钟的司大姐，丝毫没有老人的倦意，脸上充满欣慰的微笑。

退休后，人们不时能见到司大姐穿上她心爱的护士服，出现在公众场合。最初几年，她一次次应邀到外地，为当地的护士长学习班讲课。她结合临床实践讲述自己多年的经验，会上会下护士长们则向她提问，双向交流，亲切热烈。一位来听课的年轻护士长，往返都要搭乘别单位的班车，有两次早走了十来分钟，在写给她的信中说："不知您在这10分钟内又讲了多少东西，造成我终生的遗憾，因为这短短5天的学习，在我的生命中是多么重要。您这么大岁数仍然坚持学习，我这么年轻，为什么不能把自学大专课程学下来？"一名男护士在信中倾诉自己的心声："我是男孩子，虽然在世俗的眼里是不够出息的职业，但我不在乎。我深深懂得，职业没有高低贵贱之分，只要人们对自己所从事的工作有一种爱心，有一种超脱，那么人们就会对其工作发生兴趣和理解，并从中得到一种享受和满足，找到自己的价值所在。"有这样的知音，怎能不让司大姐高兴呢？

近几年，她在北京的活动依然不断。1996年她参加北京市社区志愿者先进事迹报告团，1999年参加北京市红十字会志愿者报告团。

如果说，当年司大姐是病房里的白衣天使，用她的双手直接为病人服务的话，那么，如今她则是社区中的健康使者，用她一颗火热的心燃起更多人的热情，参与到服务老人的事业中。她深知一个人的力量是极其有限的，何况自己一天天老下去，深感时不我待，于是她抓紧余生之年，利用一切机会做宣传工作。她经常讲的一句话是："谁都有老的那一天。"

这些年她对老年问题做了调查研究，并就老年人的生活道路、烦恼和痛苦，如何对待老年人，以及怎样开展社区老人服务工作、社区志愿者工作设想、退休医务工作者在社区发挥余热等问题写出一些文章。她还向北京市领导反映情况，强调"希望全社会上上下下齐来关心，要真关心，动真格的，千万别做表面文章，别耍嘴皮子"。

团结湖街道办事处是她的依靠，每遇困难必去求助。有个夜晚，90岁高龄的岳大姐摔倒动弹不得，小保姆来电话紧急呼救。考虑到岳大姐有高血压、心脏病，怕送医院路上出意外，司大姐便向街道办事处民政科金桃副科长讨主意，金桃很快骑车来了，两人一起商量解决。

团结湖中路居委会是她活动的基点，15年来一直全力支持她。

在几所医院和医学院校的讲坛上，司大姐同医护人员和大学生交流座谈，她特别看重医务人员在救助老年人中不可取代的作用，呼吁他们多来参与。她的动人事迹和奉献精神打动着听众，不少医务人员听报告后当即表态，愿意参加志愿者活动。

她的"娘家"朝阳医院是她"可靠后方"，从院长到每一个群众都是没填表的志愿者，为她提供多种方便，帮她答疑解难，抢救危急病人。还有，团委书记戎明，7年来一人坚持定期为7户空巢老人送药；每年3月5日团委带领青年医务人员到社区义诊、开方；心血管科主任医师顼志敏博士亲自到社区讲课。

水碓子医院，在院长刘运杰带动下，有12位医务人员与社区的孤寡老人结对子，前不久还专门送来煎好的防感冒中药。

北京中医药大学的75名大学生利用双休日，定期深入到团结湖社区20多位空巢老人家中，针灸、按摩、护理。

还有燕郊同济医院护理部主任林昌秀、朝阳急救中心、团结湖医院的一些医护人员等都积极参与为空巢老人服务。

司大姐是团结湖社区志愿者协会的副会长，尽职尽责，无论是在公共场合，还是私下交谈中，她几乎不忘动员：你来参加志愿者吧。

志愿者，是个外来词。志愿服务起源于19世纪西方宗教性的慈善服务，已有百多年。近年已逐渐成为国际潮流。1970年，联合国大会通过决议，组建"联合国志愿人员组织"。1985年，联大把每年的12月5日定为"国际志愿人员日"。联合国秘书长安南指出："志愿者是指在不为物质报酬的情况下，基于道义、信念、良知、同情心和责任，为改进社会而提供服务，贡献个人的时间及精力的人和人群。志愿服务泛指利用自己的时间、自己的技能、自己的资源、自己的善心为邻居、社区、社会提供非盈利、非职业化援助的行为。"

1979年第一批联合国志愿者来到中国偏远地区，从事环境、卫生、计算机和语言等领域的服务。其后，中国的志愿者组织发展起来。有关资料显示，目前我国合法登记注册的志愿者组织成员在2千万—3千万，最大的两支队伍是社区志愿者和青年志愿者，分别隶属于民政部和共青团两大系统。2000年中国青年志愿者协会专门把3月5日全国学雷锋日定为"中国志愿者服务日"。我国的志愿者行动开展时间还不长，相关的法律法规和全社会参与的激励制度都很不健全，因而一个得到政府和广大群众认同和支持的社会环境就显得很薄弱。在发达国家，社区是志愿者活动的重要场所，而我国社区建设也在转制中，人们对单位的依赖远大于社区。这种现状，对开展社区志愿者活动无疑带来很多困难。尽管如此，中华民族的思想感情里，并不缺乏同情心和社会责任感，历来有"先天下之忧而忧，后天下之乐而乐""天下兴亡，匹夫有责""先公后私""公而忘私"，乃至"忠孝不能两全"等传统观念。这些思想深层的积淀，和在新世纪仍具强大生命力的雷锋精神，则是司大姐能够开展志愿活动的天然土壤。雷锋精神也在与时俱进，志愿服务则是雷锋精神的传承。何况司大姐已经用自己的义诊行动作了最有说服力的动员，使得志愿者活动变成爱的一种传递。

今年百岁的韩永祥，教了一辈子书，晚年白内障严重，1996年春，由女儿韩菊元带着来朝阳医院，司大姐给他们找了眼科专家，3人楼上楼下不停脚，轮到做化验时，韩菊元突然心慌发病，只好自己先去做心电图看病，幸好有司大姐带着老父亲继续做完胸透、验血和验尿等。韩菊元想，司大姐年龄比自己大、身体也较弱，却替自己忙了半天，心里实在不落忍。后来韩菊元住院时，司大姐又多次探望。韩菊元尝过住院时没人陪住的苦恼和狼狈。由此想到，还有多少老人存在着同样的困难，需要"雪中送炭"啊。她找到司大姐说："你的工作太伟大了，我也参加。"这几年，已经退休的韩菊元多次捐款捐物，开车带老人看病和游玩，还担任了扶贫助困志愿者小组长。

一批老年志愿者学会量血压，成为司大姐的好帮手。76岁的苏敦岩大爷，养病中学会了针灸，也表示愿为孤寡老人效力。

在接触交往的观察研究中，司大姐发现老年人都有一种互助愿望，当既有付出又能得到的时候，他们会自觉自愿，心安理得。基于此，1996年，在司大姐的推动下，社区里先后组织起两个"独居姐妹组"，不定期聚会，聊天谈心。当有3个姐妹先后住院做手术时，她们轮流探望，并带上自己拿手的菜肴慰问。

潘伟和国巍是一对刚走上工作岗位的大学生夫妇，他们辗转找到司大姐，主动报名参加社区志愿者行列，每月捐出200元，赞助两位贫困老人。这给了司大姐极大的安慰和鼓舞。虽然时下道德滑坡，有些年轻人被物欲横流所迷惑，唯钱是图，而这俩人的行动，则显示年轻一代是大有希望的，他们以实际行动证明自己是社会的主人。当更多的中青年参与到志愿者行动后，服务老人的社会事业定有新局面。

目前，团结湖社区的志愿者不下150—160人，其中除医务人员外，还有离退休的领导干部、工程师、研究员、编辑、讲师、中小学及幼儿园的老师、工人……有共产党员，有劳动模范，有民主党派，有少数民族，还有残疾人。团结湖社区的志愿者组织，在为老年人服务方面已初见成效。司大姐这些年的工作受到各方面的表彰，先后得到多种奖励：中国退科联优秀科技工作者、北京市老有所为先进个人、市三八红旗手标兵、市总工会"贴心人服务队"先进个人、市社区服务志愿者之星、市红十字会志愿者之星、朝阳区公民道德标兵、"五好"文明家庭、社区服务优秀共产党员、街道共产党员红旗户……最近，司大姐又被聘为"中国雷锋精神研究会"的顾问。1999年瑞典红十字会会长江松参观社区服务中心后，热情称赞司大姐是"社区南丁格尔"。

我国面临老龄化社会，司大姐这样人物的所作所为，使人们对老年事业的未来充满热望。

（文章原载：《报告文学》2003年4月刊）

一个"怪人"的崛起

——记副市长王宏烈

在八十年代改革的春光中，他脱颖而出，三年连升三级——由工程师而厂长、而地区经委主任、而副市长。

关于他，人们有各种议论："行侠仗义""财神爷""脾气古怪""交谈起学问来，比教授还教授""吵起架来，蛮不讲理"；他曾蹲过两次冤狱，差点儿被枪毙；二十三岁上被错划为"右派"；江湖沧海，浪迹天涯；……总之，是个不可思议的"怪人"。

怪人—囚徒—"右派"—副市长，一个谜样的人物。

他，叫王宏烈。

火冒·三丈

这个东北大汉，一回到房里便平躺到床上。心里燥热，郁烦，他感到这已近中秋的天气仍像三伏那样憋闷。"腾——"地，他从床上又弹起来，扒掉外衣，换上一套薄绸睡衣，又走到窗前，打开空调开关，冷风呼呼吹起来。仿佛要借这凉风吹散脸上的愁云，熄灭心中的怒火。

虽然，一切仍按计划进行宴会、碰杯、签字。但是，这最后两三天所遇到的情况，却很出乎意料。

八月二十四日深夜，在滂沱大雨中他赶到北京。第二天上午，在化工部的会上，确定他参加同突尼斯谈判的领导小组工作。一周来，他紧张地工作着，除了在北京的谈判，还陪同客人到秦皇岛现场视察。他极尽主人的殷勤热诚，煞费苦心地为宴会设计了别有特色的饭菜——诱人的海蟹、香喷喷的青玉米、中国的饺子和豆腐脑，使客人胃口大开，致使客人诙谐地说，回去得减肥了。

　　席间，宏烈大谈秦皇岛的湖海关山，谈长城之首的老龙头，谈风景甲桂林的堰塞湖，谈具有中国妇女美德的孟姜女，谈誉满天下的茅台，甚至还谈起他写过几篇小说的往事……气氛活泼而轻松。突尼斯首席谈判代表心满意足，透过他那大宽黑边眼镜，闪动着欣喜的目光，兴奋地说："凭王副市长对我的盛情款待和兄弟般的感情，我要在秦皇岛落户，做第一个生活在中国的突尼斯人！"宏烈立即表示欢迎。这时，首席代表拍着胸脯，连声说，建厂的事定了。

　　回到北京后，就等着签字了。谁料，时隔不久，忽然从中央一个部里传来异议，说秦皇岛港务局不同意利用港口卸下磷酸。这一来，使主管的化工部为难了。

　　宏烈一听到这消息，就炸了。这项谈判是第三世界国家间的良好合作，目的是以法国现代工艺，用突尼斯特产的磷矿，由中突合资兴建一座亚洲最大的磷铵厂，它一年生产的复合肥料，将相当于秦市现有工业总产值的一半。这样一个重要的谈判项目怎能毁于一旦?! 他心急，心痛，马上频频活动起来。北京——秦皇岛，长途电话往来不断。很快就查清了，港务局不承认有异议。可就是有人利用关系，在底下搞鬼，这也能妨碍大局，损害国家利益，真可谓"一言丧邦"！

　　随后，几经奔波，才同那个部的一位领导见了面，取得了谅解和支持。

　　他最怕踢皮球，使得明明可用三天办成的事，非要拖上十天半月才行。宏烈是个急性人，对这种官僚主义衙门作风早已深恶痛绝，他真想大喊大叫：此风何时才能停止？！

"了净"不静

"了净"是宏烈幼年时得到的法名，那时姥姥曾打算将他送到庙里去当和尚。这法名的含义是保佑他一辈子灾病尽除，干干净净，平平安安。然而命运却好像有意捉弄人，他的生活道路恰恰是多灾多难，充满坎坷的。

一九五一年，他十六岁，便从公安后勤部的医训队毕业了。他满心喜悦地来到天津工人医院，被分配到化验室，带领他的人事科长向大家介绍说："小王同志是从部队上来的，你们多照顾！"屋里的人们看见进来的年轻人，身着绿军装，浑身透着八路的土气，大家脸上便流露出一种新奇而又怀疑的神色。人事科长走后，人们又都转向自己的工作。主任技师只说让宏烈熟悉熟悉环境，却不分配他具体干什么。宏烈一再要求给他派活，主任技师不耐烦地考问他，能否看懂英文？宏烈老老实实承认自己没学过，对方马上轻蔑地哼了一句，"不会英文怎么能干这个工作呢？"宏烈感到自己的脸上一阵火辣辣的，稍稍冷静下来后，便诚心诚意地恳求道那就请您教我英文吧！不料对方竟冷冰冰地甩来一句，"没工夫！"说完，转身走了。宏烈感到心中发凉，仿佛又回到童年那冷酷的生活。

宏烈的幼年是不幸的，五岁上，父亲惨遭日寇杀害，母亲改嫁，他由姥姥照管在哈尔滨街头过着流浪儿的生活。为了一碗"大楂子粥"，他帮人卸车，给上坡的车拉套，到饭馆刷洗碟碗……实在无奈时，甚至也不得不跳到"白俄"院里去偷吮乳牛的奶。这种生活使他受尽了冷落和白眼。

只有在姥姥身边才能得到温暖和安慰。尤其是依偎在姥姥的怀里一边听故事，一边吃火盆里刚煨好、还烫手的土豆时，这是当年最大的享受了。他喜欢听英雄侠客的故事，希望在生活中能遇到《三侠五义》中的欧阳大侠和出没深山密林的抗联健儿。

一九四五年，日寇投降后，东北民主联军解放了哈尔滨。宏烈才结束了流浪儿的生活，考进了革命政府创办的免费寄宿学校——哈市五中。校长王又生是从延安来的共产党员，他虽然身材矮小瘦弱，但那严肃的面孔和说话时下撇的嘴角，却给人以坚毅的力量。他亲自给学生们上大课，讲社会发展史、大众哲学、革命人生观。宏烈听得津津有味，心里亮堂堂的，仿佛在他面前打开了一扇窗户，看到了一幅美妙圣洁的社会图画。在那里人和人是平等的，互相关怀的。他感到自己一下子长大了。很快，他成了哈市第一批儿童团员，以后又是新社会的第一代青年团员。他积极投身到创建新生活的沸腾洪流中：去商户募捐的腰鼓队中，在丈量土地的土改工作队中，擦洗机车的劳动队伍中，都有宏烈的活跃身影。他看到了群众中投来的敬佩、羡慕、赞叹的目光。

然而，此刻望着化验单，那上面的英文仿佛化成了一双双鄙视、嘲笑的目光，他的眼里涌出了泪水。已经下班了，他一个人还坐在那里沉思。主任技师的话又响起来："不懂英文还能干这个工作？"哭吗？不能。报到时，组织上告诉他医院里的党团员不多，对这里受欧美影响很深的知识分子要多做团结、教育、改造的工作。同时，在业务上要学会我们还不懂的东西。他意识到，学不学会英文是直接关系到能否站稳脚跟的问题。他不能败下阵来。他确信自己不笨，别人学得会的，自己也一定能学会，没有老师就自学！他翻看着一张张化验单，研究分析，摸索出需要掌握的英文单词，运用在医训队里学习拉丁文的经验，默写背诵。大天如此，坚持自学。功夫不负苦心人，三个月后，他也能自如地用英文填写化验单了。终于，为党争了这口气以后，他又自学了细菌学、血液学、生化学、病理学、临床检验学基础知识，承担起化验室全部工作。而他在政治学习会上那既有条理又很风趣的发言，竟使众人暗暗叹服。化验室的同事对这个"土八路"刮目相看了，工作局面打开了。

然而，由于他当众张扬了领导的隐私而使处境一落千丈。他不能容忍在共产党的干部身上出现丑点，因为这对他近乎水晶般纯洁的信念是一种玷污。但由于他太年轻，缺乏处世经验，做法欠妥，冒犯了上司，他从领导器重的积极分子，一下成了被整对象。他不能忍受这份窝囊气，他拒绝参加批判会，一怒之下，离开了工人医院。

后来，他到了天津百货采购站医务所工作。以他的积极精神和创造才能赢得了好评。领导又委以重任，由他负责新建商品化验室，改变了商品检验员凭眼看手摸鼻嗅的原始状态。在这里，他首先完成了肥皂性质的分析，并发表了这个研究成果的论文。他精力充沛，业余时间还从事多样文学艺术活动。他在报上发表特写、杂文、影评等文章。他参加业余话剧队，演出过《雷雨》《日出》《北京人》，这时天地对他变得广阔起来，生活更有意义。

正当他春风得意之时，一场扩大化的"反右"运动如晴空霹雳，把他打了下来。当他开始戴上"右派"帽子劳动时，并未觉得难受，直到要他脱去大褂离开化验室时，他才猛然觉得心上挨了一刀，生活在他面前骤然黯淡下来。他一个人躲进小酒馆里，不停地喝闷酒，伤心地哭起来，痛不欲生……

他所以还能活下来，是由于人民给了他勇气和力量。在下放农村劳动中，给了他再次接触化学，并能发挥所长的机会。他连续在五个村子里办起了小化工厂，生产肥猪粉、化肥、植物生长刺激素等产品，使这些村子在"大跃进"后免遭饥馑。他在这里受到人们的尊敬，老乡们夸赞他，同情他，说他是"受罪的财神爷，有真本事！"在试验肥猪粉时，他被炸伤而倒在血泊中，人们将他抱起，送进医院治疗。临出院那天，支书的母亲孙大娘拉着他的手，流着热泪，真诚地说："宏烈呀，你伤好了，甭回去当那号干部了，咱们就在乡下一起过！"说得宏烈心中一阵热，眼里也湿涩了。

但是，那时的当权者，却极为不悦，认为他干的这些事是笼络人心，不好好改造，硬将他调到远离村庄的农场，想以繁重的劳动拖垮他。越是这样，他越要争气。那阵各处都闹"度荒"，农场奉命也要搞"代食"，于是，宏烈又一次显示了他的作用。依靠他的知识，很快为农场搞出了小球藻、叶蛋白、人造蘑菇等。

一九六一年，摘掉了他的"右派"帽子。而这3年的遭遇，和他自幼所憧憬的共产主义道德标准太不协调了，他极度厌恶这一切，不愿再受白眼、歧视、暗算和凌辱。因此，在宣布摘帽的当天，他便递上了辞职书。他想用这样的代价，来换取做人的尊严和自由劳动的权利。然而，严酷的现实，再次嘲笑了他的天真幼稚。

何罪之有

已经夜深人静。一块布帘将屋子隔成两个世界。帘后，孩子老婆已入梦乡。帘前，宏烈还在聚精会神地搞实验。从几个瓶中掏出几小勺药品倒入玻璃器皿盛的溶液里，用玻璃棒搅和搅和。过一会儿，又从保温瓶中取出冰块，加进溶液，再搅和一阵，渐渐出现黄色结晶。他敏捷地捞出结晶，铺摊到台灯罩上烘干。他守着这灯，不时看看手表，心怦怦地跳。突然，"轰！"一响，眼前升起一团黑烟，直冲棚顶。妻子被惊醒，慌忙探过头来，见宏烈满脸熏黑不觉"啊！"的一声叫了起来。宏烈却兴奋地大声说："成功了！"

宏烈来到他下放时搞起的津郊海河化工厂后，受到如亲人般的礼遇，聪明才智又得以发挥。此刻的实验，是为生产微孔橡胶的发孔剂。这种物质市场上奇缺，要靠外汇进口，价格昂贵。宏烈从朋友的闲谈中获悉这一信息后，马上在家里搞起来。所用的仪器、药品、温度计、玻璃试管等，都是偷偷截用了妻子准备给他买衣服的钱。

他的实验成功了。海河化工厂的产品行销全国，工厂发了财，宏烈越发受到人们的爱护。

他刚刚看到生活的笑脸，阴云又悄悄遮上头来。一九六四年，陈伯达到津郊搞"四清"运动，海河化工厂被宣布为"走资本主义道路的黑工厂"，宏烈则被打成"没改造好的走资本主义道路的右派分子"，冠以莫须有的所谓"非法经营"罪而被捕入狱。经过一年多的三审六问，翻了个底儿朝天，虽然并未找出什么问题，但欲加之罪，何患无辞。最后硬把他的工资累计在一起，算为非法所得，判了二年徒刑，缓期二年执行。

当他从狱中出来时，"右派"加"缓刑"这两顶帽子把他压到社会最底层。为了维持生活，他不得不挣扎着干重体力劳动。身处逆境的宏烈，受到不公正的对待，但他觉得一定是哪部雷达探测器出了毛病，错把他扫上，是一种误会。因此，当他清晨骑着自行车到工厂去上班时，常自嘲自娱地哼着："到处流浪！到处流浪！命运叫我奔向远方……"

一九六八年二月，命运又偶然将他带到河北省沧州；由朋友的辗转介绍来到张官屯公社小朱庄大队。大运河从村边流过。他到达的那晚，受到大小队干部的欢迎。党支书敬他满满一碗酒，请他帮助赶走穷困，让老少爷们儿富起来。望着一双双渴盼的目光，想起进村时看到的衣衫褴褛、嘴啃红高粱窝头的刺心情景，他颤抖着接过那粗瓷大碗，一口气将那一元钱一斤的"山芋烧"喝光，对他们发誓道："为了帮乡亲们过上好生活，我就是第二次坐牢，也在所不惜！"

宏烈决定还是办化工厂。但，大队所能筹集的，只有七百元人民币。这使他一时不知所措。

一天，他骑车去沧州的路上，听到屠宰场里传出猪号声，蓦然提醒了他：何不从猪胰中提取制革和染料工业急需的工业胰酶呢？他走进屠宰场免费得到二十个猪胰，带回去搞实验。经过几天的苦熬，在他的宿舍里找到了适用的工艺，使小朱庄生产出合格的产品。

接着，宏烈又搞出染料里的重要产品：盐基玫瑰精。

靠这两项产品，仅一年零八个月时间，大队便获纯利润四十多万元，一下富起来。埋电杆拉电线盖新厂房，打机井，置车买马，四十几个光棍娶上了媳妇……穷困荒凉的土地上出现了火红的富裕景象。看着人们脸上有了笑容，生活有了欢乐，家中有了幸福，宏烈也露出了欣慰的笑容。

可惜，他生不逢时。宏烈大胆突破"粮纲"的羁绊，为小朱庄创造了暴富的奇迹，却为他自己招来了灾难。在"一打三反"的风浪面前，宏烈不幸再陷囹圄。一条条捏造得吓人的罪状，将他打成"反革命投机倒把集团首犯""资本主义教唆犯"，内定"死刑"，只待"枪毙"。他脚蹚镣手戴铐，被拉到天津市进行大会批斗……

如果说，从被错划成"右派"到第一次被捕，他还觉得是一种误会，一场玩笑的话，那么，如今要将他置于死地时，他不能不起而奋争了——在小朱庄的所作所为，明明使人民得到了实惠，怎么反成了罪过？他要申诉，要辩解！

在法庭上，他振振有词地大声呼喊：我同社员办化工厂，创造财富，何罪之有？马克思说，人类的基本活动是生产活动。难道一个公民搞生产的权利，也被剥夺了吗？

他还从监狱允许阅读的《红旗》杂志上，看到黑龙江省委写的《大力发展社队企业》的文章，找到现实依据，更加理直气壮。

一天，他被带去接受外调提审，不想来的两人竟是小朱庄的乡亲。他们趁周围没人监视，悄悄告诉他村里没事。这种特殊方式的关怀，使他激动得只能将泪水咽到肚子里。

由于宏烈的申诉、辩解，法庭终于未能给他判刑。可是，他却在拘留所里被关了整整四年！后来，他有幸碰到一位敢于坚持真理、以实事求是精神办案的审判官唐美丰。这位刚刚"站出来"的老同志，听取了宏烈的申辩后，仔细研究了厚积盈尺的案卷，重新核对查证，逐条否定了原来的"证据"，仗义为宏烈平反，终使他获得释放。

宏烈走出监狱后，小朱庄人马上来看他："你为小朱庄办了好事而吃了苦，我们不会忘恩，就是你不再干事了，我们也养着你！在运河岸上给你盖几间大房，让你守着柳叶荷花过日子。"说得宏烈动情大哭。

如果说，唐法官方正脸盘上那犀利的目光像一缕阳光，给他心中送来温馨的话，那么，小朱庄乡亲们的深情，则似一场春雨洒向心田，他那颗变冷的心又温暖起来。

戴枷跳舞

一九七三年十二月初，宏烈冒着寒风来到沧县化工二厂，跟随县经委副主任韩英，走进厂里一间破房。尽管火炉里跳动着火苗，屋里还是冷飕飕的。全厂四十多名工人已到齐，从一张张缺乏信心的面孔上，投来了既带期冀又含疑惑的目光。韩英向大家介绍了工厂新聘用的技术员王宏烈，讲他在小朱庄办厂致富的往事，然后，不无感慨地说：希望工厂一天天办好，将来能有个礼堂开会。对屋里两个多月领不到工资的听众来说，这简直是一种不切实际的奢望。

宏烈心中暗想，这不是一个很难办到的事。当韩英转过头要他也讲几句话，他眼中燃起一股火，双手微微抱拳，给大家作个揖，然后很有鼓动性地说：

"哥们儿，《国际歌》唱了一百多年，我们还要唱下去：'从来就没有什么救世主，也不靠神仙皇帝……全靠我们自己！'咱们共同干，一定能让厂子发起来！"他的话燃起了人们心中的火，屋子里立时有了活气。

晚上，回到阴冷潮湿的宿舍，妻子望着棚顶还不时掉下的土正在发愁。一个多月前，宏烈刚出狱不久，便决定要重返沧州。妻子当时急得呜呜直哭，劝阻他："这些年，你为了下乡办厂吃尽了苦头，图个啥？算了，咱这辈子就在家图个清闲吧！"儿子也在一边哀求道："爸爸，就在家好好休养吧，我们养活你！"

"不，那里有我的事业！"宏烈决心已定，"为了事业，我已经付出了一半生命，还要付出全部！"

当他来到小朱庄时，化工厂已合并到兴济镇的沧县化工二厂。他要求到化工二厂来，但是，有些人对他存有戒心，不敢用他。韩英凭着自己布尔什维克的胆识，说服了他们。韩英在审查了宏烈的历史后，推了推鼻梁上的老式水晶眼镜，十分肯定地说："王宏烈是党一手培养起来的，历史清楚，又有本事，能用！"

这沧县化工二厂，其实只是铁道路基旁空地上散落的三堆土坯房，老百姓管它叫"三座庙"。宏烈对此却感到格外亲切。因为，他又有了用武之地，而韩英的珍贵信任犹如一颗火星燃起他干事业的热情。因此，生活再苦，工作再难，他都有信心去克服。他告诉妻子他不仅要留下来，而且一定要做出成绩："给块碗大的地盘，我也能建起一座金碧辉煌的宫殿。你看吧，用不了一年，我要使这个厂子兴旺起来。"

他不顾身体虚弱，四处奔走，搜集信息，寻找打开工厂翻身的钥匙。他发现市场上喷漆稀料（香蕉水）短缺，原因是缺少生产它的酯类原料。宏烈通过反复实验，从生产西药强的松的下脚料里找到了替代物，进而制造出香蕉水。于是，工厂的第一批产品上市了，畅销一空。接着，他又相继开发了系列适销对路产品，并以优质惊动了市场。

工厂逐渐缓过气来——不仅盖起新厂房，修起大围墙，还买了大卡车，建起了锅炉房……

宏烈为挽救工厂作出了卓有成效的贡献，使该厂在一九七九年产值超过百万元以上。按说，他该受到敬重了吧？否。原来，工厂的头头痴迷于阶级斗争的"纲"，心中仍视宏烈为敌人，一旦生产有了起色，就不愿再听他的建议，甚至还派人监视盯梢，发现宏烈稍有不慎之处，就是一顿训斥辱骂。宏烈当然不服，矛盾摩擦不时爆发……在这种艰难处境下，他想到沧州东南那千年大铁狮，历经沧桑而遍体残缺，如今依然背肩巨盆神韵不减，那器宇轩昂挺然前进的雄姿，不是很能鼓舞人吗？于是，他镇静以处，过着戴枷跳舞的生活。

振羽展翅

三中全会的春风，吹断了束缚在宏烈身上的种种枷锁，一九八一年八月，他出任沧县化工二厂的厂长。

工厂当时的情况是，院墙颓破，野草丛生，羊屎遍地，工厂停闭。无论是他的亲朋故旧，还是社会舆论，都认为这个厂子没"治"了。但是，宏烈却敢接过这个烂摊子。

他上任后公布的第一个决定：全体工人一律放假。因为，当时多数工人连十五元的基本生活费都不能按月领取，但却有少数人因私人关系而以护厂为名领全工资，影响极坏。宏烈决定首先改变这种不合理状况。

接着，他又公布了第二个决定，选择表现好的工人复工，领全工资。这一来，厂里纪律涣散状况大为改观了。但是，也有积习难改。上工没多久，有一个班集体溜号了。宏烈毫不手软，果断下令，让他们全部停工，停发生活费，以示惩罚。全厂为之大震。威胁与恫吓接踵而来，说他"手太狠""太不留情"，扬言"瞧空子教训教训他"。好心人劝他小心点，宏烈只淡然一笑："我这条命是捡回来的，还怕嘛！要怕，我就不来了！"

后来，一九七九年后，当时的头头仍不辨风向，对已获彻底平反的宏烈还不能给予妥善安置，使宏烈不得不依恋不舍地告别沧州，返回阔别了二十多年的天津百货站。他一家四口第一次团圆了。百货站给他安排了轻松的工作。但是，宏烈的心仍牵挂着沧州。

那里传来令人痛心的消息。他离开后，生产如坐滑梯，急速跌落下来。韩英力主请回宏烈，为此，不辞辛苦而三进天津，诚恳相邀。

宏烈的妻子一百个不同意。前途未卜，他又是个急脾气的人，怎不叫人担心呢？宏烈说服妻子："咱们不能忘了韩英的恩德，在那不把咱当人待的年头里，是他拍着胸脯保着咱。如今，人家有了困难，咱怎能不管不问呢？"何况，这个工厂又凝聚着他的心血和悲欢呢！

韩英又同意了宏烈提出的当有权的厂长和不违背政纪国法时，别人不得干预厂内事务的两条要求。于是，宏烈怀着报答党的恩情的心情上任了。

宏烈的强硬态度，使"溜号"的一班人服软了。他们纷纷作了检讨。接着，他又加倍扣罚了探亲逾假的侄子的工资，尔后，勒令其在全厂公开检查。由于宏烈赏罚分明，加上制定了一整套规章制度，生产秩序恢复了。他又顺势召开全厂大会，民主选举副厂长，强化了生产指挥系统。还实行了半浮动工资制，工资的半数由分数来评定。

这一套大胆改革，在一九八一年冬的沧县乃至沧州地区，引起了不小的震动。"王宏烈搞资本主义，实行的是资本家的那一套！""对工人太刻薄了，不把工人当阶级兄弟！"等等非议一齐袭来，令他好不伤心。然而，宏烈既有"穷过渡"下改变工人处境的决心，也就有承受冷风凄雨的勇气。他牢记马克思在《法兰西内战》中的一段话："民众只有政治上的解放，而没有经济上的解放，那种民主是没有保证的。"在全厂干部会上，他坚定地说："我们的制度不是治人，而是为了统一步调，为了振兴工厂。咱们的改革制度是工人讨论通过的。认准了的，就坚决干！"

科学管理加科学技术，给工厂添加了起死回生的两翼。仅四个月时间，工厂便甩掉了亏损，工人拿到了工资，领到了奖金。工厂奇迹般地复活了，宏烈却累倒了。

一天清晨，他突发耳聋，还不肯放下工作，硬撑了一周，才住院治疗。经过整整十四天的输液，听力刚开始恢复，他便要求出院："工厂正在关键时刻，我离不开啊！"大夫被感动，同意他带着未打完的针剂回厂了。

一九八二年的年中，宏烈当厂长还不到一年，工厂终于盖起了礼堂，并专门召开了庆功大会。王宏烈的愿望实现了。这时，他听着录音机播放的优美乐曲，看着工人脸上的喜气，心里漾起一股从未有过的甜蜜滋味。

开拓前进

宏烈的锐意改革精神，为沧州地区专员郑熙亭所赞赏，并受到河北省委第一书记高扬的好评。一九八三年十月底，宏烈被选拔到沧州地区行署，当经委主任，担子更重了。

此刻，他在思虑地区所属的四百家工厂的低效益问题，其中四分之一的工厂已濒临"没饭吃"的边缘。他当过厂长，深知工厂多么渴望上级机关的有效支持。怎么办？办公室里只有他一个人，陪伴他的是办公桌和文件柜，柜门上镶着镜子，映出空荡荡的墙壁，白茫茫一片。初冬的风瑟瑟地吹打着窗户，他的心里更觉凄凉。

一个多月的观察，经委机关的工作可用"上传下达、统计归纳"八个字概括。统计报表的传递，各种文件的运行，形成慢条斯理的固有节奏。他想，党提拔重用自己，绝不是来优哉游哉混日子的。这种衙门作风不能再继续下去了，从上任的第四天起，在调查研究的基础上，他陆续提出了解决问题的多种设想，以求打破沧州死水一潭的现状。但是，人们把他的主张看成奇谈怪论，说他"不懂机关工作的规矩，瞎说"。看来，经委这台机器已经锈蚀，他不能不审时度势，另寻战机。

这些天，他一回到宿舍，就到书柜前去找书。书，是他最好的老师。他本是学医的，却能得心应手地搞起商品化验，后来又转向化工，靠的是刻苦学习，踏着书籍铺成的路而步步前行的。他虽然没有工科大学学历，却在一九八二年顺利通过河北省化工局的工程师考核答辩，主考人还称赞他是"工程师中的佼佼者"。书，又是他生活中的乐趣之首。谈恋爱时，他只应酬地陪女朋友逛过几次商场，以后，每到劝业场门口，他就借口哮喘病怕香水味而转身奔向书店，到规定时间再赶回约会。当他第一次从冤狱中回来，发现妻子将一书柜的化工专业书统统当作"祸根"卖掉时，这条硬汉子气哭了，为他失掉"命根"而大发雷霆："就冲这，我也得常去旧书店蹓摸！找回来！"如今他已拥有几书柜的精神财富。他注意知识的积累，更重视不断更新。

从阅读与研究国内外图书资料中，他更加坚定地认为，要改变企业素质差的现状，必须首先从开发市场起步，进而开发产品、人才和信息！他要学习大生产的模式："市场—技术—资源"，向传统的小生产模式挑战。国外经济管理专著中，有关软件行业资料又提供了机构和方式的参考。这种行业，集中了优秀人才，运用智慧制造产品（像计算机的软件一样）——谋略、方案、最优化方法，起到咨询、智囊的作用。此刻，他挥笔疾书，写出在沧州地区设立软件行业的几方面设想。一个思路明晰了——他兴奋地站了起来："对，跳出经委，到'外线'去作战！"

宏烈将自己的设想、方案，用书面形式给省地领导汇报，向下属单位发送，同时，又利用会议和个别接触，不遗余力地宣传吹风。于是，招来了各种闲言碎语。"王宏烈吹风把我们吹散了，全乱套了！""搞什么软件公司?! 胡来！"……宏烈理直气壮地反驳："我不吹风，你们干什么了？不就是喝茶看参考嘛！现在，风吹得还不够，只有三四级，还要到七八级，形成飓风狂飙，把条条框框弄乱！"

善于改革又勇于支持改革的郑熙亭专员和地委其他领导，为他撑了腰。在专员办公会上，工业开发公司是以不增编制、自立机构、自负盈亏、试验三个月为条件而被同意设立的。这个以开发市场为目标的公司总算争得了出世的许可证。宏烈为这个新生儿奔走借钱、借人、借房子、借办公桌。不出一周，便挂牌开张了。

立时，公司的门前车水马龙，以其效率和效益吸引来众多的顾客。泊头市一家生产自行车零件的工厂，由于产品滞销，二百多工人靠贷款过日子。当他们从工业开发公司得到了一项"耐湿擦内外墙涂料"的市场信息后，迅速和有关这项研究的单位签订了合同，把工厂改为生产这种新型建材的专业厂。这个工厂得救了，走上了健康发展的道路。

三个月的实践，工业开发公司实现了不要国家一文钱，以经营养开发的目标。试验成功了！公司争得了生存权。

随后，宏烈又相继建起了技术交流开发中心、技术经济研究会和人才交流服务处。他的一整套"软件服务机构"的设想，在绕开经委的情况下实现了。它冲破了条块限制，冲击了官商作风，打破了沧州地区耳目闭塞、死水一潭的局面，给这里的工业生产带来了生机。这只是他改革设想的第一步。"外线"作战的成功，极大地增强了他改革经委机构的勇气和信心。

经委下属的靠吃"抽头、扒皮"饭的各工业公司，限期改为自负盈亏的经济服务中心，否则，企业有权不给他们上缴管理费！这是七月二十五日记者招待会上宏烈坚定宣布的，此时他就任秦皇岛市副市长仅十天。该市的电台和报纸迅速报道了他的这番话，立即引起强烈反响。广大厂长因得到松绑而拍手称快，却也有人妄加指责，咒骂他："太缺德，早晚还得蹲监狱！"然而，这丝毫阻挡不了他改革的步伐……

他几乎是跑步来报到上任的。接到调令后，他马不停蹄，经过十多个小时的汽车颠簸而到达秦皇岛市。从海边"老龙头"飞舞而起的万里长城，引得他心潮激荡，似大海波涛，"用我们的血肉筑成我们新的长城"——庄严的歌声回响心宇，一种历史的使命感油然而生。不顾旅途的疲劳，丢下车中的妻子和行装，他快步走进市府大楼，领受工作。

他像一匹勃勃生机的骏马，驮起时代赋予的重载，撒开四蹄飞奔。为了把这里的经济搞活，他一手抓改革，一手抓开放。一项接一项的工作，忙得他天天要工作到深夜。在同突尼斯客人谈判的同时，他还在京参与另一项同外商的谈判，每天来往穿梭于首都东西忙个不停。

有人劝他："别干得那么快！"还是妻子能理解丈夫，她说，宏烈最恨什么事都来个"一慢二看三通过"。宏烈自己说："人生在世，为国为民作贡献的时间不过三四十年，我失去的时间太多了，再干十年，也只有三千六百五十天，遇个伤风感冒打喷嚏，再扣除走亲串友节假日，有效工作时间不过一千天。我是数天过日子啊！要抓紧时间，快干，快干！"在他快节奏生活的每分钟里，他身上所有的细胞都调动起来，精力充沛，思想活跃，追求创造。他最不能容忍推诿扯皮、无端耗费精力。他说，这等于谋财害命！是啊，如果人人都有"时间就是生命"的紧迫感，我们的"四化"大业一定能早日实现。相信他将在改革的舞台上创造出更加有声有色的活剧。

其实，"怪人"并不怪。王宏烈在人生的路上历尽坎坷，大起大落，正为愈来愈多的人所理解。他是属于这样一类人：他们有一颗耀如赤日的耿耿忠心，胜似苍松的铮铮硬骨，百折不挠的开拓精神；他们追求的，是中华民族早日实现"四化"的大目标。他们是时代的勇士，民族的脊梁，坚定的改革者！他们多么像沧州铁狮那雄伟高大的形象啊！

（文章原载：《北京文学》1984 年 12 月）

一个不该陌生的名字

——汉斯·希伯

宛如碰上了磁石，第一眼看到你，就被吸引住，不由得走近些，再近些……

虽然以前未曾谋面，但对你的面容并不感到陌生。你那深邃的目光、高挺的鼻梁、坚毅的嘴角，令人产生一种亲切的敬意。你一手握笔，一手执书，交臂环抱胸前，更显出一种职业特有的习惯。这一切好熟悉啊，它使我联想起一串熟知的外国朋友来——诺尔曼·白求恩、柯棣华、乔治·哈特姆（马海德）、埃德加·斯诺、艾格妮丝·史沫特莱、安娜·路易斯·斯特朗、伊·爱泼斯坦、路易·艾黎等等。

那么，你呢——

只有眼前这座塑像的大理石基座上镌刻着三行金字：

汉斯·希伯

MONEKGRZYB

1897—1941

我得如实说，对这个名字还是陌生的。

山东朋友的介绍，仿佛带我穿过时间的隧道，来到本世纪初的历史大舞台前，于是，汉斯·希伯你便活灵活现在我眼前。使我惊异和敬佩不已的是，你同中国、中国人民、中国反法西斯斗争竟有着那么浓厚的情谊和悠深的联系。从1925年到1941年的十几年中，你的大部分时间是在中国度过的。

你出生在维斯瓦河畔的克拉科夫，然而你的祖国波兰早在一个世纪前就被俄奥普三国瓜分而不存在，后来你到德国上大学，接受了马克思主义思想，加入德国共产党，你的心同被压迫民族有着天然的联系。

20年代的亚洲在沉睡中觉醒，北伐战争使中国人振奋，世界侧目。1925年你来到当时的革命中心广州，担任国民革命军总政治部出版的英文刊物《中国通讯》的编辑，向世界报导这块古老大地的变化。当蒋介石发动"四·一二"反革命政变后，你愤然辞职，人回到欧洲，心却依恋着中国。你用德文写成一本书：《从广州到上海1926—1927》，以"亚细亚人"的笔名在柏林出版。在前言中，表达了你的信念："中国革命是生气勃勃的，富有战斗性的，尽管存在着暂时的困难，但千千万万贫苦的中国人民必然会取得胜利。"你的书吸引了许多读者。你还多次举行讨论会，使更多的欧洲人关注中国。

1931年"九·一八"事变，日本帝国主义如野兽张开血盆大口，鲸吞了中国东三省。翌年"一·二八"事变，黄浦江边响起了中华民族敢同强敌抗争的枪声，你心中的信念得到了新证。秋天，你偕夫人重返上海滩，双双定居下来。史沫特莱、马海德、路易·艾黎等经常到你家聚会。你们共同发起和组织了国际马列主义学习小组，讨论世界和中国的形势。你把研究成果凝结笔端，接连在德文和英文刊物上发表政论性文章，无情地揭露日本帝国主义的侵略行径。

"七七"事变后，全民抗战高潮开始到来。你来到延安，见到了毛泽东，采访了八路军，随后又到皖南云岭新四军军部采访，拜会了叶挺，听了周恩来传达中共六届六中全会精神，从八路军、新四军放手发动群众团结抗敌的喜人局面中，你看到了中国抗战的中流砥柱。回到上海你激情泉涌，写出一批报道在英文的《太平洋事务》上发表。亲痛仇快的"皖南事变"爆发，你义愤填膺，迅疾在外刊上发表了《叶挺将军传》和《中国的内部摩擦有利于日本》等文章。不久，新四军军部在江苏盐城重建，你闻讯和夫人共同赶赴苏北抗日根据地，采访了刘少奇、陈毅和粟裕等领导人，写出了8万字的《中国团结抗战中的八路军和新四军》，还有《在日本战线后面的新四军》等重要文章，打破了敌人的新闻封锁，为中国抗日军民伸张正义。此外，你还曾经和夫人化装成医生和护士，机智地为新四军送去急需的药品。

你又要求北上山东，采访活跃在敌后的八路军。考虑到路途艰险和敌人"大扫荡"在即，新四军领导劝阻你暂停这个大胆而冒险的计划，你却不畏困难执意请求："正因为这样，我要去。许多问题，到那儿才能找到答案。"

1941年9月中旬，在新四军的护送下，穿过日寇几道封锁线，你终于到达山东滨海地区。你生活在纯朴、好客的山东老乡中间，异常兴奋："我真像个明星！人们追着我，围着我，一双双友善的眼睛望着我，仿佛我是一个天外来客。而我，却有一种到了家的亲切感。"你拜会了八路军115师领导人罗荣桓、朱瑞、黎玉和山东分局的谷牧等同志，也深入到抗战模范村，参观了识字班课堂、敌后托儿所、"红嫂"们做军鞋，采访了农救会、妇救会、青抗先和游击组，以及日本战俘，还和既英勇杀敌又吃苦耐劳的英模建立了友情。老乡们亲切地叫你"老希"。你白天精力充沛地奔走采访，晚上不知疲倦地打字写作，《在日寇占领区的旅行》《八路军在山东》和《为收复山东而斗争》等长篇报道产生了。

日寇的"大扫荡"使形势急剧险恶，你谢绝领导要你撤回上海的劝告，表示决不离开山东。在谷牧同志的直接关怀下，你很快适应了几乎每天都要打几次小遭遇战的险恶环境。行军途中，你背着个牛皮袋子，上边拴着搪瓷茶缸和毛巾，脖子上挂着单筒望远镜，同敌人周旋在蒙山沂水间，大家称你是"外国八路"。

你参加了"留田突围"，在罗荣桓的亲自指挥下，你和八路军战士借着黑夜从敌人的堆堆大火和马嘶鬼啸中突破三道封锁线，一枪未放就奇迹般地钻出了敌人的"铁壁"。你激动万分地说："这是我一生中最难忘记的夜晚。"你坐在一块大石头上，抛掉一夜行军的劳累，以腿当桌，写出《无声的战斗》，译成中文后在《战士报》上套红刊登，极大地鼓舞了抗日军民。

11月30日晚，部队转移到大青山时，突然又遭到敌人的重兵包围，你拿起枪，和战士一道英勇还击敌人。战斗酷烈悲壮，日寇的子弹夺走了你的生命。

你倒下了，倒在齐鲁大地上，倒在中国人民的心里。在珠江口、黄浦江畔、延水河边，到处留下你革命者的足迹；从云岭山林到蒙山沂水，从宝塔山下到苏北平原，上至中国革命的领导人，下到普通八路军新四军战士，还有纯朴的农民，在所有接触过你的人们心目中，都录下你作为外国记者的风采。你和中华民族一起度过了最艰难的岁月，同甘苦共欢乐，把中国的抗战当成自己的事业。患难见真知。你是穿着八路军装，拿起枪同法西斯战斗而牺牲在中国战场上的欧洲著名记者，无愧为伟大的国际主义战士。和那些我们已经熟悉的外国友人一样，汉斯·希伯——你的名字我们是不该陌生的。

（文章原载：《人民日报》海外版 1995 年 9 月 4 日第 7 版）

深深的海洋

——记萧乾、文洁若夫妇

我答应一家编辑部，写写老作家、名记者萧乾的感情生活。当我向萧老表明这个意向以求得帮助后，这位老人那爱笑的、圆润的脸上闪过一丝复杂的表情，但很快又恢复了慈祥的平和。随后，他充满深情的眼睛一亮，恳切地说："要写就写文洁若。"我记起他在一本他的《选集》自序中说过："我一生的感情生活是坎坷不平的。我遗弃过一个人，后来我又两次被遗弃。见到洁若后，我才找到归宿。"写这段话时，老人已近古稀之年，同洁若共同生活了四分之一以上世纪。这是出自老作家的肺腑之言啊！

一、陈酿之香

东京。1985年湿热的夏秋天气。她的心绪比天气还烦躁。她本是个很有毅力的人，要做什么事立刻就能进入阵地，掌握时间，注意运筹，讲求效率，如同机器人一般。然而，此刻，好像集成电路失灵了。她无法控制自己，只要听到楼下有响动，便急匆匆走出房间，来到一楼门厅，查看一下大门上挂着的书报箱——里边还是空荡荡的，怎么邮递员还不来？她来东京时间还不长，摸不清邮递员送信的规律。问同楼的日本女房客，她也说不准。最后问房东太太，才知一天四次。她看了一下腕上的电子表，第三次已经过了。莫非邮递员把信送错了地方？

文洁若还没有同萧乾离别过这么远。她独自来到异国他邦，一时感到失去了依靠，心中滋生出一种失落感，掺杂着担心和思念。她想，无论如何，他总该在收到信后及时回信了。会不会他病了——他就是不会照顾自己，要是能回到他的身边看看，一切就会放心了。

记得三年前，她到济南去参加为期一周的全国性日本文学研究会的会议，而当时大夫们正在商量萧乾是否需要再动一次手术。离开北京那天夜里，他的背影总出现在她的眼前，她在火车上辗转反侧难以成寐，后来，干脆把卧铺让给了一位带小孩的妇女，她自己则坐着过夜。到济南后，立刻写信回来，并在会议结束后，放弃了游览向往已久的泰山、孔庙，提前两天回到北京。

此刻，她又不能立刻回到北京。她想，信会不会在路上耽误了？或者丢失了？……邮递员第四次来了，仍未给她带来他的信。她的头脑中闪过各种猜想，又都无法证实。为了保险，她坐下来，又匆匆写了一封信，把她的心绪寄给他。

远在北京的萧乾呢，又何尝不在盼着她呢？几乎是在相同的时间，在燕京饭店西邻的一栋楼房里，他也是神不守舍，几次下楼去，打开信箱，捡到的是失望。他发火了，"嘭"地关上信箱门，钥匙转了一圈，发狠地抽出来。他的信已经发出好几天了，怎么还不回信？他有好多好多的话要问她，要回答她，那是信纸写不完的——何况，投进信筒后，还言犹未尽！他的思想如自由的小鸟，飞来飞去，人不在身边，向谁诉说？听说东京有震情，也不知她有无思想准备？她去国外的一年中，各方面将遇到多少难题，她将会做出怎样的答案呢？她又那么俭省，总让人担心她的健康。更关心的，还是她能否安排好计划：在几个研究项目中抓好重点，以期收到最大效益？

东京—北京，远隔几千里，两颗悬着的心牵挂得更紧，情意更缠绵，他们仿佛仍沉浸在新婚燕尔之中。爱之甘霖，随着岁月的久远而陈酿更醇，香气更浓。

二、"蜜月旅行"

今年 77 岁高龄的萧乾风趣地说，他们是在婚后 30 年才进行蜜月旅行的。

他们是 1954 年 4 月 30 日结婚的。那天下午，一辆三轮车从东四八条蹬出，上边坐着文洁若，还是当天上班时那套蓝列宁装，两条小辫扎着蓝毛线，脚下是半新不旧的小皮箱，看样子好像要去出差。然而，姑娘的内心里则充满着即将做新娘的欢悦和激动。萧乾骑着自行车带路。他们一起来到东总布胡同的宿舍，除了一张旧双人床是用过多年的，写字台和椅子都是向公家借的，此外再没多少条腿和什么机了。只添了杏黄和水绿色的两床棉被，和写字台上摆着的老朋友严文井送来的一盆菊花，显示出新房的喜气。不能再简朴了。他们不愿声张，也不愿喧闹。然而，他们富有更多的理解和爱情。

夜深了，新娘却还静静地在写字台前工作。一旁的萧乾不急不烦吗？但他努力控制自己，因为他理解洁若正在看的《钢铁是怎样炼成的》译稿校样，是等着送工厂付印的。他不催她，而是协助她一块工作。她那专心致志的劲头实在令人钦佩。这是她的特点。自 1950 年大学毕业后，她便踏上了文学编辑之路。开始在校对科，由于她和几个新来的大学生工作认真细致，主动发现了许多错漏，已经超出了校对的范畴，为此，领导专门新增了整理科，让他们把编辑部看过的稿件整理一遍再发排。

第二天，文洁若早早起床，赶往天安门广场，参加"五一"节游行。50年代就是这样，工作第一。大家都朝气勃勃，朝着一个目标前进。节后，他们没休一天婚假，便上班了，更未奢望过蜜月旅行。

到了八十年代，改革开放打开了封闭的大门。经过人生坎坷30年后，萧乾和文洁若有机会出访国外。自1979年萧乾首访美国后，他们伉俪二人一块出访6次，去了新加坡、中国香港、美国、英国、挪威、联邦德国和马来西亚等地。萧乾把这叫作他们的"蜜月旅行"。

萧乾故地重游，百感交集。而文洁若则怀着新奇兴奋的心情踏访异国山水，寻找丈夫当年的足迹。他们参观剑桥校园，观赏莱茵河上风光，在自由女神下留影，在挪威王宫里徜徉……一张张彩照记录下他们这难忘的"蜜月旅行"。萧乾那笑眯眯的脸上更添几分稚气，文洁若则满面舒心，英气勃发。异国的美景令他们难忘，国外的科技突进让他们惊叹，西方的社会问题更促他们深虑……

萧乾重晤老朋友，文洁若结识了新朋友。萧乾的堂嫂如今已90多岁高龄，这位碧眼白发的美国老媪是萧乾童年的英语启蒙教师，在他的作品中曾几次提到。这次重逢，堂嫂再次讲到，萧乾当年虽对学英语感兴趣，却绝不肯信教。在英国托德·劳瑞家中，文洁若听主人讲起E.M.福斯特当年与萧乾的友谊，不禁为他在"文革"中失掉的那批珍贵信件感到惋惜。在新加坡，第二副总理拉贾拉南回忆了当年为躲避希特勒的轰炸，与萧乾在伦敦一块儿钻桌下的往事。

文洁若兴趣盎然地被带进萧乾老朋友的社交圈中，她对丈夫的人生经历和人品有了新的了解。

在出访中，文洁若绝不仅以夫人身份陪同。1985年二访新加坡时，文洁若是以作家身份正式参加"第二届国际华文文艺营"的活动的。而1985年年中，她更以访问学者身份单独去日本一年。如同萧乾一样，她也充分领略了以文会友这一人生快事。在挪威大学，她用英语演讲日本文学现状（这是她在国内的研究课题），受到与会者的热烈欢迎。会后，连萧乾也高兴地说："你今天讲得好，很成功。给你泼多少冷水也不灰心。你成功了，争气了。"丈夫的奖赏更胜过那些掌声。

1983 年在美国中西部一所大学，萧乾讲学后，文洁若提出想参观中小学。这所大学的副校长杰克·劳根欣然同意，带领他们参观了本杰明·福兰克林中学和亚当斯小学。他们听了课堂教学，然后又与教师座谈。正在大家边喝咖啡边交谈时，杰克·劳根的小女儿玛撒忽然走进来，这个七八岁的小姑娘手捧一张纸，走向文洁若。问过好后，她说这是她刚写好的一首诗，叫《思想》，想请两位客人把它译成中文，并且她想亲耳听听用中文朗诵是什么味道。文洁若询问地看了丈夫一眼。萧乾便点头示意她来翻译。文洁若独自琢磨起这首诗来。交谈仍在继续，但美国教师们心中却多少替女客人捏把汗，他们懂得诗的翻译是最困难的，甚至觉得小玛撒有点使客人为难。过了一会儿，文洁若胸有成竹地站了起来，先用英语念了一遍原诗，然后，朗诵中文译诗：

> 思想各式各样：有的稀奇古怪，
> 有的富于独创，有的变幻无常。
> 可是有些思想，汇集千般万样，
> 穿以无形的线，悬挂在世界上。
> 它们遥遥垂降，高高从天顶上。
> 为让你我二人，将其奥秘共享。

朗诵之后，室内响起一片掌声。小玛撒高兴极了，跑过去搂着文洁若亲个不停。一丝淡淡的甜笑浮现在萧乾的脸上。

英国的波特美朗半岛，清幽林木中散落着许多样式奇特、色彩鲜丽、格局各异的古典小楼。在这闻名遐迩的北威尔士旅游胜地，他们度过了难忘的三周。

盛情的主人隔几天让他们换住一栋小楼。绮丽的风光令他们陶醉，更激发他们的创作热情。凌晨两点的群星下，萧乾已起床伏案工作，这是他的写作习惯。文洁若也自觉地适应这种习惯，跟着起来工作。天天如此，萧乾那五万多字的《搬家史》就是在这童话般的半岛上完成的。文洁若再次成为他不可缺少的臂膀，不仅代他抄写、核正事实，还为之推敲措词。

在国外那欢快、热烈、尽情、迷人的生活中，文学女神是他们的亲密伴侣，把他们的感情推向新的高潮，使之更充实、更和美！文学女神常在，他们的爱情不衰。

啊，难忘的出访旅行，文学的蜜月正酣！

三、爱的翅膀

1957 年那场大风暴，使萧乾和文洁若那缠绵生活遇到了重大考验。

萧乾的文章《放心·容忍·人事工作》成了"大毒草"，《人民日报》上点了他的名，批判会开了，"右派"帽子戴上了——一夜之间，他变成了"次等公民"。

屈辱、哀怨，使他如处雾中不知所措。严峻的现实，使他如临深渊，心惊胆战。看到与自己遭遇相同的人中，很有几个态度坚决的妻子，果断地"划清界限"，另外建立家庭去了。自己的命运怎样？会不会再次失去家庭的温暖呢？他心中七上八落，郁郁寡欢。回到家中痛苦地惊呼："天塌了！天塌了！"

此时，文洁若心灵所受到的冲击绝不小于他。她比萧乾小 17 岁。结婚之前，曾有人议论，说她图的是他的名誉、地位，不然干吗不找同龄人呢？也还有的"好心人"告诉她，某某人早就说过，乾是有问题的。言外之意，你跟他会倒霉的。面对如此强大风暴的袭击，她后悔吗？不！对 3 年前的决断她从不后悔。看到那种忍心抛下襁褓中的婴儿而离去的女人，她心中很反感。那种行为本身，恰恰验证了世俗的观念——当名誉地位变化后，爱情也就随之而变化。她厌恶这种自私的处世哲学。当她爱他的时候，她不是看着他的名誉地位（那时他也没什么名誉地位），而是仰慕他的才华，尊敬他的为人，相信他的历史是进步的、爱国的。如今，他遇到了困难，她不能抛开他不管，更不能落井下石。考虑到对后代的责任，她变得坚强了。因此，她镇定异常，对萧乾说："天塌了，地顶着！"她是这么说，也是这么做的。

所有萧乾的批判会，她被规定必须到会。她不像有些妻子那样，既不同车也不同行，离得远远的。每次，她都舍弃从单位直接到会场的近途，而先赶回东总布胡同宿舍，然后陪同萧乾一道步行到王府大街文联礼堂，哪怕路上遭人窃窃私语，她也安之若素。听了对他的种种揭发批判，有真有假，也有真真假假的。她心中渐渐产生了自己的看法。她理智地说：倘若你干了小偷小摸的行为，或者干了叛党叛国的事，我决不手软，一定亲手把你绑到法院去。如今，你是写了不合时宜的文章，吐出了肺腑之言，你有错，但不是罪，更不是敌人。

但是，伤害萧乾的事也会发生在自己家里。大孩子不理解这复杂的世事，严声责问他：为什么要反党反社会主义？正在农村下放劳动的文洁若，听到这事后，迅速来信，安慰他说："孩子长大后，你仍将是他们引以为荣的爸爸。"

她的信念是坚定的。"相信吧，那阴郁的日子一定会过去。"但眼前她也在经受痛苦。第一批下放劳动，是她自愿申请的。可是下去后，就有人将她作为"右派老婆"加以歧视，再次动员她揭发萧乾的问题，以示划清界限。她非但没揭发，反而自己承揽下一些问题，说萧乾"毒草文章"的材料是她讲的；如果当时她不提供材料，也许他的问题就不至于那么严重了。她的话当然对处理萧乾无济于事，反却遭到一顿斥责："你这是代人受过！"而且，在总结鉴定时，尽管她劳动中认真锻炼改造，仍说她"政治不开展"。

1958 年 4 月，上级决定要萧乾立即下放农场，监督劳动。接到萧乾的信，文洁若星夜赶回北京。萧乾告诉她，领导说，此次下放，表现好的十年八年也许可以回来。

"别说十年八年，一辈子我也等你！"她目光镇静，毫不犹豫地表示，"我要像只老母鸡那样，用双翅保住这个包括你在内的家。"

他像个慌乱的水手，面对行将翻沉的船只，没了主见。而她，则像个沉稳的船长，临危不乱，有条不紊地安排好三个孩子今后的生活，又帮助丈夫准备好行装，将屋里的书籍打捆包扎存放好。

萧乾下农场劳动期间，文洁若三天两头必有信来，始终不断，询问他的生活情况，报告自己和孩子们的情况。这些看似平常的信，却给身处逆境的萧乾带来了温暖，抚慰了他那受伤的心，去承受心理和体力的重负，支撑下来。文洁若听说他常吃生冷，怕他肚里长钩虫，便在信中夹带一小包灰锰氧，叫他消毒用。

1959 年春节，农场中"表现好"的可以回京探家，萧乾不属此列。于是，在这年国庆节时，文洁若背着圆鼓鼓的一大袋食物到农场去。萧乾吃到妻子送来的月饼、香肠等，看着她带来的书，眼圈不由得红了。

1960 年春节，上级指示都可回京。萧乾怀揣农场发的条子，到京后交到派出所，在监督下探亲。尽管是在屈辱下，但回到家里总还是热乎乎的。只是一周时间太快了，转眼该回去了。走的那天晚上，他心里充满了留恋。凛冽的寒风直扎得人睁不开眼。妻子要送，萧乾不准。最后，文洁若送他到电车站时，萧乾执意逼她回去照看床上睡着的小女儿，这才难舍难分地离开。

1961年元旦前夕，接到萧乾来信，说近来身体不适。这使文洁若心中很不安——三年都过去了，已经风闻上边要抽萧乾回京搞翻译，怎能在这时病呢？她当即决定，放弃元旦带孩子出去玩的计划，改去农场。

12月31日下班后，她临时到街上去买东西。那是困难时期，凭本凭票的东西之外，买什么吃的都要花高价，排大队。转来转去，她只买了人参药酒、参茸精和橘汁各数瓶。拎着东西，匆匆赶往火车站。

火车到唐山时，已是下午四五点钟了。文洁若背着一背囊慰问品，赶到汽车站。平时有长途汽车通往柏各庄农场，可除夕和元旦停开了。眼看太阳西斜，朔风凛冽，她心急火燎，团团转。亏得是遇到了一位热心肠的车把式，答应把她捎上。大车颠簸着冲向暮色的前方，文洁若瑟缩地蜷身在寒风中，两手很快就冻僵了。到达柏各庄已是漆黑的深夜。文洁若下车后，背起背囊，打听农场的方向就要走。老乡好心劝阻了她，深更半夜一个女人家走路不安全。老乡善良的妻子把她接到屋里，坐到热炕头。喝下一碗热乎乎的棒子面粥，驱赶寒气，身子从里到外都暖和起来。她诚心酬谢了这一对和善的农民夫妇。

第二天一早，文洁若步行了两个小时，来到农场。当她突然出现在萧乾的屋子里时，一下子爆出了惊异的呼声。萧乾的心里流泪了。

"老母鸡"那爱的翅膀，又一次慰藉着受伤的心。患难之中的情谊，使忧伤得到缓解。

四、一定要活下去

1961 年夏，萧乾被抽调回京，参加翻译英国古典名著工作。他们分离三年半后，又重新团聚了。重整家园，刚刚有了些眉目，又被 1966 年刮起的更大风暴彻底摧垮了。

运动一开始，萧乾由于"摘帽右派"这顶无形的帽子，首当其冲，在机关受到批斗，他只能认命。很快，他又被街道拉回去批斗。一进院，满目狼藉：小花园成了废墟。辛辛苦苦搜集的欧洲版画，多年累积的卡片及宝贵的书信，被撕得粉碎。衣物满地。他胸前挂着"现行反革命分子"的木牌，被迫跪在院心的八仙桌上，孩子的三姨也被拉来，跪在一起陪斗。无辜的三姨身体不好，从 1957 年他们下放时起，就一直帮助照看孩子，此时也遭株连。两个小孩被眼前的暴力吓呆了，他们哆哆嗦嗦地抱在一起，哭又不敢放声。眼见自己的孩子心灵受到如此强烈创痛，作为父亲却无力保护，萧乾真正心碎了。

回到机关院子，又见妻子文洁若正站在一辆平板车上，头戴高尖纸帽，也在挨斗。落到如此地步，萧乾五内俱焚，再也不想活下去了。他想爬上五楼往下跳，但走廊里布了岗，不许他上去。

那时，他认为自己是死定了，死会比活着受罪美丽多了。在"牛棚"中，他整天琢磨怎么死法，连上厕所也在勘察哪里上吊牢靠。后来，他终于服了过量的安眠药，以摆脱眼前的苦痛。他以红笔写下了遗书，恳切为妻子和孩子们求情，请革命群众对他们高抬贵手。结果，他被送到医院抢救过来。由于他是"阶级敌人"的"畏罪自杀"，不能报销，自付 5 元医药费。而他的遗书，自然成了批斗的材料。

文洁若挨批斗，主要不是因为萧乾。那是在她母亲挨红卫兵批斗时，她这个平素文文静静的纤弱女人竟挺身上前相护，硬顶硬撞，以致受了皮肉之苦，遭到赤足游街的侮辱。军宣队负责人问萧乾："你老婆是特务了，还有电台，你离不离婚？"萧乾以反问代答："如果她真是特务，我们睡在一张床上，我能不是？"文洁若的意志是坚强的，即使遭到这样不幸，她也从未想到死。相反地，她暗下决心：一定要活下去。她从来不吃什么补品补药，可是为了斗争，为了未来，也是为了萧乾，有一次她从"牛棚"里捎出信来，居然要"多种维他命丸"。

文洁若的母亲终因忍受不了残暴的折磨而自缢身亡，萧乾听到这一噩耗后，悲痛之余反倒心如止水。他想，岳母的子女都已长大成人，而自己的三个孩子还都在学校念书，做父亲的社会责任感油然而生，使他不再想寻短见了。

不久，两人都被准许回家了。这天，两人一块走在大街上，萧乾奇怪她那次为什么要多种维他命丸，问起来，文洁若用英语小声回答了一句："We must out live them all."（我们必须比他们都活得长）萧乾会心地点点头。

那场运动继续下去，萧乾同文洁若带着孩子全家下了干校。当时，北京文化系统的全体干部，包括老弱病残者在内，于1969年国庆前夕，统统被林彪江青一伙赶下农村。

这时的萧乾已近花甲，但派给他的活，却常常是强壮劳力才能胜任的，显然是那无形的帽子带给他的惩罚。只要有可能，文洁若总要千方百计提醒他，注意细水长流，坚持下去，不要半途垮掉。

一次，排长派萧乾下河捞泥，那是壮劳力才能干的活。萧乾正发憷愣在那里，不知如何是好。文洁若赶忙走过去，对排长说萧乾没带水田靴，他得穿43号的，别人的穿不下，替他搪住了。文洁若为此挨了批评，被指责为"扯后腿"。

又一次，文洁若站在山墙下递灰浆，见萧乾挑着两大桶灰浆，趔趔趄趄走来，心里实在不是滋味，马上央求排长同他换工。

然而，两人的劳动并不总在一起，文洁若也不能时时守在丈夫身边。一次"双抢"中，连续 40 多个小时奋战，终于把萧乾累垮了。送到武汉检查，心电图显示：冠心病。即使这样，萧乾也未能因此赦免劳动，但被改派值夜班。文洁若真怕他出个三长两短，心急如焚，却又束手无策。而她心中非常明确：高低也要让他活着回去。留得青山在，不怕没柴烧。于是，文洁若以惊人的体力，白天下湖种田，晚上再帮他值班。她以无微不至的关怀和爱抚使他振奋。

萧乾总算活着回到了北京。并且看到了祸国殃民的"四人帮"的覆灭，也看到了"右派"错案的改正——他恢复了公民的尊严，并且扬眉吐气地重返文坛。

五、"给你一个肾！"

萧乾虽然活着回到了北京，但两次下乡劳动的结果，在他的体内还是留下了一点"纪念"——1980 年检查身体，发现腹部有大小几个阴影：肾结石。好几位大夫认为，这不会影响健康，因为最大的有栗子那么大，位于肾盂口上，刚好挡住其他小块结石，落不进尿管。但，有的大夫则认为，还是动手术取出来保险。萧乾心中也矛盾。他盼了二十多年的创作权利，好不容易才获得，为了创作必须走出北京，到基层去，可是体内暗藏着这么一颗定时炸弹怎能下去？有人就由于结石落入尿管疼得满床打滚，昼夜不宁，这种后果是不堪想象的。思虑的结果，他决定铲除隐患，住院动手术。

文洁若本来是不同意动手术的，但见萧乾那么坚决，她让步了。况且，她也怕他神经过敏，因嘀咕这件事而再添心病。临到动手术前夕，大夫要她签字时，她又犹豫了。大夫讲，手术中可能因几种意外情况而导致死亡：心脏问题、血压问题、麻醉问题、老龄问题……自己挥手一签，不是等于亲手为丈夫开了死亡通行证吗？回到病房，她如实告诉萧乾，一脸愁苦。萧乾反倒开导她，说1966年那次要死不早就死了吗？如今，还有什么可后虑的呢？"再说，我命硬，不怕！你就签吧！"

字签了，手术做了，结石取了。但手术结果不理想。尿道不通，一根肾管插了8个月。这8个月可把他折磨苦了，他又不愿老住在医院里。而在家养病，肾管一出问题，便是一场慌乱、一次危机。文洁若在办公室里也总是提心吊胆，一接到家中告急电话，立刻为他奔波车辆，陪同上医院。

医护人员劝萧乾干脆把左边这个坏肾切除。文洁若也认为，与其这么受罪，不如去掉放心。萧乾这时却优柔寡断顾虑重重，千方百计想保留两个肾。然而，各种检查都表明，左边那个肾正在迅速坏死下去，已不可能保留下来。文洁若看他决断不下，十分焦虑。为了减轻丈夫的痛苦，尽快渡过难关，她昼思夜想，终于找到解决办法，她来到丈夫身边，诚心实意地劝他："把坏肾切掉吧，我给你一个肾！我的两个都健全，剩下一个照样可以健康地活着。"还有什么比妻子这种自我牺牲精神更崇高的感情呢！爱激动的萧乾心中一酸，紧紧抓住妻子的手。

大夫也为她的这种高尚品格所感动，但从科学的角度看，移植涉及排斥异体这个关键性问题，目前尚无完善的解决办法，而他的右肾还健康，无需移植。

1981年8月，萧乾的左肾切除了。文洁若和他一起度过了这段难忘的时光。住院后期，萧乾坚持清晨散步一小时，从病房出发，一直走到太平间，再折回，一趟趟地总这么走。他说："太平间——鬼门关，对我不再可怕了，那是迟早必然的归宿。重要的，应该为之动脑筋的，还是怎样利用被抬去之前的这段日子。"

六、"喜寿"

1986 年 6 月，文洁若从东京归来，给丈夫带回一种称心的礼物。

在日本的一年，她胜利地完成了多项研究创作任务。在繁忙的工作之余，她经常想到丈夫缺少什么。看到东京那种铺席上放的座蒲团很舒服，就买了两个先托人捎回，让萧乾放到书房沙发上。离开东京前夕，她决定专门给他选一件有意义的礼物。

她了解他的兴趣爱好广泛。植物和昆虫的世界曾给童年的萧乾带来无穷的欢乐，在后来的生活里，只要条件许可，总少不了养花和小动物。现在，一打开他们的户门，走廊墙边，三层阶梯状排列的花盆，首先显示了主人的情趣。在阳台上，萧乾还专门培土修起花坛，阳台栏杆上也摆满了花盆。这里栽满了主人喜爱的"死不了"，也有高洁的马蹄莲及从国外专门带回的名贵花卉。

近年来，萧乾养了几只小乌龟。在给她的信中，还专门询问了有关的饲养问题。日本有人专门研究乌龟的驯养，并写成著作。她特意在东洋大学的图书馆里查找到资料，细心译好寄回。

在诸多爱好中，她终于想到，萧乾酷爱音乐。音乐联系着他的感情，拨动着他的喜怒哀乐，甚至逆境中，也是他不可缺少的精神伙伴。他精心收藏的一套欧洲音乐史唱片，在"文革"中被抄走失落，这使他久久郁郁不乐，好像丢了魂儿似的。如今，音响又回到了萧乾的生活里，成为一大快慰。磁带取代了唱片，音乐更换了普通录音机。何不给他带回一件流行的乐器，让他在晚年添增一点新乐趣。果然，这个主意正中萧乾的下怀，他想要个电子琴，在信中写道："在听听音乐之外，倘能自己奏奏，岂不更快活？"

于是一台精美的卡西欧送到萧乾手中。而且，文洁若神秘地告诉他，这是送给他的"喜寿"礼物。她解释道，今年是你的77大寿。借用日本人的习惯，不讲究70、80、90整寿，而讲究77、88、99……77是"喜寿"。这是她给丈夫晚年的幸福和幸福的晚年的祝贺。

文洁若从东京带回一个"傻瓜相机"，并且开始练摄影了。萧乾当记者时，背着相机踏访欧洲战场，拍下了不少珍贵镜头。他们结合后，又为家庭留下了许多风趣的照片。有一张她抱着刚生下5天的女儿的照片，照片上方有一不协调的白道。文洁若解释道，本来萧乾拍了一卷，由于她的无知而拉开胶卷曝光了，仅存这一张。这个遗憾成了丈夫嘲笑她的话柄。现在，她要"将功折罪"，为丈夫晚年留下一些宝贵记忆。

相比之下，文洁若的兴趣少多了，她把全副精力全投到文学事业中去。整理照片是她仅有的几项业余爱好之一。在萧乾的书房里，有个书橱专门存放相集。一册册相集，分门别类，记录着老作家人生历程的各个阶段，井然有序。这也是她为萧乾"喜寿"添增的又一份礼品。

七、父母心

孩子是爱情的结晶，给家庭生活带来新的乐趣，也给父母增加了新的义务。像所有夫妇一样，萧乾和文洁若为抚养教育下一代，付出了相当多的感情和精力。

文洁若同萧乾结婚时，前妻留下一个6岁小男孩铁柱，成为他们组成家庭的小障碍。文洁若的母亲曾因此而不同意女儿的婚事。她说，外公的主张是：情愿嫁给要饭的，也不嫁给二婚的。但她冲破了世俗的藩篱，不怕当挨骂的后娘。

铁柱任性，又养成一些坏习惯——躺在被窝里吃蛋糕而不吃饭。文洁若一面从感情上加强联系，逢星期天节假日，便同萧乾一起带着铁柱去逛公园，一面帮助他逐渐改掉这些习惯。

铁柱一年级时上的是附近的一家半日制小学，其余的半天，完全没有着落。从二年级起萧乾便让他转学到全日制的盔甲厂小学住宿。1956 年，萧乾担心铁柱因为是后娘而在心理上留下阴影，曾特地去拜访老师。老师说，没觉得铁柱有这方面的问题，同时拿出铁柱新近写的作文《我的妈妈》给他看。头一句写的是："我妈妈梳着两条小辫"，接着便赞扬妈妈的生活非常有规律，说妈妈抽屉里的东西放得有次序，要找什么一下子就能找到。萧乾明白，这是对他带孩子时生活散乱的一种批评。老师还说，铁柱的作文在班上也是相当突出的，很有些爸爸的写作才华。

铁柱小时经常听爸爸讲故事，听的多了，慢慢地也能自己编起故事了。刚上小学一年级时，他将自己编的好多故事写到一个小本子上。爸爸给他的影响，不仅在小学的作文上，以至对后来专业的选择上，都起了潜移默化的作用。

文洁若回顾起来，铁柱还有一次在作文中称许过她。而她自己生的两个孩子倒没在作文中写过她，主要是由于她把自己的女儿从小就交给自己的姐姐照看，儿子则由萧乾管。

面临小学毕业，铁柱重文轻理，数学基础差。远在柏各庄农场的萧乾也为之挂心。为了减轻受难中丈夫的忧虑，也为了尽自己做母亲的责任，每逢周末，她把两个小的托付给自己的母亲和姐姐，抽时间为铁柱补习数学，一道题一道题帮他检查验算，终于使铁柱以优良成绩考入市重点的 26 中。

萧乾在农场劳动前途未卜时，文洁若突然花巨款买了架钢琴，轰动了她的单位。

在一封信中，文洁若提到想要给女儿买钢琴，萧乾很感意外。他连忙回信劝阻，说孩子有无音乐细胞尚不可知。即使真有，愿学钢琴，也可先租琴来练，等将来宽裕了再买不迟。文洁若回信初始似乎同意了。但过不多久，来信忽然说，钢琴已抬到家中。

原来，当女儿还在幼儿园大班时，文洁若听说女儿小时的同伴已上了6岁就能入学的景山学校念外文，做妈妈的心里哪能不急。可是，她明白，萧乾头顶的帽子给孩子投下了阴影，自然没资格挤进那类学校。难道能眼见自己的孩子落在同伴后面吗？"不能！"她在内心中喊。为了向命运抗争，她决定另辟新径，为女儿买琴。萧乾的工资已从170元降到66元，家境困难。她依仗自己精力充沛，在业余时间拼命翻译，将稿酬积攒起来，硬是靠自己的力量实现了愿望。并给孩子找了老师，按钟点付费去学。当孩子不熟练地弹着黑白琴键时，那叮咚叮咚的声响，如春雨滴滴催开孩子心灵的花朵。

萧乾也有一颗爱子之心。只要萧乾在家又赶上是星期天，他就骑自行车驮着女儿去学琴。文洁若则领着小儿子去写生。一次，文洁若带女儿去中山公园听星期音乐会，萧乾则领着小儿子在公园写生，花卉画腻了，萧乾就给儿子当模特儿。后来，小儿子在电视台的北京儿童画展中得了奖。萧乾还为两个孩子排练讲革命故事，使他们在市少年宫双双获奖。

在"文革"的困难岁月里，萧乾和文洁若仍把对子女的教育设法坚持下来。

一次，萧乾带小儿子去农展馆一带的水坑学游泳，被革委会的头头撞见，第二天几乎受到触及皮肉的教训。

当学校都在"革命"，孩子们无法学到文化科学知识时，萧乾带领几个孩子玩起了幻灯。他们自制机器，文洁若利用"牛棚"里的空闲做片框，孩子自己动手画了四五百张幻灯片，有成套《西游记》，有临摹小人书，有孩子自己创作的画。一到天黑，他们便把院墙当作幕布，聚集了院里不少小观众。这一活动，既充实了孩子们的精神生活，又使他们学了技术，得到了不少知识。萧乾还教他们画世界地图、中外历史对照年表，等于给孩子们上了历史、地理课，使他们了解中国是世界的一部分，让孩子们自己去领悟"文革"也只是历史上的一瞬间。

全家下干校后，萧乾夫妇更在"战天斗地"的余暇，抓紧对孩子的智力教育。萧乾常常悄悄领着小儿子到住地附近村外池塘边，在小树林里学英语。可是，父亲的一片苦心并不为儿子理解。有一次，儿子恼了，将书本一摔，说没意思，还是抓蛇好玩。萧乾不急不恼，改变了教学方法，哼起了英语民歌。这一招果然灵验，儿子的兴趣来了，积极性也大增。这片秘密小树林，萧乾给它起个名字叫"父子角"。

如今，三个孩子都已长大成人，虽然远离父母，但都有各自的专业特长，在人生的路上搏击前进。这是萧乾夫妇晚年的一大安慰。

八、文字姻缘

萧乾总是说：我跟文洁若是文字之交，从初识至今，始终未断。这是解开他们姻缘奥秘的钥匙。

1952 年，文洁若经手一部译稿的整理工作。她琢磨了原文后，指出译稿中有许多不足。领导同意她的看法，又找人做了一次加工润色。经过校订，文字优美，既忠于原作，又融会贯通，说得上是信达雅。她悄悄了解到，这位英文水平高，中文表达力强的人，是新近调到文学出版社的萧乾。她忽然想起，上高中时曾读过萧乾写的长篇小说《梦之谷》，于是，她一反平日的腼腆，主动向他请教一些翻译英文稿件中的问题。

他们接触多起来，谈文学，也谈各自的经历。

一个星期天，两人荡舟北海公园。萧乾提起英国 18 世纪著名作家菲尔丁的代表作《汤姆·琼斯》。这是马克思特别喜爱的小说。主人公汤姆是一个孤儿，真诚纯洁，历经艰险，终于得到幸福。童年受尽歧视和压抑的萧乾，特别容易与汤姆共鸣。这部作品文洁若在大学英语系时就熟悉。文洁若觉得，不仅孤儿的身世，曲折的经历，甚至连人品性格，萧乾都很像汤姆。

"以后，我干脆就叫你汤姆（Tom）吧！"她不觉脱口而出，稍微停了一下，又说，"我呢，就是《磨坊》中的那个妹妹！"

心有灵犀一点通。萧乾知道，她说的《磨坊》是乔治·艾略特的《弗洛斯河上的磨坊》，作品里哥哥名叫汤姆（Tom），妹妹名叫麦琪（Maggie）。他已经知道，文洁若 1940 年在北平圣心女子学校念书时用的就是这个名字，家里人也一直这样称呼她。此刻她这么自比，其用心不言而喻了。萧乾不禁眼睛一闪，笑了起来："好，汤姆和麦琪——哥哥和妹妹，在洪水面前和好了……哈，哈，哈。"文洁若的脸上泛起了红晕，随即低下了头……文学这座桥，使两颗心沟通、贴近。为了纪念这个幸福时刻，萧乾特意给她拍了一张船上丰姿。拍照前，文洁若脱掉了蓝色制服，露出新买的胸前绣花的纱衫。这张照片一直珍藏着。从此，两人写信便用 T.M. 互称，一直持续下来。

文洁若是从翻译工作开始步入文学圣殿的，而萧乾在 30 年代早已出了名，此时开始了两人携手并进的新阶段。萧乾说："我们相互总是彼此译作的第一个读者，又往往是吹毛求疵的读者。"两人常常为翻译风格上的不同而争吵起来，邻居甚至误以为是在吵架。萧乾追求译文的流畅、传神，有时不免有些大手大脚，而文洁若则对原文抠得十分严谨，免使野马脱缰。而且，萧乾那信笔写来的原稿，经过文洁若加工整理誊抄后，变得非常规范，卷面清秀。他说，我送去的丁等草稿，拿回的是甲等。难怪他幽默地说：我把"整理科"娶到家来了。两人相辅相成，相得益彰。在他们婚后的两三年里，在紧张的编辑工作之余，萧乾翻译出版了《莎士比亚戏剧故事集》《好兵帅克》及《大伟人江奈生·魏尔德传》，文洁若翻译出版了《活下去！》《布雪和她的妹妹们》《她的生活是怎样开始的》及《沙漠》。爱情使美好的篇章不断涌现。

当厄运到来之后，萧乾的笔被剥夺了。但他们二人在文学上的配合，是谁也剥夺不了的。萧乾自己不能写，不能翻译了，他便全力支持妻子，甘当 ghost（幽灵）。文洁若这时自觉肩负双倍的重担，丝毫不敢怠慢，以双倍的热情和毅力去拼搏。

当时，为了支援日本人民的斗争，翻译日本文学的任务多，而且要得急。文洁若不仅有求必应，而且主动争取。她曾用 8 天业余时间突击译出 3 万多字。每天 18：00 至翌晨 2：00 进行翻译，2：00 至 7：00 睡眠 5 小时。"ghost"帮助她加工润色。

萧乾被迫下农场劳动后，ghost 就出现在书信中。一段时间，萧乾经常收到十多页厚的信。原来，文洁若正担任菲律宾作家何塞·黎萨尔的长篇小说《不许犯我》和《起义者》的责任编辑，她将译文中自己拿不准的一些疑难句子写给他求援。

虽然没有字典，也缺少必要的参考资料，但他并不感到负担沉重，而是得到一种宽慰和愉悦。这是他精神的寄托，心灵的企盼，被剥夺了的欢乐。在回信中，他写道："终于有文字工作可做了。"在田间地头，在炕上灯下，他思索着、解答着。字典、资料就在他的头脑中，这是谁也剥夺不走的财富。几天，厚厚一摞又寄回去了。

文洁若精通日文、英文，在文学翻译上取得了相当可喜的成就。但她不满足于当个翻译家，她也自己动笔写作。她经常用父亲没能写出一本书而遗憾终身的事来激励自己，她多次对萧乾说："我此生最终的目的是自己写一本书。"

她的初次练笔是1958年在农村劳动时写的《小剩儿》，萧乾做了加工修改，特别在她形容农村小孩的激动心情处加了一笔："她的心像气球一样一上一下"，给她留下深刻印象，至今不忘。

文洁若潜心琢磨，勤苦练笔，终于在文学创作上取得了长足进步。在近四五年的出访中，写下数十篇散文。而在她单独访日一年中，独自完成的作品，更令萧乾叫好。幼时，文洁若在五姐妹中并不是出类拔萃的，那时，她钦佩姐姐们，但自己并不气馁，暗以龟兔赛跑自勉。如今，她终于跑到姐妹们前面了。

她能以一个小时的采访，写出有厚实内容和见解的文章《早春东瀛访远藤》，就是从观察别人采访萧乾中受到启发的。萧乾对那些事先毫无准备、连他的作品都没看过的采访者特别反感。文洁若便在采访远藤之前，阅读了他的几十卷作品，几乎达到了如指掌的地步，令被访者惊异。

面对浩瀚的日本当代文学，她信心十足地完成了《日本文坛近况》的论文。而十多年前，她写第一篇评论文章时，是靠萧乾大删大砍而成的。那时，萧乾在矮小的门洞中伏案工作，为了驱赶窗下刺鼻的尿臊味，他不得不一根接一根地燃点檀香。正是从萧乾的精心修改中，她学会了选材和结构。

当飞行员能够单独放飞后，他是永远不会忘记领航的教练员的。文洁若心中存在个亲爱的"ghost"，所以她前进的信心就更足了。她雄心勃勃地告诉萧乾，决心再干上30年，甚至40年，像日本作家野上弥生子那样写作到100岁，哪怕花上10年时间，也要写出一本小说。

当萧乾的"右派"冤案得到昭雪时，已近古稀之年。他的挚友巴金鼓励他："对有限的时光，要好好地、合理地使用。不要再浪费。做你最擅长的事情，做你最想做的事情。"朋友是最了解他的。文学是他心中的乐园，他要继续辛勤耕耘，让文学之树常青。

这七八年里，萧老笔耕不停。整理出版了几种选集、文集（包括修改再版长篇小说《梦之谷》）并写下了一系列颇有特色的序言：《一本褪色的相册》《未带地图的旅人》《一个乐观者的自白》《在洋山洋水面前》。这些同他的《鼓声》《在歌声中回忆》《搬家史》和《北京城杂忆》等，构成了别具一格的回忆录。他的《欧战琐忆》和《访美见闻》也形成自己的风格。他翻译挪威剧作家易卜生的名著《培尔·金特》则是在身上插着肾管的 8 个月中完成的。难怪有人叫他是"不要命的老头子"。

他还常常为朋友们的翻译和创作而劳神。眼下，在他的案头摆着一部朋友的翻译手稿，出版社认为译文不甚理想，又找到他。他戴起老花镜，看着原文，对照译稿，仔细校阅，在黑墨水的译文和绿字校改的空隙中，舞动着他的红笔，加工修订。伏案久了，他摘下眼镜，揉揉酸胀的眼睛，往后仰靠在转椅上，伸一个懒腰，舒展一下脊背。随后，又投进灯光里，继续工作。有时，也站起来活动一下腿脚，或者到阳台上换换空气。这是一项紧张繁细的脑力劳动，急不得。一个晚上，他只校订了一页半。

他的不要命劲，可把文洁若急坏了，不能再这样消耗他那宝贵的精力了。她比他年轻，便接过这个担子，而将一份清晰的译稿给他，只需做中文修饰，至少可省去他一半的时间，也免得被那密密麻麻色彩斑杂的文字搞得眼花缭乱了。

对于文洁若在翻译和中文两方面的水平，他是完全信赖的。因此，在 1986 年 6 月，妻子从东京飞回，他去机场迎接，刚见面便告诉她，《花城文库》要他编一本选集。四川的四卷本是他自己搞的。这回他决定让她来编，也许可以更客观些。这是最好的见面礼。文洁若没有辜负他的期望，不仅选集编得有特色，而且还写了一篇颇具价值的序：《近距离的观察》，分析了萧乾作品的特点，也分析了作家的思想脉络。

文学在两人心中燃起的热情，使爱情的火焰更旺、更充实、更持久。

三十几年的文字姻缘，将友谊、爱情、痛苦、欢乐、理想、追求化为一股激越的力量，给生活留下了有声有色的篇章。

生活是一种秘密，而爱情则是秘密中的秘密。在这秘密的海洋中探幽，人们的结论千差万别，感受微细各异。而萧乾的表情则是——笑。

面对这位鼻子、眼睛、嘴总在笑的慈祥老人，不禁令人想到碧云寺里的"弥勒佛"。

我终于有所领悟，在这笑容里，有的是豁达、宽厚、淡泊、富有和充实。

伟大的莎士比亚说："我的慷慨像海一样浩渺，我的爱也像海一样深沉；我给你的越多，我自己也越是富有，因为这两者都是没有穷尽的。"

啊，爱的海洋——深深的海洋！

牙雕春秋

　　一九五六年秋，伦敦的一座八角亭榭格外引人注目。盏盏中国的大红宫灯沿着回廊挂了起来，窗格上，紫红色的葡萄像串串宝石，缀满在绿枝碧叶之中。新中国的工艺品第一次来英国展出。消息传出，轰动了大不列群岛。参观的人群川流不息，人们怀着新奇和探求的心情，欣赏着、赞誉着新制度下产生的东方艺术的明珠。在象牙雕刻面前，观众被一件两米多长的大型牙雕《北海公园》吸引住了。争相观看，引颈翘首。

　　看，美丽的藏式小白塔就像圣洁的宝瓶，高踞在万木葱茏的琼华岛之巅，虬蟠松柏苍翠欲滴，岸边垂柳袅娜起舞。天空中吉祥流云，好似宝瓶溢出的朵朵仙气，浮游弥漫。绿树丛中，殿堂错落，橙瓦朱墙隐现，变幻多姿。那五龙亭，玲珑剔透。点点游艇，荡桨在一泓碧波之中。

　　看，在这诗情画意的美景中还有多少栩栩如生的游人，他们是叙旧的老友，对舞的青年，远眺的少年，玩耍的孩子，听故事的小朋友，婴车中甜睡的小宝宝……真是数也数不清。而那微风中的彩旗，旋转着的花裙，色彩缤纷的服装，火焰般飘荡的红领巾，更使这湖光山色增加了喜庆的节日气氛。

　　"太美了！""无法形容！""这样美的东西，只能来自聪明、智慧的中国工艺家之手。""能亲眼见见这位牙雕的作者，该多荣幸！"……观众赞声不绝，他们的心被这件艺术珍品征服了。

这件牙雕珍品的设计和主要制作者不是别人，正是被毛主席誉为"很高明的艺术家"的北京著名牙雕艺人杨士惠老先生。当他取得国际赞誉后，仍在艺术上不断探索，刻意创新，并取得了更大的成就。一九七九年举行的全国工艺美术艺人、创作设计人员代表大会上，他被授予"工艺美术家"的荣誉称号。就在这次会议期间，我访问了杨老先生。虽然，他已年近古稀，但两眼却清澈明亮，神采奕奕，闪烁着深邃的智慧的光芒。人们常说眼睛是心灵的窗口。我一边倾听着他的谈吐，一边注视着他的目光。心中想，我在他心灵的窗口，将能看到什么呢？……

一

一九五四年九月的北京，天高气爽，虽然距国庆节还有些天，天安门广场上却已洋溢着喜庆的欢乐。人们在庆祝新中国第一部宪法诞生。杨士惠每天上下班经过这里时，总是情不自禁地从自行车上下来，边走边看，望着那一张张幸福的笑脸，看着那一幅幅鲜艳明丽的宣传画，听着那一声声欢快的乐曲，他的心是那样的不平静，往事的镜头一个个从头脑中闪过：不满十岁的时候，他就背着布帐子，跟着爸爸在大太阳下赶路，到二三十里外庙会去卖小杂货；十二岁便开始了单调劳累的学徒生活；以牙雕谋生后，不得不经常和冷若冰霜的老板们打交道；出门做生意，还要受到城门口横行霸道的日伪宪兵以及为非作歹的国民党士兵的欺凌和辱骂；要是失了业，只好流落街头，摆摊卖香烟，受尽人间的凄凉……

他擦了一下眼里的泪珠，拂去心头的往事，思绪又回到眼前的一片阳光灿烂的海洋。他一辈子也不会忘记，北京刚解放，党就派人来问寒问暖，给牙雕行业贷款，使牙雕艺人得以重操旧业，他才能拆掉街头的香烟货架，又捡起牙雕的凿子。只经过短短的五年，濒临死亡的牙雕业就得到了很大的恢复和发展。牙雕艺人的工作和生活有了保障，再也用不着为讨到几斤牙料而四处求人了。想到牙料，他更抑制不住内心的喜悦，因为，今天他刚从仓库里领来一颗十年九不遇的大象牙，从牙根到牙尖完整无缺，足有二米多长，一百二三十斤重。对于牙雕艺人来说，这是多么好的运气啊！有了称心如意的牙料，就意味着有了施展才华的广阔舞台。

杨士惠是个有着卓越才华的牙雕艺人。他自幼就显露出感受造型艺术的天赋。他只念过一年多私塾，对那单调乏味地背诵"人之初，性本善"毫无兴趣，却从偶然得到的一张带图的小报上找到了乐趣，犹如闷热夏天里吹进来一股惬意的凉风，他的兴趣油然而生。他爱上了报上的各种画，他能从组字画中，猜认出一些字来，还能照着"一笔画"的样子，在地上学着画小猫、仙鹤等小动物。稍大点，他在灯下搭手影玩时受到启发，用黑纸剪人像玩，无意间磨炼了捕捉人物轮廓特征的本领。

他的天赋虽好，但在当时的家庭和社会条件下，如同飘撒在荒野中的一粒种子，无人问津培养，任其自生自灭。由于他喜爱图画不肯死背四书五经而被爸爸斥为"没出息"。就是在他学了牙雕之后，这种天赋种子仍然深埋在贫瘠的土地中。因为师傅教徒弟的方法是那么刻板守旧，他只能亦步亦趋地学，决不能越雷池一步。何况师傅总要留一手，怕教会了徒弟饿死了师傅。

一天，他爸爸的一位当小学美术教员的朋友来了，杨士惠津津乐道地谈论起他学的牙雕手艺。这位小学教员对他说，你学的牙雕，大多带有一种"匠气"，应该多学一点"雅气"。边说边指着扇面上的山水画告诉他"雅"在哪里。这位教员的一席话，好似一场春雨使他天赋的种子萌发了，终于冲出坚硬的土层，露出了幼芽。

当他独立门户雕出第一批活后，就由于竞争而被挤掉了牙料来路，这对他的刺激太大了，耳边猛然响起姑姑对他说过的一句话："你可要立志为家里人争口气啊！"他想，要使自己做出的牙雕受欢迎，必须叫自己做出的牙雕超过别人，不同于别人。这时，他又为学徒时没在技术上更刻苦钻研而懊悔，立志要钻研技术和设计。也只有在这时，他才迫切地感到需要把追求"雅气"的愿望变为积极的行动。

从此，他大胆进行多种技术尝试，原来没学过的深浮雕、圆雕、立雕、镂雕等牙雕技法，渐渐也都掌握了。在设计上，他大胆抛开别人沿用的图案，另找《故宫日历》《故宫画刊》及参考齐白石、张大千等人的画，自己独立设计。有的艺人当时就说："杨士惠是避开别人，走自己的路。"当然，他这一切努力，还是不能不受当时给他牙料的老板的限制。如果你不投合人家的口味，就不会再给你活干了。廊坊二条的同元斋，就懂得艺人工作的特点，从不死硬规定你做什么和怎么做，而是在听取艺人的想法之后再商定。正是在给同元斋干活的时候，他大胆尝试，把一块通常做鼻烟壶的牙料，雕出了当时的第一个立雕产品《猫蝶富贵命》，受到掌柜的称道，说他"是把手了"。第一次成功，更鼓舞他继续前进。他又雕成了精巧的小游船，上边还刻出了别人所没有的会自动开关的小楼窗。正当他的天赋才华初露头角的时候，日本侵华战争爆发，他失了业。

当他后来给荣宝斋干活时，他的才华终于施展开来，创造出轰动牙雕业的《白菜蝈蝈》。当时，面对激烈的竞争和市场日缩的情况，荣宝斋为了增加竞争能力，扩大销路，想方设法搞牙雕新产品。管事的人拿出一个明朝竹雕，问杨士惠能不能刻出类似的牙雕来，这是一棵白菜上边趴着一个螳螂，很逗人喜爱。这类景物，杨士惠并不陌生。小时他常看到爸爸卖的扇子上有萝卜白菜、蟋蟀螳螂这类三秋景色。他想，也不妨在象牙上尝试雕刻一下，就接了这活。

为了有别于竹雕，他决定雕一个白菜蝈蝈，就自己到生活中去观察。他专门买了一棵鲜灵灵的大白菜，掰开外边的大帮，露出内里鲜嫩洁白的叶和帮。蝈蝈取什么姿势好呢？他也亲自到郊外去观察。你看，炎炎火热天，他一个人悄悄躲在草丛中，屏住气息，细心观看蝈蝈的活动——一只蝈蝈爬过来，停下了，低下了头，再动了须子，垂下了鼓肚，开始鸣叫了。杨士惠发现了好多富有生气的感人姿态。于是，一个理想的构图在他头脑中画出来了。又经过他一番精心雕刻，第一件牙雕《白菜蝈蝈》问世了。

这件牙雕制品拿到东琉璃厂去展销，一下子就引起了强烈反响。在专门陈列牙玉石木工艺品的蓝布篷子前，观众挤得水泄不通，他们爱看这鲜灵灵的白菜和栩栩如生的蝈蝈，浓郁的生活气息，使人耳目一新。新产品给牙雕行业带来了新气息，不久之后，《白菜蝈蝈》便成为牙雕业的一个新定型产品而进入市场，并为国外商人所喜爱。

此后，杨士惠又雕出了《风带仕女》，以飘摆的风带，改变了过去呆死的木俑状，使人物形象生动活泼，增强了艺术效果，又一次震动了牙雕业。但是，在日伪的殖民统治下，艺术上取得的成就，并不能给他带来很大的快乐，杨士惠一直感到心里像憋着什么东西一样苦闷，只有当他躲进牙雕世界时，才得到暂时的安慰。国民党的腐朽统治，同样使牙雕业大衰败，同许多牙雕艺人一样，他又失业了，只好再度在街头摆起小摊，卖烟卷度日。

新中国成立前的那段历史说明，牙料和创作自由，对杨士惠来说如同鸟的两翼一样重要，有了它就能高飞，没有就一事无成。如今，党给他插上了两翼，他的心早已腾上了蓝天，与白云一起翱翔……

他推着自行车，边看边想。目光突然被一幅生动的宣传画吸引住了。他想，美术能反映这一伟大历史事件，我的牙雕为什么不能也这样做呢？又想，历史上的许多重大事件，如三国鼎立、隋炀帝无道、李世民举兵、宋江起义及岳飞抗金等，自己都是从前人书中知道的——这些是他少年时蹬着一块砖，舔开窗户纸，在书馆外免费听来的。既然古人能著书立说传留至今，为什么我不能学古人，让牙雕也起到著书的作用呢？他的心里豁然开朗，跨上自行车，用劲往家蹬去。

杨士惠的爱人看他今天眼睛特别亮，兴致特高，知道他一定有了什么喜事，晚饭特意给他加了一盘炒鸡蛋，还端来了酒。酒一端起，话匣子就打开了，从天安门广场的庆祝活动，讲到领来了一根完好的大象牙。他爱人听得心里也甜滋滋的。他爱人是他牙雕上的帮手，非常理解他的喜悦心情，便问他，这根大象牙打算雕刻什么？杨士惠几乎不假思索地回答：刻天安门广场的庆祝活动。他爱人问了一句："能行吗？"他反问一句："怎么不行？"之后，猛地放下了筷子。他原来只想到白天的场面热烈，能充分表达气氛，加上天安门广场本身也具有重大意义——第一面五星红旗就是在这里升起的，这里是首都人民举行庆祝活动的地方，也是全国人民景仰爱戴的地方。他想到了这一切，却没有更多去想牙雕本身的特点。现在，爱人一句问话提醒了他：在一根横卧的象牙上怎么安排画面呢？天安门城楼两边的红墙，把空间限制死了，线条少变化，人物在前面的活动也不好表现。于是他只好放弃这个设想。

这一夜，他翻来覆去睡不着，设想了几个题材，几个场面，比来比去，还是楼台亭阁、山石林木这类景物最能发挥牙雕的特长。前几年做的《颐和园》就很成功，毛主席将它作为国礼，送给了民主德国威廉·皮克总统。已经做过了颐和园，他绝不重复。由颐和园联想到能不能做个北海公园呢？

第二天，他专门到北海去看看。跨进北海后门，一眼就看到中南海与北海相通。这样，在作品中既能以北海为主，又能设法表现党中央毛主席驻地的中南海。他心中踏实了一点。再看公园的山水林木、殿堂白塔，也能较好安排构图，宜于发挥牙雕的特长。他认定这是理想的场景。

选材定下来了，接下去便是考虑怎样用料。他设想立足于五龙亭来表现公园全景。从亭子往东南看，也是湖面。透过亭子立柱的空间，应能看到北海大桥和中南海。这就取决于五龙亭能否刻成立体的，而这又受牙料部位的限制——按他构思的设想，五龙亭正好处在象牙罐口的那端。所谓罐口，就是指象牙粗的牙根那端，中间是空心的，形状像个敞口的罐子而得名。因为是空心的，对于牙雕用料就有影响，这罐口壁的厚度有多少？够不够雕出五龙亭的厚度？用尺一量，刚刚够，他才感到有了一定的把握。其他景物，均参照五龙亭为准，找好比例，安排布局。

从头而中的构思，到最后雕成作品，要走好长的路程，包括对构思的修改。为此，又有好多个夜晚，他睡不踏实。他已经形成了一种习惯，一旦进入了作品的设计制作之中，他的脑子就全部想的是这个，连吃饭也在想。只要头脑中闪过一点新的想法，便会立刻放下饭碗，拿起凿子干它几下。躺在床上，闭起眼睛便过电影。这天，他刚闭上眼睛，电影便开始了——那根横卧的象牙，就像是影院里狭长的银幕，横挂在面前，头脑中的放映机从左到右，又从右到左，不断地变换镜头。五龙亭到底占多大比例合适——一会儿，它膨大起来，占满了象牙横面的高度。不行！这一来，北海大桥就看不见了。那就让它缩小吧——缩到象牙横面的三分之一怎么样？也不行，又嫌小了，不合生活中的透视。那就缩到横面的五分之三吧，如何？想了一阵，比较满意。五龙亭每座的进深多少？怎么影像总是虚的？不行！明天得去实地测量一下。透过北海大桥桥洞看见的中南海，只是一抹绿色，大桥的上面就是天空了——作为五龙亭的背景不是太空旷了吗？空旷在牙雕中就是缺空，就会破坏象牙的完整美，要设法弥补。

小白塔在头脑的银幕上出现了。这是北海的象征，是这个作品的视线中心，得突显出来才行，也许要突破牙形之上，才能带起全体吧？于是，银幕上的小白塔在逐渐升高增大……"好！就这么大！"他满意地大声说道——此时的小白塔，相当于象牙横面的三分之二那么高，巍巍挺立在山顶。睡在旁边的爱人捅了捅他："别演戏演电影说梦话了，该睡了！"

第二天，他又走进了北海公园。你看，他一个人在湖畔徜徉，任脚下树叶嚓嚓发响，他在向远方寻找着什么；一会儿，他用手在眼前比试着，测量着；一会儿，又临湖倚栏伫立，久久不动，思虑着……他在雕刻《白菜蝈蝈》时就养成的实地观察的习惯一直保持下来。

……此刻，久立湖畔的杨士惠终于找到了——那是天空中飘来的几片白云，恰好飘游在北海大桥的上空，填补了五龙亭后面背景的空缺，一个设计中的问题解决了，就让白云化为流云，装饰在这里吧。

秋去冬来，杨士惠又出现在北海的坚冰上。远处年轻人在滑冰。他们很奇怪，这个人为什么不到冰场上来玩，却一个人在冰上走来走去？年轻人哪里知道，杨士惠是为了给牙雕补充些局部的细节而来。

雪雨风霜交替地更换着琼华岛的色彩，五六个季节过去了。在此期间，杨士惠手下的凿子，一层一层地剥落下象牙的外衣，逐渐按照他的设计显露出作品的轮廓来。象牙雕刻主要有两大工序：开凿和铲活。开凿是在光光的牙料上，按照设计凿出作品的大轮廓，定下布局位置，安排景物关系和比例大小等，这是关系全局的重要一关。良好的开端，是成功的一半。开凿好，铲活就顺手省事得多。铲活，就是把前道工序凿出的半成品粗活细细琢磨为成品。如果说，铲活更多需要的是耐力和细心的话，那么，凿活则更多需要魄力和信心。杨士惠素以凿活著称，他抡起敲锤，三下五除二就能准确地定出大轮廓。他的弟弟杨士忠则有过细的铲活功夫，多年来是他的得力合作者。这次，在杨士忠和三四位艺人的通力合作下，牙雕《北海公园》终于在一九五六年春夏完成了。在这件大型牙雕上，综合运用了深浅浮雕、立雕、镂雕和圆雕等多种技法，显露出杨士惠的功力。

二

《北海公园》的成功，是对我国牙雕艺术的新贡献，杨士惠因此而得到了党和人民给予的荣誉，他几次幸福地见到了毛主席和周总理。

一九五六年初，他列席于第二次全国政协会议。会上，他作为手工业的代表，排在十人报喜队伍中，双手捧着大红信封，里边装着喜报，向主席台走去。他觉得周身的血液在沸腾，虽然走到毛主席那里并不算远，但他仍感到距离长，恨不能一步就跨上去。正如走了很久夜路，费了好多周折才找回家见到亲人的孩子一样，多想扑过去诉诉自己的委屈啊！杨士惠此时的心情正是这样。旧社会黑暗的岁月，在他心灵上留下的伤痕太深了。

在日本侵占北京期间，一次，杨士惠从朝外的家进城送牙瓶，过朝阳门时，他排在进城长队的后尾，随着队伍缓缓而行，持枪的日伪兵逐一搜身检查行人。杨士惠一手拿着良民证，一手紧搂着怀里的象牙雕瓶，躲闪着拥挤的人，想快点进城。不料，一个戴白帽箍的黑衣警察看他不顺眼，一把将他拉出来，无故打了一顿，牙瓶险些被打坏。待送货返回，天色近晚，他更紧张了。城门是有钟点关闭的，晚了就甭想通过。当他赶到小街口时，关门的钟已经敲响了，许多像他一样急于出城的人都高声嚷道："噢——！"同时，拼命往城门口跑，当他气喘吁吁跑进门洞时，两扇厚重的城门刚要合拢，他从门缝里刚一挤过去，背后的大门便"嘭"的一声关死了。那时的生活，就像这道厚重的大门，他就像一个行人，在夹缝中匆忙过往，真不知道哪一下闯不过去。为了生活，他不得不忍气吞声，四处奔波。有时，由于身上没有一件体面的大褂就被看门人挡在外边；有时，费了不少的周折挂上了一个钩，则干了一两次，又会被别人挤掉；也有的掌柜的，收到合格的产品后，却不付足讲定的工钱，而用无法兑现的"期票"来刁难；在他有了名气之后，掌柜的都想把他抢到手中；国民党的一个保甲干事，更慕名而来敲诈，未达目的，就深更半夜以抓兵来报复……失业，就像躲在黑暗中的一只饿狼，使他提心吊胆，日夜不安。

解放了，他才从黑暗中走出来，再也不受那些气了。一九五〇年底一九五一年初，管理工艺品的国营出口公司正式成立了，直接受理牙雕艺人的订货，发给材料，对所有艺人一视同仁。一位从老解放区来的干部给他讲解毛主席诗词《沁园春·雪》，使他大开眼界，大为震惊。改变了先前受欺骗宣传造成的错误想法，认识到共产党绝不是山沟里的土包子，而是大有高人在。再联想到解放后党领导下社会发生的巨大变化，对这位老干部讲的老手工业组织起来的优越性是信服和向往的，杨士惠的心里起伏不平。想过去，工作上忙闲不均，生活上饥饱不匀，处于无保障状态之中。于是，盼望牙雕业早日组织起来。一九五一年，当他看到雕漆生产合作社首先成立后，更是坐不住了，便和牙雕行业中的一些老艺人串联，向政府打报告，要求走合作化道路，尽早组织起来。到一九五一年十一月，一个四十二人的象牙生产合作社终于成立起来。大家还推选他为主管技术的理事。

此刻，他正是带着自己的这种心情，代表手工业工人，向党中央毛主席报喜。在一片掌声和音乐声中，他来到毛主席面前，深深地鞠了一躬，将双喜字的大红信封捧献给毛主席，仿佛是向党献上了一颗滚烫的红心。毛主席同他亲切地握了握手，接过喜报后，又和他握了一次手。时间太快了，这时，他多么希望钟表能够停下来，哪怕是慢一点走也好啊——让那握手的一瞬间能够变得更长些，让他再多看看老人家啊！

　　他的这个愿望，不久又得到了满足。报喜后的第3天，他接到了周总理发来的到怀仁堂赴宴的请柬。他喜出望外地来到中南海，早早就进入了怀仁堂，当时来的人还不多。他拿着第一席的请柬找到屏风前的席位，一眼便看到桌上赫然写着毛主席和周总理的名字，他的心里像是驾了云——这是真是假？是不是我走错了？看来看去，他不敢坐，赶忙去找服务员询问。得到肯定回答后，他才忐忑不安地坐下，过了一阵，人快到齐了，忽然欢呼声和掌声响起来，毛主席和周总理从屏风后面走出来，向大家鼓掌致意。怀仁堂里一片热烈欢腾。毛主席落座了，恰好就在杨士惠对面，周总理挨着毛主席身边。这是一种多么大的幸福啊！一个普通的牙雕艺人能够同两位伟人坐在一张桌上吃饭，怎能不心情格外激动呢？一般人能够亲见一眼，就已感到莫大荣幸了，而他不仅几次见到，还多次同他们握过手，如今又同他们坐在一起，聆听他们的谈话，真是世界上最幸福的人了！杨士惠感到自己的心脏比往常跳得要快得多，血液流动得也分外快，全身的细胞仿佛都处在兴奋之中。他只顾两眼紧紧地盯着他们，忘记了一切。同桌的其他人，好像也处在同样激奋之中。还是毛主席首先解除了大家的这种紧张而拘束的心情，同大家聊起了家常，问每个人是哪里人，干什么工作，家里人口多少等等情况。听到回答之后，毛主席便谈起那个地方的风俗人情，周总理也不断补充，气氛活跃了，很随便，就像一些老朋友聚在一起。在杨士惠回答之后，毛主席又问他，正在做什么作品？还打算做什么？杨士惠回答说，准备做开国大典。老人家点点头。总理语重心长地插话道："开国大典，题材可不小啊！"杨士惠表示，没做过，试着来，边学边干。毛主席听他一口北京话，就对同桌的人讲：你们都应当向他学习普通话。杨士惠聆听着毛主席和周总理讲的每句话，专注地看着他们，努力把两位伟人的光辉形象牢记在心上，忘记了动筷子。周总理见此情景，便亲自给他拨菜，一再劝他吃，杨士惠感动得眼睛湿了。席间，毛主席还诙谐地说：我啊，总理，这个（比了个抽烟状），这个（举杯状）是有量的。逗得大家笑了起来。

一种职业特点，又使杨士惠以牙雕艺人的眼光去观察毛主席和周总理；为了能最清楚地观察，并捕捉各个角度的特征，他特意两次到毛主席和周总理身边去敬酒，准确地记下了面部健康丰满的特点、五官的比例、线条的转折。这些，使他平时从照片中得到的印象一下子有血有肉了。如同一颗火种燃烧在他的心中，产生了一股前所未有的创作热情。在以后的几年中，产生了好几件以毛主席形象为题材的作品——《毛主席和延安农民在一起》《毛主席走遍全国》等，把人民领袖关心群众生活，了解群众疾苦，同人民在一起，心心相连生动地表现出来。毛主席后来在一次讲话中特地赞扬了他"是很高明的艺术家"，还说："他和我坐在一个桌子上吃饭，看着我，就能为我雕像。我看人家几天，恐怕画都画不出来。"

这些以表现人物为主体的牙雕获得的成功，显示了他坚实而精湛的牙雕技艺，是他的聪明才智与长期勤奋学习的结果。其实，从前，他也没学过做立雕人物，而是靠刻苦钻研，敢于突破旧框框，勇于接受新事物，大胆进行实践。解放后，他积极响应雕刻要反映新生活的号召，尝试着刻出了轻盈的打腰鼓的文工团员、受苦的农村姑娘及欢乐的少年儿童等立雕人物。这时，已不能搬用过去雕刻仕女、佛人的经验了，一些部位却感到把握不准，不能得心应手，他迫切感到需要提高雕刻人物的技巧，便决定去找美术方面的专家请教。一天，他冒昧登门拜访大画家徐悲鸿先生，并且带着自己的牙雕作品《贵妃出浴》，还约了玉雕艺人王树森一道去。徐悲鸿热情接待他们，肯定了杨士惠牙雕的长处，然后风趣地问他：谁的脊椎骨是长到屁股根底下去的？一句话问得杨士惠脸上一阵火烫。徐悲鸿指出，这是由于缺乏人体解剖知识造成的。从此，他就常到徐悲鸿那里去请教。后来，更得到允许，在中央美术学院旁听人体解剖课。每次课他都准时去，认真听讲，逐渐弄清了人体的比例、周身的结构、肌肉的变化等各种关系，为他后来能够准确、逼真地刻出人物作品，奠定了坚实的基础。

为了从古代传统和姊妹艺术中汲取养料，他利用参观、游览的机会进行学习。他常常随身带个本子，走到哪儿画到哪儿，如同画家的写生一样，这种习惯至今保持。我曾看到他的十几本资料，是他近年到平遥、晋祠、大足等地所画，其中有寺庙外观，有狮子、云龙、怪兽、戏楼、力士、观音、菩萨等等，清一色的单线勾勒，形象鲜明，特征突出。有时一个对象还分别从正面、侧面和后面三个角度画出。从这些资料中可以看出，老先生观察得何等仔细，画的态度何等认真，眼看手画得何等勤奋。

勤学苦练，使他把点点滴滴的知识和技法不断学到手，如同海绵吸水一样，他逐渐积累了丰富经验，一步步达到炉火纯青的地步。

到过油田的人都知道，一口油井一旦被打开，埋藏在地下的巨大能量就会猛烈地喷发出来，不仅喷射出主要产品石油，还有天然气等有价值的副产品。杨士惠被毛主席、周总理接见所产生的巨大热情，也如油井喷发一样，不仅产生了强烈的创作欲望，而且还在改革牙雕工具，提高生产效率上做出了显著贡献。

在一九五八年，杨士惠像工厂里的许多工人一样，成了技术革新迷。他已是个中年人，却充满了青年人的朝气。人们常见他围着一台闲置多年的蛇皮钻转来转去，琢磨着什么。这台机器是牙雕生产合作社成立后进口的，长期冷落一边，无人问津。牙雕这行业，历来是靠手工操作的，一把凿子，一把铲子，外加一把锤，一代一代传下来，已经几百上千年了，牙雕艺人的技艺就是在这几把工具上练出来的。多少精美的产品就是一刀一刀刻出来的。长期的个体劳作，带来的保守思想，是一股相当顽固的习惯势力。如今，杨士惠向它挑战了。他想，全国生产在迅速地发展，而牙雕业还是一刀一刀的老样子干活，必须改变这种状况。俗话说，"手巧不如家什妙"。牙雕的工具为什么不能改革？为什么不能改变千百年的手工操作而向机器生产迈进呢？他勇敢地做了带头人。

蛇皮钻，很像牙科医生使用的小牙钻，它的软管线形状像蛇，由此得名。蛇皮钻本身是转动不起来的，需要靠外来动力，而那台蛇皮钻恰恰缺少这部分机件。杨士惠想到缝纫机能用脚踏板来转动而受到启发，找来一部镶牙钻上的脚蹬踏板来试验，结果并不成功。他寻找失败的原因，弄清了牙钻上的踏板只是个开关而已，真正的动力来源是电。他找来手提式电钻来试验，终于能转动起来了。有了动力，还缺钻头，他自己动手解决，将自行车的滚珠锉成小钻头来代替。

对于这件事，在牙雕艺人中赞成支持的是有的，但怀疑观望的也不少，他们最担心的是怕机器影响牙雕的艺术性。杨士惠不去争辩，而是埋头试验，用事实来回答。他用蛇皮钻加工出一件牙雕产品《五子闹丰收》，工效比手工提高了一倍。事实胜于雄辩。机器比人手力量大，劲匀，干起活来更容易达到预想的设计效果，艺术性不但没有受到影响，反而得到了更好的体现。这时，他信心十足地说："决定一件产品的艺术性，主要在于设计布局和处理，而不在于用什么工具。"以后，蛇皮钻逐渐在牙雕中得到推广和普及，为大量快速生产牙雕产品开辟了广阔的前景。

正当杨士惠以全副精力大干特干，在技艺上不断进行新的探索，准备创作更多好作品的时候，一场狂风暴雨袭来，他像一只飞翔的鸟，猛然被打落下来，几乎折断了双翅。

三

一九七六年十月的金风，吹散了祖国天空的阴云，天晴了！杨士惠也得救了。在十年浩劫中，杨士惠心中积郁的愁闷，终于使他在一九七六年九月大病一场。说来也巧，就在首都群众在天安门广场庆祝胜利的那天，几天来昏迷不醒的杨士惠突然睁开了眼睛，脱离了危险。一九七七年初春，杨士惠大病初愈，便怀着对"四人帮"的仇恨和对老一辈革命家的热爱投入了紧张的牙雕创作之中，把自己的心血倾注到设计制作周总理的形象中。

提起周总理，他怎能不泪泉双涌呢？杨士惠有幸多次见到周总理，那温厚有力的大手，炯炯灼人的目光，平易可亲的笑容，洪亮有力的声音，这一切仿佛仍在他面前。更使他难忘的是，在"文革"中，正是周总理的直接过问，他才获得"解放"。在困难的岁月中，周总理还对工艺美术的恢复和发展亲自作了重要指示。

在一九六六年开始的那场"浩劫"中，杨士惠曾经热情讴歌的新中国第一部宪法遭到了践踏，他和各条战线上的许多有过贡献的人物一样，遭到了"横扫"。大小会批斗，没完没了地做检查，最后是隔离。他不理解这一切，但现实迫使他去思考。站在台上被批斗，当然得思考回答各种责问，写检查交代也得思考，甚至躺下睡觉后，也得去思考，但还是不懂得自己"罪"在哪里？"反动"在哪里？他的《毛主席走遍全国》明明是歌颂毛主席的，怎么会变成反对毛主席的了？"批判者"提的问题更出乎他的意料之外——李琦的原画中没有主席身后的松树，你为什么要加上去？原画中毛主席脚下没有石头，你为什么要加块石头？这些责问既可笑又气。"批判者"也是搞雕刻，而不是无知的小孩，怎么会不懂松树、石头这些牙雕常用的装饰手法呢？而且"寿比南山不老松"有着吉利喜庆的含义，有什么不好？国画中没有画出主席的全身，难道牙雕也得照搬做个大半身不可？那还要不要牙雕本身的艺术特点和风格呢？再说，毛主席脚下的石头，象征着登高远望，放眼全球的博大胸怀，又有什么不妥？你这样回答，"批判者"又会责问道：你不知道江姐也是站在石头上吗？你把"伟人"同一般英雄人物等同，不是有意贬低领袖吗？这种"批判"虽已近于胡搅蛮缠了，但却绝对不允许你争辩，因为这不是艺术风格问题的学术讨论，这是"革命"。"批判者"就是要把你推到早已拉好的"纲"和"线"上去。杨士惠当然不懂这个意图，更不明白，在"文化"的旗帜下所干的这一切，到底要把文化引向哪里？至于别人想抓他的什么小辫，那他就更安然无愧了。再看看站在台上挨批斗的，还是他尊敬的一位副部长。这位老干部十几岁就参加了革命，为人民出生入死干了一辈子，难道也是反党？自己能和这样的老干部站在一起，心里倒踏实多了，不仅不觉得痛苦，反而觉得是一种光荣。无论眼前怎样，有一条他从未动摇过，那就是对党对革命事业的坚定信念。日久天长，他觉得这好比在演戏一样，他个人仿佛命中注定，该扮演这么个挨批斗的角色。

挨批斗还能忍受，而剥夺了他干牙雕的权利，却使他感到钻心般的痛苦。因为这凿子和铲子已成了他生活中不可缺少的部分，就是在他当了研究所副所长之后，也没有一天停过。可是这几年他却被迫停了手，牙雕业也几乎停止了生产。他揪心地想：难道牙雕业真的不需要再搞了吗？难道牙雕这个祖先留下来的艺术珍宝，竟要在我们的时代自消自灭了吗？他的内心里痛苦地喊道：不能啊，不能！他是多么盼望牙雕业能够早日恢复生产，更渴望着自己能重新获得从事牙雕的权利啊！

一九六九年底，他被下放到工艺美术厂劳动，但，他还没有得到平等劳动的权利。年初定产值计划时，别人定一千元，他却得"主动"认一千八。人家还要检验检验他这个"权威"——你到底有没有真本事？这就如同戴着锁链跳舞一样。尽管如此，杨士惠总算得到了有限的自由，而且，只要让他干活，心情就好过些。至于，考查检验，他是不怕的。因为，几十年来他素以手艺全面著称，干什么活都不在话下。果然，他的指标提前完成。

一次，年轻的徒工雕了个牙雕《白菜螳螂》，请他给指点一下。他一眼就看出了问题："螳螂没有昂起头，显得不精神。"他便动手帮助修改，顺口说了一句："别跟我一样，抬不起头来！"旁边的人听了，发出会意的笑声。这一来，他突然产生了某种担心：也许这句话会给自己招来什么麻烦吧？他万万没想到，这话传到了周总理的耳中。周总理既熟悉他这个人和他的艺术成就，也非常关心他当前的处境，便派人捎话来："杨士惠在干什么？"一时间，局的、公司的军宣队纷纷跑来赔礼道歉，杨士惠这才得到了"解放"。他马上被派到广交会去参观。回来后，他根据国外市场的需求情况，对牙雕生产提出了建议。

一九七二年，杨士惠根据周总理对工艺美术的指示精神，做成了外宾欢迎的传统牙雕《群仙祝寿》。这是他在"文革"中"解放"出来后的第一个大型作品，以人物为主，八仙分布在上中下三个层次中，既照顾了人物布局的构图，又考虑了充分利用碎料，很受出口公司的欢迎，说这才对了路，给国家增加了外汇收入。

正当他豁出老命准备为国家赚取更多外汇的时候，"四人帮"导演的一场反"复辟""回潮"的闹剧又开场了。他的《群仙祝寿》又成了批判的靶子，被扣上"群魔乱舞"的帽子。后来，他终于明白了，什么批"回潮"反"复辟"，不过是冠冕堂皇的遁词罢了，"四人帮"的真实用心是想从工艺美术这里打开缺口，把罪恶的攻击矛头指向敬爱的周总理。但是，周总理绝不是一小撮阴谋家所能打倒的，周总理的高大形象更不是造谣诬蔑所能诋毁的。与"四人帮"的愿望相反，周总理光明磊落的一生和高洁的品格愈加受到人民的敬仰和崇拜。杨士惠正是带着对总理的深厚感情开始了牙雕创作的。

他取材于大家熟悉的那张照片，塑造了手捧鲜花，微笑着向群众招手致意的周总理的形象，名为《周总理凯旋归来》。题意也很妙，在老先生和人民的心中，周总理永远是个胜利者，而那些历史的小丑们，永远是他脚下的败贼！设计意图也是很鲜明的：手持洁白的马蹄莲，象征总理高尚纯洁的精神世界；平视的目光，易与群众交流感情，可亲可近；身边陪衬的君子兰，是总理生前最爱的鲜花之一，此花叶子开阔，一丝不苟，借喻总理刚正坚毅的性格。从一般雕塑角度来看，这些君子兰似乎可以不要。但是，杨老先生告诉我说，不要忘了，这是牙雕，有自己本身材料的特点，不能简单照搬，把大广场上的雕塑缩小成牙雕了事。设计君子兰，既是出于底座需另配罐口料的要求，又是发挥了牙雕以玲珑剔透的装饰陪衬人物的特长，无此，两条裤腿就显得单薄。当然，君子兰只能是两旁的陪衬，不能高过臀部，而总理前面的花草，则更要低矮些，造成类似草坪或地毯的效果，以衬托出总理的质朴。这件作品也获得了成功。

杨士惠先生虽是近古稀之老人，但老先生壮志不已。现在，他仍然担任北京工艺美术研究所的副所长工作。他是五届人大代表，又是全国文联委员、美协理事，社会活动较多，并且又患有慢性病，但他拿凿子的手仍未停止创作活动。目前，他研究了一批小巧玲珑的牙木结合的艺术品，摸索着牙料日少情况下发展牙雕的新路。老先生雄心勃勃，要在有生之年著书立说，把几十年的实践经验加以系统总结，传留给青年一代。

听到这里，我在杨士惠老先生的双目中，终于看到了一位老年工艺美术家的心灵，如同他的牙雕一样纯真、质朴，灿烂多姿，珍贵无比……

（文章原载:《东方的明珠》轻工业出版社 1981 年 8 月）

一步一个脚印

——记电影导演水华

水华，是新中国电影导演中的一员大将。他以一丝不苟、锲而不舍的精神，拍出了有着浓郁的时代色彩、广阔的社会生活和鲜明的民族风格的优秀影片。他和王滨合导的《白毛女》，一九五一年获卡罗维·发利第六届国际电影节"特别荣誉奖"。他和夏衍编剧、由他导演的《革命家庭》，一九六二年获第一届电影百花奖的"最佳编剧奖"。他导演的《林家铺子》早已誉满中外。他导演的《烈火中永生》和《伤逝》，同样为观众所称道。尽管水华导演的影片为数不多，但每一部都产生过强烈的社会效果，在新中国电影发展的现实主义道路上，铺下了一块块闪光的路石。而苦心经营的水华，在这条路上洒下了辛勤的汗水。

抗日救亡运动

水华，姓张，一九一六年生于江苏南京。自幼喜爱阅读文艺书籍，常为作品的艺术魅力所吸引，为其蕴含的精神力量而强烈震撼，他那颗年轻的心被牵动着去思考广阔的人生，视野逐渐扩展开。当日本帝国主义侵入中国之后，水华的心思便被民族存亡这个全社会的大问题所占据。他如饥似渴地阅读宣传抗日的小说、剧本和诗歌，为作品中的爱国热情激动不已。

一九三三年，他考入大学，家里人希望他埋头读书，将来谋个好职业。可是，"一·二八"的火药味还弥留在空气中，日本强盗侵占我国东北之后正向上海伸手，民族危亡如此尖锐地摆在面前，他怎能安于躲在书斋中呢？他开始热衷于抗日救亡宣传活动，从学校业余演出，进而走到社会中去，成为业余实验剧社的活跃分子。他参加演出过田汉的《乱钟》《战友》及洪琛的《五奎桥》等戏剧，为动员群众抗战而尽了一份力量。

水华从参加演戏，进而钻研戏剧理论，后来，更对做导演有了兴趣。一九三七年"八一三"上海打响抗日的炮声后，八月二十日，在中共地下党领导下召开了上海影剧界大会。会上决定组织上海文化界救亡协会演剧队，到内地去工作。不久，水华加入了新成立的上海救亡演剧四队，尝试着做起导演工作。不久，水华随四队离开上海，经镇江过南京，辗转来到武汉。沿途他导演并参加演出了《三江好》《最后一计》和《放下你的鞭子》等剧目，还做了许多宣传辅导工作。一九三八年秋，军事委员会政治部（周恩来是副主任）三厅（郭沫若为厅长），将会合在武汉的各救亡演剧队编成十个抗敌演剧队。水华参加了第二队，开始活跃于湖南和江西的城镇。

随着抗日战争进入相持阶段，国民党消极抗日、积极反共的面目日益显露，抗敌演剧队的活动受到越来越多的限制。水华感到压抑、愤懑。

一九三九年，水华通过章泯的关系来到重庆育才学校，在戏剧系任教。一九四〇年，水华乔装打扮，穿过重重封锁和检查，秘密来到西安八路军办事处。在这里换上八路军军服，坐着军车，奔赴革命圣地——延安。

在抗日救亡中，水华初步经受了磨炼，思想和艺术上都有了长足的进步。

在熔炉中

水华到延安后，在鲁艺实验剧团当导演，同时兼课，他的艺术才华得到了充分的发展。他在鲁艺先后导演了话剧《滨海渔夫》《神手》，并和王滨联合导演了《带枪的人》。这些演出很好地体现了剧作的风格，演出了较高水平，特别是苏联话剧《带枪的人》，反映了十月革命时俄国的斗争生活，第一次在中国舞台上出现了无产阶级革命导师列宁的形象，在观众中引起强烈反响。

但是，观众对当时延安舞台演出也感到不满足，认为这些戏虽然好，但却与中国现实的抗日斗争有距离。在轰轰烈烈的抗战斗争中，前方和后方都涌现出无数可歌可泣的英雄人物，为什么我们的舞台不去反映呢？这个问题促使水华去思考……但这个问题得到较好的解决，则是在延安文艺座谈会时，鲁艺经过整风，检查了"关门提高，脱离实际"的倾向之后。

一九四三年，水华积极响应党的号召，按照毛主席《在延安文艺座谈会上的讲话》指引的文艺为工农兵的方向，走出"小鲁艺"，参加鲁艺工作团，到绥德附近五个县演出，深入群众调查访问，发掘和观察那些名不见经传的朴实的劳动人民中闪耀光华的人物，积极构思反映"新时期新人物"的戏剧，导演了秧歌剧《张丕模锄奸》。水华还和王大化一起创作了大型秧歌剧《周子山》。

周子山是土匪头子，他的原型叫朱永山，土地革命时期曾加入过赤卫队，后来叛变，对百姓骚扰得格外残酷。被人民抓获。这件事，很有教育意义，工作团决定编个戏。他们搜集了许多材料，也到狱中找朱永山谈了话。但是，剧本写出来后却很干巴，很长时间都排不好。症结何在？既是由于编导对陕北的土地革命缺乏具体的感性知识，无法给事件增添生动的细节，也由于演员对生活缺乏了解，无法用自己的表演给角色充实血肉。同志们正在冥思苦想寻找答案之时，群众帮了忙。这天来到桃镇，有一位戏剧爱好者申红友，是参加过当年土地革命的干部。水华便向他求教，并排戏给他看。申红友一边看，一边指点，不断地加词和有声有色地示范，一下子给这出戏注入了浓郁的生活气息，把当地土地革命时期的真情实景活灵活现地表现出来。演出后，受到了干部和群众的欢迎。到延安，这出戏也得到强烈反响。而这出戏的创作过程，则给水华留下了终生难忘的记忆。

一九四四年，在延安，水华和王滨一起导演了反映抗日斗争的多幕话剧《粮食》。

抗战胜利后，水华随鲁艺前往东北，到新区去工作。

一提起延安这段生活，水华便无限感慨，他深情地说："当年的延安是个革命的大熔炉啊！"水华不正是在这个大熔炉里炼出的一块好钢吗?!

路在脚下

水华到东北后，担任东北鲁艺文工团团长工作。在解放战争的炮声中，他带领文工团活跃于工矿、农村和部队。

一九四九年，是新中国电影事业大发展之始，水华投身到这一年轻的艺术事业中，被调到东北电影制片厂当导演，踏上了他艺术生涯的新征途。

同年，水华接受了任务，和王滨联合导演故事片《白毛女》。水华热爱电影事业，盼望着做出贡献。但第一次真正开始拍片时，心里却有几分惶惶不安了。虽然，做了十五六年戏剧导演，但进入电影这个阵地，毕竟是初来乍到啊。他问自己："干得了吗？"他急于投师从影，主动向有经验的同志学习，得到了有益启示——路，须要靠自己一步一步地走。第一步，水华参加了改编剧本的工作。歌剧《白毛女》是广大群众喜闻乐见并广为流传的保留剧目。剧中反映的是他熟悉的根据地的生活。那里的人民是多么渴望文艺能直接反映他们的生活啊！想到此，一种强烈的责任感，升起在水华的胸间，他开始废寝忘食地工作，尝试着和杨润身、王滨一起改编电影剧本来。改编，是对生活的再认识、使主题再深化的过程。"旧社会把人变成鬼，新社会把鬼变成人"这一深刻而明显的道理，使他们产生了强烈的创作冲动。到河北找外景，选演员，每一步骤，每个环节，他都仔细推敲，一丝不苟。

在推荐的众多演员中，水华和王滨慧眼识才，选定了从未上过银幕的田华来扮演喜儿。因为，在这个二十二岁的部队文工团员身上散发着纯朴的乡土气息。多年的舞台经验告诉水华，演员的生活基础和气质是最可贵的。他认为，田华的出身和经历，能理解和同情喜儿，进入角色就有了前提。果然由于导演的启发和帮助，田华演得朴实、真切而动人。从此，影坛上增加了一位有才华的新人。

影片一开始，水华注意选用极富乡土味的景物，来交代环境：群山逶迤，余脉缓缓，山间土路，起伏蛇行。一下就把观众带到华北丘陵山区中去。在表达喜儿和大春的纯真爱情时，导演又特意选择了一对成双的柿子摄入镜头，既有地方情趣，又寓有象征意味。

水华参加导演的影片《白毛女》，也像歌剧《白毛女》一样，以喜儿的悲惨遭遇和她的顽强性格，揭露了中国封建统治阶级与农民阶级的尖锐矛盾。深刻的思想，精湛的表演，强烈地震撼着观众的心。影片的艺术成就，受到国内外的好评。一九五一年，影片《白毛女》在卡罗维·发利第六届国际电影节上荣获"特别荣誉奖"；一九五七年，这部影片在国内获文化部优秀影片一等奖。

水华在电影导演上迈出了坚实的第一步。

锲而不舍

继《白毛女》之后，水华在五十年代又导演了《土地》和《林家铺子》。而《林家铺子》是水华艺术导演的一部杰作，以其故事生动、结构严谨、形象鲜明、风格突出而蜚声中外影坛，一致赞扬这部影片朴实无华、真实细腻而富有生活气息。

影片是根据茅盾同志写于三十年代的同名小说改编的。水华首先对作品思想的现实意义进行了分析。由于小说发表时和今天处于两个截然不同的历史时期，当时侧重在揭露国民党对外投降，对内反共，造成农村破产，民不聊生，连中小商人也生存不下去的局面，只有团结抗日才是唯一的出路。而今天不同了，新中国成立后，民族资产阶级已接受社会主义改造；如果对其作为剥削阶级的阶级本质不加以应有的分析和批判，就会在观众中造成思想混乱，水华的看法得到改编者夏衍的支持与指示，增加了林老板压逼零售商的一场戏，把林老板"对豺狼是绵羊，对绵羊是野狗"的双重性格活脱脱地勾画出来。

水华为展开情节，深化主题，塑造人物，在导演处理上充分运用电影语言，影片一开始便将襟山带水的江南小镇细致入微地展示在观众面前：

船桨——小船在江南水乡的河面上徐徐前进——河岸突然泼下污水——搅动了河面——叠印出 1931——林老板的女儿明秀回家的路上——市镇街头巷尾——林家铺子

水华不仅熟悉江南水乡的生活，还能用几个小物件勾画出当时的时代特点：林老板家招徕顾客时用的大喇叭留声机，庙会上花钱拨动的"转盘"游戏等等，准确地点出了三十年代的特征。

在选择扮演林老板的演员上，导演也是独具慧眼的，选定了谢添，一位既熟悉这种生活，又有高超演技和严肃认真的创作态度的老演员。谢添小时候常到亲戚开的小铺去玩，在柜台上做功课，以至帮助招呼顾客。当然，仅此是不够的。谢添读了剧本后，问导演：应该把林老板演成正派，还是演成反派呢？水华细心分析了这个角色的复杂性，指出林老板既有循规蹈矩的一面，也有损人利己的另一面。因此，既不能演成十足的反派，也不能让观众完全同情他。水华还推荐演员去看巴尔扎克的《高老头》，以加深理解这类人物，还对林老板的每一场戏都进行了透彻的分析，引导演员掌握好表演分寸。有一场戏中，林老板刚刚斗气地用结账的现金还给来讨债的朱三太，又马上拿出柜台里的麻纱巾殷勤地向她推销。演员觉得摸不准角色内心活动的依据。水华解释道："林老板不论在什么时候，只要有利可图，哪怕是蝇头小利，也要设法争取的。"一句话点到要害，显示出导演洞察之深刻。另一场戏里，林老板气势汹汹地向王老板讨债，拿不到手，便把王老板店里的脸盆等货品抢来搬往自己店里。这种狡猾性和残忍性演员也觉得难以掌握，弄不好会表演过火。水华指出，林老板虽然胆小怕事，可是为了自身利益，也会千方百计地挣扎下去，甚至不惜使出"损人利己"的手段。导演精辟的分析和耐心的启发，使谢添出色地表现了林老板濒临破产，不惜狗急跳墙的境遇。从演员的成功表演中，也照出了导演功力之深。

《林家铺子》好似一幅充满了阴郁、凄惋情调的水墨画，是新中国现实主义影片的一部杰作。

在六十年代中，水华导演了《革命家庭》和《烈火中永生》两部故事片，分别成功地塑造了周莲和江雪琴两个英雄形象，继喜儿、林老板之后，为影坛又增添了两个典型性格。《革命家庭》因为得到夏衍的合作改编，以其精思、巧构和诗意，而获得一九六二年第一届电影百花奖的"最佳编剧奖"。

一次新探索

一九八一年，为纪念鲁迅诞辰一百周年，水华怀着虔诚的敬意导演了以鲁迅同名小说改编的电影《伤逝》。

这是一次难度大、水平高的探索。因为，这个故事很平淡，没有太多的波澜，只能通过人物的表情和心理的细致描写去展示矛盾冲突。水华深知拍这样的影片是相当困难的，在考虑了三天之后，才接受了这个任务，说："让我试试吧。"

为了拍好这部影片，水华悉心探求，苦苦思索。他孜孜不倦地学习和研究了鲁迅的大量原作和有关的评价及史料，做了大量笔记，甚至能将原小说只字不易地背诵出来。在电影处理上，对若干关键段落反复推敲，大量采用鲁迅小说中诗样的语言作旁白，用虚实结合的方法以及回忆、幻觉、想象等艺术手法，以人物的心理活动逻辑来结构影片，细腻深入地展示了人物的内心世界，使之成为一部严谨、冷隽的电影抒情诗。既忠实地体现了鲁迅作品的文学高度和独特的艺术风格，又给人以新鲜感。

有些评论认为，由于鲁迅作品内容的深邃和导演过于忠实于原著，难免有"曲高和寡"之感。其实，即便如此，《伤逝》仍不失为一部艺术佳作。

水华同志从新中国电影事业初始即奋战在影坛，至今已有三十多年了。在新中国电影艺术发展道路上，他一步一个脚印，扎扎实实地走了过来。他导演的影片，以其历史的深度及思想高度，从侧面反映了时代的特点，形成了细腻、生动、朴实、含蓄的导演风格和精雕细刻、精益求精的创作作风。他对电影的民族化做了有益的探索，主张："中国电影的发展必须走自己的道路，有自己民族的风格。"他谦虚地说，自己还没拍出理想的影片。

虽然无情的白发已染满他的双鬓，但他仍像年轻人一样，以旺盛的进取精神，为电影艺术的繁荣开辟着新路。目前，他正在拍摄新片。

我们热切期待，这位卓越的电影大师像画家一样，运用他的生花妙笔和调色盘，赋予银幕以更加丰富而绚丽的色彩，绘出传世之作。

（文章原载《影视春秋》山东人民出版社）

把生命融于艺术之中
—— 记电影演员谢添

　　我如约来到北影招待所，房间里却只有谢添的老朋友罗国良同志，我请他介绍介绍谢添同志。他微笑着说：谢添同志是个一肚子笑话，满脑袋故事的人，而且好开玩笑。他指指桌上的一个方肚圆颈瓶子，给我讲起了发生在当天上午的一件小事：

　　"上午，我和谢添同志正在讨论剧本《哀乐江湖》的情节。天气闷热，我额头和胸前不住地淌汗。谢添拿起桌上的这个瓶子，说：这是'进口橘汁'，'是——'正在这时，演员李秀明走了进来，抢上一句：'我也要尝尝！'谢添把那个橘汁瓶高高地举起，说：'你们看这上边的商标。'他指指瓶上贴的暗黄底色上的外文，顺口念了几句洋文，又对我们说：'这是一个朋友从国外带给我的，是货真价实的进口清凉饮料！'他给我和小李各倒了一杯。小李端起来，一饮而尽，连声称赞。我也觉得味道不错。"老罗边说边笑道，"你来之前，谢添又笑着问我：'你说，上午的橘汁好喝不？和中国的两样不？'我一听这话，知道准是上当了。原来，他把散装橘汁装进贴有外文商标的瓶子里，运用他的想象，和我们开了这个小玩笑。"

　　老罗又说，谢添幽默而风趣，喜欢开玩笑，其实，这也是他在练基本功——锻炼自己的想象力。谢添非常重视表演艺术的基本功锻炼。他常说，作家有个札记本，随时记录从生活中观察到的人和事；画家有个画本，每天都要画，据说齐白石一生中，除老母故去的几天，从未间断作画；那么，搞表演和导演的人呢，也应有个"无形的本子"，不是用笔来写，而是用演员的表情动作，"写"出一个个表演小品来，记到自己头脑中去——谢添管这叫作演员应有的"生活仓库"。谢添认真观察生活，勤于思索，常常是上午看见的事，下午就能发展出一个小品来，他不仅绘声绘色地讲出来，还手舞足蹈地演出来。他自觉地愉快地锻炼，持之以恒，以至达到下意识的程度。

这时，谢添回来了。老罗便让他自己来讲。谢添总结自己搞电影的体会，说电影是个"麻烦的艺术"，要动脑筋，要热爱它——要爱得上"瘾"，才能肯花大气力，才有可能干出一点成绩来。

谢添向我讲述了他的身世——怎样从喜爱卓别林，到业余登台至走上银幕而一生从影。

小"贾波林"迷

谢添，原名谢洪坤，一九一四年生于天津。这一年，正是卓别林开始登上银幕的一年。这位喜剧大师，对他后来走上艺术道路，不能不说是有着潜移默化的影响。

谢添的父亲是普通的铁路员工，念过两年私塾。父亲的性情爱动，回到家来，要么拿起锯和刨子，干一阵木工活，要么刻个竹雕，要么吹笛子，也爱画画。父亲的多才多艺及幽默风趣，给谢添以影响。在谢添不满五岁时，电影便对他有特殊的吸引力，当他哭闹时，只要一说带他去看"贾波林"，他便立刻安静下来。天津人管卓别林叫"贾波林"，上电影院，说是去看"贾波林"。

那时，电影票不便宜，要经常带小谢添去看"贾波林"，对一个铁路员工的家庭来说，是一笔不小的额外开支。慈爱温良的母亲为了使小儿子高兴，又不使家庭生活受影响，便从亲朋处借来缝纫机，给菜市场加工肠衣。常常在夜深人静之时，小谢添一觉醒来，仍见母亲在灯下"轧轧轧"地踏着机器……正是这一片慈母之心给他开拓了决定终生的道路，对此，谢添至今感恩于怀，抱着拳拳赤子之心，孝敬年已九十六高龄的老母。

小谢添那时看的"贾波林"，都是卓别林的无声短片，一般只十分钟，长一点的二十分钟。他目不转睛地盯视着卓别林的滑稽形象和他那一投足、一举手的风趣动作，小谢添被喜剧大师卓别林的魅力迷住了。

稍大点，小谢添自己也"登台表演"了。他在院子里的晾衣服的绳子上挂起床单当幕布，热心的妹妹管拉幕，兼管收票——以香烟盒中花花绿绿的画片当"票"。谢添从"幕"后出来，一亮相，二十来个小观众便"哗"地笑开了。只见他穿着爸爸的大裤子，头戴一顶纸糊的圆礼帽，手执烤弯的树枝，上唇是黑墨涂抹的一撮小胡，外形很有那么一点卓别林的味道。小谢添还模仿卓别林的一招一式，逗得小观众不停地叫好。这更激起他的热情，陶醉在自己的表演之中……这种滑稽的模仿，严格说来，更近乎孩子的游戏。但是，这却使他朦胧地感受到了艺术的魅力。游戏给谢添幼小的心灵中播下了表演艺术的种子，而种子的萌生，则要靠适宜的温度和土壤啊！

良师益友

孩提时播进他心灵中的那颗种子，在后来的业余演出中得到萌动，而影响他最终走上银幕的，则是沈浮同志。

在小学里，谢添始终是个"贾波林"迷。到了中学后，他成了业余演出的活跃分子，登台演话剧、说相声。父亲看了他的演出后，发觉他有演戏的才能，就鼓励他，同时也指出他存在的毛病。

在学校里，他的学习成绩可说很不好，只有美术和体育两科始终是双百分。但他兴趣广泛，爱文学，喜欢读课外书，自己也常动笔写。一次，他将一篇散文寄给天津《国强报》，编副刊的沈浮看后觉得文章有内容，写得活泼，就给发在副刊《鲜货摊》上了，笔名谢静波。当谢添来报社领稿费时，沈浮才发现这个深深鞠躬的作者原来是个少年。沈浮很喜爱他，便鼓励他继续写作。

在《国强报》副刊上发了几篇稿子后，他和沈浮熟悉了。逐渐成了沈浮家的座上客。后来，沈浮到了上海，去联华电影公司拍电影，兼编《联华画报》。谢添凭他的美术才能，又画起漫画，投寄给沈浮，他们在继续联系着。

谢添中学毕业后，为着生活，他靠自己的画画技能考进了一家广告公司，但收入低微，维持不了生活，他只干了一段时间就离开了。以后，他和一个画画的朋友合伙搞了一个广告公司，但生意不景气，所得收入不足以支撑门面，终于不得不停业。

因为有沈浮这个朋友在上海，而沈浮又在拍电影，为了寻找出路，他决定到上海去"闯生活"。

到了上海，正赶上联华电影公司不景气，一时进不去。沈浮便约塞克来看谢添的表演。塞克看后说："不是低级的诙谐。"便介绍谢添加入业余的狮吼剧社，先在舞台上谋生。

谢添在剧团中先后参加了《名优之死》《贫非罪》《群鬼》等演出，他的演技得到了提高。

从"花花公子"到名丑

那时，话剧演员都是电影的后备力量。谢添追求拍电影的愿望，终于在一次偶然的机会中得以实现。

一九三六年，明星电影公司在拍反映市民生活的《夜会》时，演花花公子这个主角的演员突然病了，导演李萍倩急得到处找人，洪深向他推荐了谢添。

谢添怀着极其兴奋的心情走进摄影棚。水银灯光打在脸上，比舞台上强烈多了，加之，第一次面对摄影机，心中有些紧张，使他感到格外的燥热，额角上不觉沁出一层汗珠。有些人替他捏着一把汗，有的人在等着看笑话。导演李萍倩是位善于发现和使用新演员的人，在他给谢添说戏之后，谢添凭着自己的舞台实践，很快便进入戏中，紧张情绪烟消云散，他毫无拘束地按着角色的生活行动着，把个想方设法勾引诱惑少女的浪荡公子表演得活灵活现。

在这部片子中，谢添用的是"谢俊"这个艺名。谢俊这个名字一举轰动了影坛。

从此，谢添上银幕的路子打开了。一九三六年，他参加了由夏衍、袁牧之等人领导的进步的明星电影公司二厂，开始了影坛生涯。两三年里，他先后参加拍摄了欧阳予倩编的《清明时节》，洪深编的《社会之花》《四千金》及徐卓呆编的《母亲的秘密》等四五部影片，和赵丹、白杨、舒绣文等在一起配戏，并和赵丹结下了深厚的友谊。

谢添在影坛上打响了，但生活上仍是清苦的，经常身无分文，饥肠辘辘。拍完《夜会》后，他感到拮据得很，只好将划归自己所有的"花花公子"的四套西服拿去当掉，勉强维持生活。在这同时，他仍坚持着在舞台上的演出，以增加些微薄的收入。又演戏，又拍电影，当时称为"两栖"艺术，他在表演上很快适应了"两栖"的特点。

"八·一三"上海抗战前夕，民众抗日气氛空前高涨，谢添积极参加了进步话剧《保卫卢沟桥》的演出。不久，他加入上海影人旅行剧团，跟陈白尘、沈浮、白杨等人离开了风雨飘摇的上海，来到了大后方成都，并参加反映抗日的话剧《流民三千万》等的演出。

影人旅行剧团解散后，他又到重新恢复了的上海业余剧人协会旅行团，参加了《钦差大臣》《民族万岁》《夜光杯》《雷雨》《日出》《阿Q正传》等剧的演出。

一九三九年，酉北电影制片厂从西安迁来成都。谢添参加了该厂拍摄的进步影片《风雪太行山》的演出，扮演了主角老矿工。为了生活，在这同时，他还兼画电影的美术广告。

后来，他在准备参加拍摄《峨嵋春晓》一片时，由于太平洋战争爆发，影片被迫停拍了。此后很长一段时间，谢添便活跃在话剧舞台上。

到重庆后，他参加了沈浮创作的话剧《重庆二十四小时》的演出，扮演了一个乐观自喜的老演员康泰，获得了极大的成功。这个戏连演两月，场场座满不衰。

此后，谢添又在《金玉满堂》中扮演了地主的孙子胡家宝，一个从小娇生惯养，长大只知吃喝玩乐的败家子。对这个纨绔子弟，他的表演也很出色——叼着香烟，眉毛和肩膀一高一低，经常一手撩起长衫，把手插进西服口袋里，活画出一个土少爷的形象。

再后，他又在《小人物》一剧中饰演记者李涤之。在《日出》里饰张乔治或胡四，《雷雨》里饰周朴园或鲁贵。

由于他在影坛和剧坛上，成功地扮演了一些喜剧角色，影剧界就把他同蓝马、沈扬、黄宗江并列，誉称为"四大名丑"。

新天地

抗战胜利后，谢添到北平中央电影厂三厂当特邀演员。现实生活的黑暗，使他深感国民党的腐败昏聩，于是，他提笔写了两个电影脚本，表达了他对光明和进步的向往。但他对共产党也没什么认识，抱着"君子不党，我行我素"的人生哲学，想清清白白地做人，认认真真地演电影，以此混日子。这段时间里，他参加拍摄了《追》《满庭芳》《十三号凶宅》等影片。

新中国成立后，谢添应邀到北影工作，从此展开了他影坛生涯的新篇章。不久，在华北联大的学习中，他的思想有了极大转变。《在延安文艺座谈会上的讲话》像一盏明灯，照亮了他的心，使他明白了自己献身的电影应该为谁服务这个根本问题。新的生活，给他以鼓舞和希望，他的创作积极性如火迸发。短时间里，他参加了《民主青年进行曲》《新儿女英雄传》《六号门》和《无穷的潜力》等影片的拍摄演出，扮演了民主教授、伪军头目、封建把头和劳动模范等不同性格、不同阶级的形象。

在创造这些角色时，他非常注意到生活中去实地感受和体验，借以丰富自己的感性知识和理性认识，为了演好劳动模范孟长有这个人物，他深入鞍钢，和劳模孟泰、王崇伦等生活劳动在一起，彼此成了好朋友。孟泰把他当秘书用，遇有发言写材料的事，就找他代笔。王崇伦和他在业余时间一块打篮球。谢添还和他们一起去蛟河韩里生产合作社，访问农业劳模韩恩。一下火车，农民们把谢添误认为工业劳模，一把抱住他，那种工农骨肉相连、息息相关的深厚情谊，使他颇受感动，不禁热泪盈眶。

《六号门》中的马金龙是解放前的封建把头。那种人和那时的黑暗生活，谢添还是亲眼见过的。童年，他的家就在海河畔的马家口子。那里，一大早是"人市"：顾主是那些耀武扬威的流氓、恶霸，而一批流浪汉腰里扎着一根破绳子，大睁着两只眼睛，在等待着挑选。夜晚，无处栖息的流浪汉便露宿在河边。病了没人管；死了，便被扔到海河里。但他并不满足于童年的印象，在参加拍摄《六号门》时，他又和演员们来到天津六号门一带体验生活，访问码头工人，参观一个从前把头的家。他对工人同压迫剥削者的阶级仇恨的感情加深了理解。当然，在扮演马金龙这个人物时，谢添并不是简单化地表现他的凶狠和残暴，而是从这个角色出发，进行分析：马金龙是个剥削世家的少爷。小时候家里很有钱，豢养着一群打手，因而，马金龙还是学了一套真功夫。但是成年之后，沉溺于纸醉金迷的生活，慢慢把身体玩空了，徒留一个虚架子。谢添将这个封建把头的色厉内荏表演得淋漓尽致。这部影片成为文化部一九四九——一九五五年授奖优秀影片之一。

小电影的"疯观众"

五十年代初期，在北京天桥有一种小电影很吸引青少年观众。只要将眼睛贴近小观望孔，透过放大镜头，就能看到影片，在手摇机带动下迅速闪过，有如电影一般。

一天，来了一个近四十岁的人，坐下就催着要看，管小电影的人叫他别急，等到凑够六个人再演。这个观众看看没人来，忽然提出，我交六分钱，你就给我一个人演吧。对方欣然同意了，演完一遍，他还想看第二遍，于是又包了一场。第二遍看完还不满足，又看了第三遍、第四遍。演小电影的人觉得这个人"瘾头"真大，心中好不奇怪。

这个观众不是别人，就是谢添。他平时有个习惯，空闲时喜欢逛街串巷，观察各种人的生活，将生活素材记录到他的无形的本子上。天桥这种热闹地方，自然少不了他的足迹。这天，他忽然发现小电影演的是卓别林，就像暑热天见到了冰淇淋，所以再三再四地看。谢添不仅倾倒于喜剧大师的精湛演技，更为卓别林艺术的深刻性和对生活的真知灼见而折服。他曾给一家外国杂志《纪念卓别林》专辑里写下过这么几句话："当我未满五岁时看卓别林，就喜欢卓别林。直到六十年后的今天看卓别林，还是喜欢卓别林，只有他才能这样长时间地吸引着我。在我的生活中，卓别林是咖啡，是烤鸭，是冰淇淋，也是药。"

给 24 个角色配音

谢添对语言艺术有着特殊的模仿能力。他认为，不懂的地方语言，就没法理解其中所传达的特殊感情，更无法领略其中所蕴含的幽默风趣，这是从文字上所无法看出来的。因此，每到一地，他都留意学习当地方言，仔细研究，摸索其中规律。因此，他除了能讲一口流利的普通话、乡音天津话和祖籍的广东话之外，还能准确地讲四川话、河南话、山东话、东北话等，甚至还会模仿外国人讲话的语调。笔者曾亲听他模仿朝鲜话、英国话，其语调节奏非常肖似。

一九五三年，电影艺术局长蔡楚生点他给苏联喜剧影片《我们好像见过面》配音。可是，谢添来到长影，一看剧本，他的头立刻就大了，差点儿没晕过去。他要配音的是其中的喜剧演员马克西莫夫。马克西莫夫一个人扮演了二十四个角色。影片一开始，他扮演个演说家，口若悬河，一看样片，口型很难配上，马克西莫夫第二个扮演的是口吃的教授。本来外国人讲话的节奏就比中国话快，又遇到个洋结巴，就更叫人头痛了……给二十四个角色配音，需要迅速变换二十几种声调、音型。谢添感到困难太大，恐不胜任，便私下表示，愿自费买票回京，你们另请高明吧。一见谢添都畏缩了，便有人提出，是否找十二个人，每人配两个音。蔡楚生坚决不同意，说人家的演员一个人能演二十四个角色，我们难道连配音都配不出来吗？

艺术家的责任感，民族的荣誉心，领导的信任，同志的鼓励，促使他最后接受了这个重担。每天天不亮，就见他一个人跑到长影外边的空地，对着小树林高声练习，苦练迅速变声，尤其下力练习翻滚舌头打嘟噜和练洋结巴。那几天，他火气大极了，谁也不敢惹他。整整憋了一个星期，他终于攻下了难关，圆满地完成了这次配音任务。

"悲喜剧"

十年内乱中，他当然不能幸免。但即使在他被监督劳动，六年中失去行动自由的时候，他对艺术的爱好也未减弱。他靠想象做小品，选镜头给自己解闷。

头脑中细胞尽可以自由活动，但是要想伸伸胳膊蹬蹬腿就比较难了。而他，生性好动，他的兴趣也表现在体育方面。"文革"前他是北影厂的篮球主力，每当球赛时，他是前锋，崔嵬是后卫。他也是厂里有名的乒乓球迷和游泳能手，还是拳术爱好者。

这一切兴趣爱好的往事，在受监督的情况下，只能留下美好的回忆。但他并不失望，天生的乐观，使他在特殊环境中也能自我满足。只要监督的人转过身去，他就能练几下拳，舒展一下身体。

往日夏天，他热衷于游泳，常常可以代替午睡，在干校的夏天，可把他憋坏了。一次，在河边劳动，乘人不备，他脱掉衣衫，一个猛子钻进河里，把监督的人吓坏了，而他一口气潜泳了四十多米，才钻出头来。

劳动中，风刮来了电台广播的新闻，无意中他听到了二十八届乒乓球赛的消息。他通过工人师傅买了一个小半导体收音机，听比赛时，他边听边讲，使大家都得到了满足。

谢添的性格和气质，使他能以比较幽默轻快的心情度过困苦的岁月。这段不幸的遭遇也给他的"生活仓库"增添了日后不无价值的悲喜剧材料。

"你导的片子为什么能卖座？"

一九七六年，他赶拍出喜剧故事片《甜蜜的事业》，受到观众的欢迎，成为当时影院卖座率最高的影片。

一次，有位年轻的导演来问他："你导的片子，为什么都能卖座？"他告诉这位青年导演，关键是不要脱离群众。影片是演给群众看的，对群众喜爱什么，不喜爱什么，导演要心中有数，为此，导演要经常到群众中去调查研究。北影厂带影片下厂下乡征求意见时，他总是争取跟去，直接听取群众的反映。平时，他经常自己买票到影院去看电影，北京的各个影院他几乎都去过。他不光看自己拍的片子，也看别人拍的片子，他不光看银幕，更注意银幕下边观众的反应，分析观众的喜怒哀乐。

他认为，单纯追求票房价值固然不可取，但根本不听取群众的反映也不对。我们反对乱七八糟的东西，但却要拿出好的为群众所喜闻乐见的影片来。

他发现，我们的观众既爱正剧，也爱喜剧，乐意在笑声中得到艺术享受，自自然然地接受教育。

他本人幽默风趣的气质，广博的爱好和艺术修养，使他具有拍好喜剧片的有利条件。但是，他认为，拍喜剧片，并不轻松，比拍一般故事片更要下大力气，因为喜剧是让观众笑的艺术，它包括讽刺、夸张、幽默和正面赞美等，笑是手段，但不能低级趣味，要使人回味，发人深省，得到教益。

"文革"前，谢添曾与陈方千一起导过喜剧片《锦上添花》，进行了有益的探索。但在十年内乱中，不仅舞台和银幕上没有了喜剧，在生活中也没有喜剧，有的只是"四人帮"搞的丑剧、恶作剧和他们造成的悲剧。

粉碎"四人帮"后，他导演的《甜蜜的事业》，以明快的节奏和浓郁的幽默感，把计划生育这个严肃的、较难描写的主题，在笑声中传达给观众。影片中的插曲，更成了群众喜爱的流行歌曲。

"小崽"进火花

"导演，计划点生育，不要下'小崽'！"有的演员在拍片时图省事，常常这样哀求他，怕他临时生出许多新点子。然而，谢添恰恰很重视现场产生的新鲜表演动作，认为导演与演员配合，互相启发，根据生活及特定人物的性格、特定环境和情节发展，随时体验、随时补充的"即兴"动作，往往能产生最动人的艺术效果，迸发出新鲜的火花来。

当然，谢添绝不是不要案头工作，仅把一切希望全放在现场排练之中，他只是反对把案头工作中产生的一切设想僵死化，而主张用"即兴"表演去补充，使之更生动、丰富，更有表现力。

谢添也常常从演员的表演中得到启发，改变自己的导演构思，进行可贵的尝试。

戏曲喜剧片《七品芝麻官》中，唐知县初遇诰命夫人，冷不防挨了母老虎一巴掌，接着，又被母老虎奚落一番，唐知县真有点招架不住，一种习惯性的官小位卑感不觉涌上心来，扮演知县的豫剧名丑牛得草这时浑身抖瑟往下缩，恨不得钻到地缝里去，把人物的心理状态表现得淋漓尽致。后来，经过内心矛盾斗争，"当官不为民做主，不如回家卖红薯！"的精神又占了上风，于是，他又抖擞起父母官的威风，挺起腰杆来。受牛得草表演的启发，谢添巧妙地运用了电影的技巧，发挥了喜剧的夸张手法。当拍知县的自卑心理时，让他一下子变得很小，与书童的两只大脚形成了悬殊对比；而拍他挺起胸膛时，浩然正气又使他的形象一下子变大，大得超过诰命夫人。这一小一大，使影片节奏变化跌宕，更有助于表现人物的内心波动起伏，使人物形象更加鲜明生动。

演员表演，常能启发他生出一些新的"小崽"来，于是，他选出最好的动作细节，帮助演员丰富表现力。

更何况，谢添本人日积月累的"生活仓库"中有着丰富的表演材料，可以说各种型号的货色齐备，需要时尽可以对号取货。

谢添在艺术上不停地探索，手法上刻意求新，在他的带动下，和他合作的演员都能发挥出最大的表演积极性。老演员经他排练，艺术创作能提高一大步；青年演员在他的帮助下，也会迅速前进；就是最难办的儿童演员，在他手下也会非常听话。

老骥伏枥

已过六旬的谢添，艺术青春焕发，在影坛上勤奋劳动。尤其是三中全会之后，他对于前途更加充满信心。党在拨乱反正中做的一系列工作，使他看到党的传统正在恢复。他对党的感情更深了。早在一九六一年"七一"香山游园时，谢添曾有幸同周总理亲切握手，热烈交谈。从那以后，谢添就向党提出了申请，要求加入伟大的党。这个美好的愿望，在粉碎"四人帮"后的第三年，终于实现了。他曾意味深长地说："我相信，跟着我们的党，我们的生活就充满阳光！"入党后，他觉得自己更年轻了，他满怀壮志道："我七十岁还能打球，八十岁还要拍电影！"

谢添因导演《甜蜜的事业》和《七品芝麻官》而蝉联第三第四两届"百花奖"中的"最佳导演奖"，这是群众对他在新长征中做出贡献的赞扬。

今年之初，谢添应农业电影制片厂的邀请，承担拍摄反映农村社队企业蓬勃发展的纪录片《繁花似锦》的任务。有人认为奇怪：一个故事片最佳导演，怎么又搞起纪录片来了？他说：荣获最佳导演奖，正表示了观众对自己的希望。因此，就更应该为广大群众，特别是为八亿农民做点事。

纪录片刚刚拍完，他又一边辅导青年导演拍片，一边开始创作一个反映家庭马戏班为题材的悲喜剧《哀乐江湖》。笔者去采访时，谢添的创作正进入高潮，恰逢北京出现罕见闷热天气，创作活动是在深夜进行的。对于这部晚年的作品，他十分珍重。因为对自己过去拍的片子，他总感到有仓促的缺陷。在《哀乐江湖》中，他想竭尽全力搞得细致、周到一点，而且，他本人打算亲自扮演其中的老丑角。

除了再拍几部片子的愿望之外，他也关怀着我国电影事业的发展，认真思考了一些问题，例如，对电影演员队伍的建设问题，他有个想法，呼吁最好成立一个业余电影演员网（协会），在各行各业中，吸收当过演员的人参加，从十一二岁到八十岁，他们有各自的工作，不是专职演员，但平时给予一定的学习机会，包括观摩、听讲、实践等等，到电影厂拍片时，就可很方便地选用了。

谢添同志从影四十余年，他博学广闻，多才多艺，音乐、戏曲、体育、琴棋书画无所不通，他的书法也是大可一展的。

广泛的兴趣陶冶着他的情操，使他在电影这一综合艺术上丰富了表现手段，增多了借鉴的技法。他好像一只不知疲倦的蜜蜂，不断从生活的花海中汲取糖分，酿成味美纯真的甜蜜。他把全部精力投入到电影艺术之中，他扮演的《民主青年进行曲》中的民主教授、《新儿女英雄传》中的张金龙、《六号门》中的马金龙、《无穷的潜力》中的孟长有、《林家铺子》中的林老板、《风筝》中的古玩商和《洪湖赤卫队》中的张副官等不同类型的角色，在我国社会主义电影画廊中留下了一系列光彩夺目的形象；而林老板这个"对豺狼是绵羊，对绵羊是野狗"的人物，被他表演得入木三分而蜚声中外。他的表演风格是纯真、自然、准确而含蓄的，演技是卓越的。

他导演的《洪湖赤卫队》《水上春秋》《锦上添花》《花儿朵朵》《甜蜜的事业》《七品芝麻官》《丹心谱》等十八九部影片，以他特有的明快、活泼、抒情、创新而受到广大观众的喜爱。

预祝他在晚年为繁荣发展我国电影事业，作出新的成绩。

（原载《影视春秋》山东人民出版社）

演员于蓝的第三高度

于蓝的名字是观众熟悉的。她创造的银幕形象，在中年观众心中记忆犹新，这里有：从旧式女子锻炼成长为坚强的无产阶级革命战士的周莲（《革命家庭》）、成熟机智的革命者江雪琴（《烈火中永生》）、坚贞顽强的红军家属向五儿（《翠岗红旗》）、泼辣善良的程娘子（《龙须沟》）以及受到损害而无所依恃的张寡妇（《林家铺子》）等等。于蓝的表演才华和艺术功力，深得广大观众的赞扬和好评，使她成为我国六十年代二十二个电影大明星之一。她以塑造周莲的形象而获得一九六一年莫斯科国际电影节的"最佳女演员奖"。

于蓝像我国不少老一辈电影艺术家一样，是从寻找革命而踏上艺术道路的。她走过了坎坷的人生之路。

攀进在妙峰山上

在妙峰山的小红口一带，山是光秃秃的，岩石裸露，陡峭险峻。一九三八年，正是兵荒马乱之年，从这里过山梁的人更少了。八月里的一天，热得一丝风也没有，却有两个青年在艰辛地一步步攀登着。走在后面的姑娘秀眉大眼，眼梢微吊，目光坚定，此刻她的面颊上不停地淌着汗水，两腿也酸软无力，真想歇歇脚喘口气啊！猛然间，从半山腰窜出一个凶神恶煞，劈头喝问："你们是找李司令的吗？"听他口气，就知道不是好人。姑娘心中多少有些紧张，男青年迎上去，迅速地回答："是啊！"此人看了他们两眼，放他们过去。这突如其来的遭遇，再次向他们敲起了警钟：必须迅速越过山去。

姑娘紧跟着青年加快了爬山的速度，途中忽见小溪自一庙宇红墙的小角潺潺流下，喜得姑娘一步跨过去，掬一捧水送进口中，清凉甘甜的山泉啊，滋润口舌，沁人肺腑！姑娘的精神为之一振。领路的青年叫她暂时休息一下，并说："你走得动吗？翻过这个山顶，敌人就看不见我们了，不行的话，就到庙内歇一夜，明早再走。"姑娘望了一眼巍巍的山顶，她不愿给革命的领路人带来危险，便肯定地点点头说："走得动！"于是咬紧牙关，又奋力向上爬去。终于凉风拂面而来，抬头一看，已到山顶。她平生第一次登上了高山，要知道，这也是她迈上了人生道路的新阶段啊！这姑娘便是于蓝，当时只有十七岁，怀着挽救国难的理想，寻找抗日队伍来了。

于蓝，原名于佩文，辽宁岫岩人，童年是在哈尔滨和沈阳度过的。七年前，"九·一八"的炮声响了，在她幼小的心灵中唤起了朦胧的民族意识。她随家里人流亡到平津。上中学时，她为有名的"一二·九"北平学生运动所振奋，尽管有人阻止她参加"一二·一八"天津学生运动，但她坚毅地参加到游行队列中去。如当时广大爱国青年一样，她痛感华北之大已容不下一张安静的书桌了。一九三七年暑假，她在新街口目睹了日本侵略军趾高气扬而来的神态，那从马路上滚过的卡车轮子，仿佛是从她的心上轧过，她感到心在流血，她盼望着中国军队快点把侵略军赶出去的消息。夜晚堵上窗户，偷偷打开收音机，但是，南京电台的广播却是："我军经过浴血奋战，撤退石家庄，撤退……"她陷入悲愤之中。当时，摆在一般女孩子面前的有两条路，一是为日本侵略者效劳；另一条，不做事，去当花瓶。这都违逆她的心意。于蓝八岁丧母，养成一种自立精神，要寻求妇女独立。但是，这理想的道路在哪里呢？她在思索着。

一九三八年春，她的好友王淑源从天津来，告诉她北平附近就有抗日队伍。于蓝一听，兴奋得跳起来，她表示，为抗日，不管到哪儿都愿去。好友答应了，并要她接信后用碘酒擦一下再看。从此，于蓝便天天盼着来信，一直到夏天，终于盼来了天津的信。为了要买一小瓶碘酒的钱，她不得不对继母谎说腿破了。信上要她到天津去，她又假说去参加同学的婚礼而讨得路费。于蓝在天津见到了地下党的一位同志，具体商定了去平西抗日根据地的办法。不想，回京后又遇到了麻烦。家中得知她要出走的消息，继母将她关在家中。后来，在哥哥的帮助下，从家中跑出，谁知又被日本宪兵抓去。经过家中营救，才从狱中出来。出狱后，家中将她看管得更紧，父亲动以父女情相劝，继母则晓以利害拦阻，于蓝就是不表态，整天哭闹不停。终于，在8月下旬的一个雨天，她悄悄地从家中溜出，跑到温泉的接头地点。几天后，由地下党一位青年带她翻过了妙峰山的小红口。

于蓝在人生的征途上迈出了决定性的一步。

在晴朗的天空下

从小红口的山顶下来，又翻过一道山梁，傍晚时，于蓝来到了斋堂——平西抗日根据地，受到热情接待，被安排在妇救会里住下。

组织上为了更好地培养知识青年，在征求于蓝个人意见后，决定送她到延安去学习。九月初，于蓝和十四名青年踏上征途，由老同志护送，历经艰险奔向延安。一九三八年十月二十四日，是她终生难忘的一天，望见宝塔山，跨过延水河，终于来到了革命圣地延安。这里，天空格外晴朗，空气格外清新，往日那种铅皮压顶的沉闷之感，霎时间一扫而光。

于蓝走进抗日军政大学，捧读学员登记表上的题词："做中华民族的优秀儿女，对革命无限忠诚。"她感到格外亲切而又激动，一种责任感和自豪感油然而生，心里一热，眼睛不觉湿了。

到抗大不久，就赶上延安大生产运动，她一面学习，一面生产，思想觉悟得到提高，很快就认识到：延安就是她向往已久的像苏联那样的"三有"（人人有饭吃、有书读、有工作）的社会。她从单纯要求抗日而走向更高的追求，从一个自视清高的知识青年，而自觉地向无产阶级先锋战士的目标努力，一九三九年，于蓝实现了这个崇高的理想，光荣地加入了中国共产党。至此，她登上了人生道路的一个高度。

很有希望的业余演员

在"团结、紧张、严肃、活泼"的校风中，抗大的文娱活动搞得火热，几乎每个周末都到城内旧教堂去看演出。在等待演出的时间里，风趣热烈的拉歌声此起彼伏，激越高昂，会场里洋溢着青春的活力，于蓝感到欢乐幸福。她自幼喜爱戏剧、舞蹈，于是，她积极地参加"抗大"的业余演出活动。开始，她只打打小堂锣，在小戏中当当配角。后来，在独幕剧《还我的孩子》和《火》中扮演了女主角，她的表演才华，使她在舞台上崭露头角。

一九三九年冬，为了纪念"一二·九"运动三周年，抗大排演了颜一烟等创作的多幕话剧《一二·九》，于蓝扮演了女主角——学生运动的领袖之一的沙虹。由于她有这段生活的直接感受，很能理解沙虹的内心活动，一上舞台，便唤起真实感情，加上她善感的气质，使她进戏快、放得开，成功地塑造了一个朴素大方、热情坚毅的学生运动中的青年领袖形象。观众称赞她是"很有希望的业余演员"。一九四〇年初，于蓝被调到鲁艺实验剧团当正式演员，开始了舞台生涯。

水银灯下第一步

抗战胜利后，于蓝参加东北工作团文艺工作一团，离开延安，返回故乡东北做宣传工作，演出过活报剧《东北人民大翻身》和秧歌剧《血泪仇》等节目，并到工矿和部队做慰问演出。一九四六年，于蓝调到东影，参加创建人民电影的工作。初期，还没有条件拍故事片，就做训练工作，后来又参加了伟大的土改运动。一九四九年，于蓝参加了东影第一批故事片的拍摄，扮演《白衣战士》中的医疗队长，正式开始了水银灯下的生活。

做电影演员，这是她中学时就闪过的一个念头。那时，她看过一些电影，如:《大路》《壮志凌云》《新女性》《渔光曲》《人道》《桃李劫》《十字街头》等，其中，《渔光曲》特别引起她的共鸣。她也愿看《良友》《明星》等电影画报。她热爱创造了鲜明形象、给人以美的享受的电影演员，但又觉得他们是个谜。而对他们生活中处于被污辱、被损害的地位感到惋惜和同情。那时，她曾天真地想，如果有一天，电影演员在生活中也能受人尊重，也像中学生那样，都穿蓝大褂，平等、朴素、正派，那么，她也愿意当电影演员。

如今，她真成了人民的电影演员，走到水银灯下，不料，又遇到了苦恼。

她有丰富的舞台经验，但到摄影机前，原来习惯了的表情动作，音容笑貌，却显得过分夸张。看了特写的样片后，简直把她自己吓了一跳：微笑成了龇牙咧嘴，张望的眼睛却瞪得怕人。她开始有意识地克服舞台的表演痕迹，控制自己的动作幅度。结果，又出现表演不自然、不顺畅的现象。苦闷和急躁，一时影响了她的信心，使她饭吃不好，觉睡不香。熟悉她的老同志，就劝她改行算了。她的头脑中展开了斗争。如果改行，将是一条非常轻松的路，新解放区需要大批干部，她能干的工作多得很；但是，她不是那种性格的人。党和人民的培育，她才搞了多年的文艺工作，如果临阵脱逃，怎能对得起培养自己的党呢？更何况，如今的社会为电影演员提供了比旧社会优越得多的条件，自己不是更应该去刻苦地提高演技吗？想到这些，于蓝的信心坚定了，犹如当时攀登妙峰山一样，只有前进，不能后退。经过刻苦钻研，终于找到了摄影机前的正常感觉和准确的动作，完成了《白衣战士》的拍摄任务。影片放映后，电影表演艺术家陈波儿称赞她的创作路子是对的。邓颖超同志代表妇联奖给摄制组锦旗，于蓝代表大家接旗。这些都给予她极大的鼓励，促使她向着电影表演艺术的高峰努力攀登。

"大鲁艺"的教益

一九五〇年，于蓝参加上影拍摄的《翠岗红旗》，扮演主角——红军家属向五儿。这是一个在残酷斗争的条件下坚持革命的妇女，在她丈夫当红军参加长征之后，面对白匪军的报复，她逃到邻县，做了奶妈。她坚信红军一定能胜利归来。十五年后向五儿盼来了已当上解放军师长的丈夫，并在解放家乡的战斗中派儿子给我军送去重要情报。

这个角色，表演难度还是很大的。首先，她对江西老苏区的生活很陌生，其次，角色要求演员语言不要太多，动作幅度也不能太大，要着意渲染和刻画人物复杂的内心世界。于蓝怀着坚定的信心，出色地完成了任务。当然，这不仅是由于她已有过摄影机下的实践，更由于她从自己舞台实践中，找到过成功的诀窍——到"大鲁艺"中去！

她在一九四〇年成为鲁艺实验话剧团正式演员后，第一次演出是在《佃户》中扮演农村姑娘银子，可是这次演出受到了批评，她的表演启蒙老师说她把银子这个农村姑娘演成了"英雄与美人"中的美人。对此于蓝异常苦闷，久久找不到演好角色的关键所在。

一九四二年，在延安文艺座谈会期间，毛主席曾到鲁艺作报告，亲切地提出"走出小鲁艺，到大鲁艺去"的号召。毛主席的话像一束阳光照进于蓝心中，1943年冬，她响应号召，随鲁艺的同志一起到绥德分区。他们一面演出，一面和农民群众生活在一起，她尽情汲取值得学习的东西。

一次，她参加追悼一位公安战士的大会，忽然看到一头毛驴上面端坐着一位身着素服的中年妇人——烈士的妻子，她默然无语地注视着前方，眼中没有泪水，只有着忧伤而又坚毅的神情。这情景深深打动了于蓝的心，这为她后来在大型秧歌剧《周子山》中成功地扮演农村地下党员马洪志的妻子打下了坚实的生活基础。

于蓝再次到"大鲁艺"——江西老苏区体验生活，寻访当年的革命足迹，拜望了许多老红军家属，对于他们在"草木尽焚，山石过刀"的白色恐怖下坚持革命的高贵品质，有了感性的认识和深刻的体会。她又和那里的妇女一起劳动，赤着脚踩水车，从生活和形体上接近南方妇女。因为于蓝找到了演好角色的关键所在，所以于蓝在扮演向五儿时，除了注意掌握人物动作、语言、表情的分寸感外，还特别注意眼神的运用。通过各种细微传神的目光表达出对敌人的仇恨，对群众的关注，对亲人的期待和对胜利的向往……在看样片时，她发现在竹筏上的一段表演只顾了追求形体美，忽略了红军家属的朴实气质，她难过地哭了，要求重拍这个镜头。在导演的帮助下，由于她认真琢磨，反复探索，终于拍出了满意的效果。于蓝在艺术上一丝不苟的态度使她塑造出向五儿的可信形象，得到了观众的好评，也得到了毛主席和周总理的赞许。

一九五三年，她转到北京电影制片厂后，拍的第一部片子是《龙须沟》，她饰演善良泼辣的程娘子。这对她来说，又是一个新课题。为了缩短自己与这个普通城市劳动妇女之间在性格上的差距。她不顾自己有孕在身，牺牲了休息时间，去接触劳动妇女的日常生活，她深入到北京天桥龙须沟、德胜门一带的几条胡同的院落中广交朋友。开始，于蓝不理解为什么一些劳动妇女彼此相距很近，说话却总是大嗓门儿呢？她深入生活后才发现，在大杂院中干手工劳动活儿的很多：敲打黑白铁、磨刀磨剪子、铜锅铜碗的、人们的寒暄及说笑，各种声音掺在一起，十分嘈杂。因此叫人、说话的声音就听不清，形成了大声说话的习惯。又注意到一个比较朴实的妇女，她激动起来时，用一只手背拍打着另一只手心去说话。于蓝想把这个动作运用到影片角色中，但多次练习都感到别扭，找不到内心依据。有一天，职工家属开会，于蓝作为工会副主席是会议的召集人，在讲话中，为了强调任务的紧迫性，她激动地喊道："我说同志们哪！"并自然而顺畅地运用了手背拍手心这个动作。后来在拍片时便自然而然地运用起来。生活好比丰富多彩的矿区，于蓝从中开拓出大量宝藏，熔铸到自己角色的创作中去，发出了绚丽的光彩。

坚韧不拔

虽然艺术创作的道路并不平坦，但凭着她献身革命的热情和勤奋的学习以及坚强的毅力，她在艺术上不断探索着，前进着。

一九五三年冬，她已是两个孩子的妈妈，三十三岁了。但为了提高自己的表演艺术水平，她主动要求到中央戏剧学院去学习，先在导演专修班旁听，后又考入表演训练班，听苏联专家讲课。著名导演孙维世选她参加契诃夫的话剧《万尼亚舅舅》的排练，饰叶琳娜。可是苏联专家看了排练后却认为她不能胜任，将她换了下来，这当然刺伤了她的自尊心，经过痛苦的思考，她想这总是反映出自己在表演这个人物时有着缺欠，她暗下决心，一定要找到这个缺欠是什么！于是，她没有退出排练厅，并按时观摩别人的排练，终于找到了问题的症结。她通过学习斯坦尼斯拉夫斯基的表演理论结合自己的艺术实践，并将生活作为自己创作的源泉，终于使自己的表演技巧来了个大的飞跃。后来，在表训班毕业演出时，她已能驾驭自己的身心，终于成功地扮演了高尔基名剧《小市民》中的塔吉娅娜，创造了十九世纪末俄罗斯小市民知识分子的一种典型，受到了好评。

一九六一年，于蓝毛遂自荐在电影《革命家庭》中扮演女主角周莲。这个角色需要从十六岁的少女一直演到老年妇女，时间跨度相当大，性格变化也大。历史背景也很复杂，这一切都增加了角色创造的难度。于蓝访问了不少革命老干部和《我的一家》的作者陶承。她向陶承虚心求教，后来因与陶承往来密切，相处情同母女。她又看了大量革命斗争的史料，熟悉了影片所要表现的四个革命历史时期的生活，准确地掌握了周莲在成长过程中内心世界的变化。于蓝把这个角色从一个追求家庭温暖的旧式妇女，成长为坚强不屈的革命妈妈，表现得层次清楚，细致而感人。

一九六五年，于蓝又参加了影片《烈火中永生》的拍摄。这部影片是由夏衍编剧，水华导演，赵丹和于蓝等参加演出的，阵容相当强大。

小说中的江姐已经在群众中有了较深的印象，这次在银幕上再现，等于向演员提出了更高的要求。夏衍同志对她说："你千万别演成刘胡兰式的英雄，而要演成特定历史时期的英雄。"这话使于蓝找到了开启江姐这个英雄性格的钥匙。通过广泛访问，大量阅读，对江姐进行了研究，领会到江姐在平静的外表下，有着一颗善于思索、热爱人民、关心同志的火热的心。于蓝敏感地抓住这一点，在表现江雪琴从事地下斗争时，她不辞辛苦地出入于不同场合，变换着身份，镇定自如地为党工作着。当她被捕入狱后，她以超人的毅力经受住敌人的酷刑，宁愿自己牺牲，决不出卖组织。还领导难友从事斗争，准备越狱。于蓝通过内涵而自如的表演，将心灵之火传达给观众。

周莲和江雪琴两个角色扮演的成功，赢得了众口称誉。标志着她的演技已达娴熟精湛的地步，形成了细腻朴实，感情炽烈的表演风格，攀登上表演艺术的一个高度。

面对第三高度

正当于蓝在艺术创作上长足进步的时候，十年动乱阻碍了她向表演艺术高峰继续攀登，她的健康受到了严重损害，头发也花白了。粉碎"四人帮"后，搞清查领导小组工作，占据了她一年的时光，接着，又同疾病斗了两年。当她病情稍好，便胸怀凌云壮志转入导演工作，先与李伟合作，导演了反映少数民族马背小学生活的故事片《萨里玛珂》，接着又要与武兆堤合作，导演《陈毅出山》，但因病动手术不得不停止这一创作任务。

一九八一年六一儿童节，北京儿童电影制片厂正式成立，于蓝被任命为厂长。这对她本人是个意外，但她的确是众望所归的人物啊！——她曾为孩子们创造了革命母亲的光辉形象，又很熟悉孩子们的生活和需要，她的谦和、热情、容人，也是领导干部必备的品质。虽然，她深知创业初始，百绪待理之难，但为我国电影事业向前发展所激励，作为一个老共产党员，她勇敢地承担起这繁杂的业务领导工作。如果说，从走上革命而光荣入党，到掌握精湛的表演技巧，是于蓝在人生道路上登上的两个高度的话，那么，从事艺术领导工作，则是她面对的第三高度。

于蓝把儿童电影事业的发展，比为接力赛，目前她的工作，只是跑第一棒，必定有第二棒、第三棒接下去。她正是怀着为第二棒打好基础的心情，争分夺秒地向第三高度勇攀！

（原载《影视春秋》山东人民出版社）

演反派角色大有可为

——记电影演员陈强

陈强是以扮演反派角色而蜚声影剧界的。在一九六二年举办的第一届"电影百花奖"中，陈强获得"最佳配角奖"，是我国六十年代初受观众喜爱的二十二个电影明星之一。在国外，他曾荣膺第三届亚非电影节"最佳男演员奖"。他所扮演的反派角色，在观众中引起反响之强烈是不多见的。

一九四六年秋，华北大学文工团到河北怀来演出话剧《白毛女》，陈强在其中扮演黄世仁。他把这个旧中国封建地主的野蛮、凶狠和奸诈的性格表现得淋漓尽致，激起了台下的农民观众满腔仇恨。一些观众拿起手中的青果当石子朝台上打去，有几颗居然命中了"黄世仁"。在河北河间演出时，观众中大部分又是刚刚开过诉苦会的八路军战士。他们看到斗争黄世仁时，个个义愤填膺，有个小战士实在忍不住了，含着泪水端起大盖枪，"哗啦！"一声拉响了大栓，在这千钧一发之时，幸亏排长眼疾手快，及时加以制止，避免了一起事故。

这件事成了文艺界的趣闻，也在中央领导同志中留下了深刻印象。到十六年后的一九六二年，为纪念毛主席《在延安文艺座谈会上的讲话》发表二十周年，在首都舞台上重演话剧《白毛女》，演员是当年在延安演出时的原班人马。罗瑞卿同志一见到陈强，便开玩笑地问："要不要我派人来保护你呀？"还没等陈强回答，扮演喜儿的王昆在一旁抢过话头："啊？公安部长保护地主啊！"逗得在场的人哈哈大笑起来。

陈强的表演，在国外也十分令人瞩目。一九五〇年十月，陈强随中国艺术代表团到东欧八国访问并做巡回演出，他仍然扮演黄世仁。他高超的演技，在欧洲城市观众中，同样激起了感情的波澜。在奥地利首都维也纳演出时，观众中有一位老太太，她被舞台上这个东方地主的罪恶行径激起了满腹怒恨，到演出结束时终于发泄出来。谢幕时，一些观众走上舞台，把一束束鲜花献给演员，正当一束鲜花就要送到陈强手中时，这位老太太突然在观众席中大喝一声，"不要给他献花！"使场内为之一惊，当大家醒悟过来后，不觉发出会心的笑声。

陈强在电影《白毛女》中扮演的黄世仁，同样产生了强烈的艺术效果。五十年代中，在一个正在争取民族解放斗争的国家里放映《白毛女》时，一位战士怒火中烧，对着银幕上的黄世仁就是一枪——当年在舞台上得以死里逃生的"黄世仁"，这次终于被真枪击中了：银幕上留下了一个子弹洞。

陈强在表演艺术上获得的成功，绝非偶然，而是同他的经历、在革命队伍中的锻炼，以及刻苦勤奋的舞台实践分不开的。

从闹"社火"到业余演出

陈强出生在河北省宁晋县一个贫苦农民家里。这里十年九涝，一次大水灾，把全村淹没，房倒屋塌，村民四处逃荒。陈强在姥姥的怀抱中，随父母外出，一路讨饭，来到山西太原。全家靠父亲卖苦力，仍不足度口，母亲又从被服厂揽些活来，填补亏空。即使如此，小陈强也还要常常跟着姥姥去打救济粥——大清早，拎着罐子，排在长长的穷苦人队伍之中，站得腰酸背痛，才得到一瓢稀粥。

陈强自幼生活在贫穷困苦的人们当中，这使他的思想感情很容易与劳苦大众共鸣。陈强的好动爱玩而又开朗的性格，使他与闹"社火"的民间艺人有了来往，最后他自己变成其中的活跃分子。

"社火"，是山西地区每年春节时的一种民间娱乐活动，常常从春节持续到元宵节。太原的一些主要街道上，都有自己的班子，主要是儿童演员，由民间老艺人领头，互相比赛。陈强参加的米市大街的"社火"，在太原城里是有名的，有五六十人的班子。他们行头新，玩意儿多：跑旱船、赶驴、扑蝴蝶、踩高跷、响乐等无所不有，唱跳歌舞无所不包。他们除了在街头演出，也常到有钱人的公馆、督军府中去演出，讨几个赏钱。由于陈强的乖巧，动作灵活，很受重视，分到的赏钱是较多的，因而，家里也支持他。

闹"社火"，演出活动虽然只有十天半个月，但训练时间却很长，一入冬就要开练；在老艺人的指导下，陈强接受着舞蹈和民间小调等的训练。这不仅培养了陈强对文艺的兴趣和爱好，也为他日后从事表演艺术的形体和声乐的训练，打下了坚实的基础。

到他念高小时，时逢"九·一八"事变，学生们纷纷走上街头，宣传抗日，陈强的街头演讲是很生动的，这多少得益于他在"社火"活动中的锻炼。到中学念书时，陈强便成了几所中学业余组织的青年剧社中的活跃分子，积极参加学生救亡演剧活动。这个剧社不仅在学校中演出，还到青年会演出，也租剧场演出。他们还请来专业演员做指导，演技因此得到了提高。陈强是进步较快的一个，引起了专业演员的注意，觉得他是一个有希望的好苗子。

在斗争的岁月中成长

一九三六年，陈强进入专业的新生剧院，成为半职业演员，白天上学，晚上演戏。剧院负责人杜彴之是地下党，专演进步的抗日戏剧，如《塞外狂涛》《夜光杯》《汉奸的子孙》《落痕》《血洒卢沟桥》《放下你的鞭子》等。陈强是在抗日高涨的形势下开始舞台生涯的，他所走过的舞台艺术道路，他的成长过程，是同艰苦的斗争环境紧紧相连的。

一九三七年，新生剧院到绥远参加联合演出。崔嵬、陈波儿、张瑞芳、吕骥、刘良模等有名的演员从各地赶来，慰劳抗日军人，庆祝百灵庙一战的胜利。通过这段演出，陈强的表演进一步得到锻炼和提高，他从只说一两句话的龙套演员，逐渐成为主要演员。在《落痕》和《放下你的鞭子》两个戏中，他成了主角。联合演出后，陈强转为正式演员。

日本侵略军进攻山西后，新生剧院改名为动员宣传团，由党的统战组织战地委员会领导，到晋西北去演出。这时，他与地下党的关系密切了。一九三八年四月，地下党派他到延安鲁艺学习戏剧。半年后，来到第二战区的民革实验剧团实习。

当国民党掀起第一次反共高潮时，陈强第二次来到延安，他正式提出了入党申请。一九三九年五一节，延安演出歌剧，陈强扮演青年工人，他唱得不错，很为冼星海同志所赏识。在冼星海同志的动员下，陈强来到鲁艺音乐系学习歌剧。两个多月后，为巩固敌后根据地，鲁艺、陕北公学、抗大、青训班二校各抽出一半人马，从延安奔赴晋察冀边区。途中，鲁艺和青训二校两部分组成华北联大，陈强被编入其中的文艺部，继续前进。

一路上，历经各种艰险。快到边区时，又遭到敌人的堵截。队伍刚刚翻过一座大山，敌人的炮响了，把唯一的通路堵住了。多亏有老百姓帮助，找到一条放羊小道，翻过几座大山，下到沟里。翻山时，就已下起了雨，到达山底，一个个都摔成了泥猴。队伍在铺满鹅卵石的沟底艰难地行进着，加之雨流成河，脚上的鞋全走光了。陈强走丢了四双鞋，两脚全打起了泡，一步步往前困难地挪着，遇到稍平些的石头，迈上去就不想再往前走了。虽然是八月暑天，可沟底却寒冷刺骨，足以冻煞人。在这样恶劣的条件下，四十多里长的一条沟，整整走了一天。陈强很有感慨地说：经历了这次行军，就能够体会长征的艰难了。他像所有的同志一样，精神振奋，斗志高昂，克服了困难，到达了根据地。其后，立即展开了宣传活动，演出了《雷雨》《日出》，苏联的《带枪的人》《巡按》《婚事》《求婚》等中外大戏。虽然，大家的热情很高，但这些戏同当时的抗日斗争形势毕竟有距离。到一九四二年之后，学习了毛主席《在延安文艺座谈会上的讲话》，进行了小整风。这时，已是共产党员的陈强，积极响应党的号召，深入群众斗争生活中去，一面向群众做宣传，一面从火热的生活中汲取营养。

　　在敌后的特殊环境中，华北联大文工团组成了一支支小的武装宣传队，把宣传工作同开辟和巩固根据地连在一起。

　　配合反扫荡斗争，他们在平山县演出了"反扫荡秧歌舞"，在阜平县演出了反妥协投降秧歌舞。

　　这期间，陈强也参加演出了大型话剧，扮演了苏联话剧《带枪的人》中的水兵狄莫夫，《巡按》中假钦差的仆人，《婚事》中的父亲，剧团创作的歌剧《拴不住》中的父亲，话剧《钢铁与泥土》中的泥土，喜剧《二大伯》中的二大伯等。

　　为了扮演父亲、二大伯等老头形象，陈强特意把自己前一半头剃光，后一半留长发，接近河北一带五六十岁老乡爱留的"刷刷头"

发型。不少老乡都熟悉他，一听说他来了，便互相转告："刷刷头"来了——"刷刷头"成了老乡口中对陈强的爱称了。

有一次，陈强在反扫荡中发了疟疾，无法行走，就在平山县的天柱山上坚壁起来。一位老大娘，每天冒着生命危险到山洞里来，给他送饭熬药，老大娘的小儿子则在洞外瞭望，兼管扇烟，以防被敌人发现。在山洞里，陈强眼见扫荡的敌人从山下走过，烧毁了村庄，滚滚浓烟直冲山顶，仇恨的烈火在他的心中熊熊燃烧。他深感人民养育了革命，为革命做出了最大的牺牲，这一点，永远不能忘记。

在延安演出《白毛女》

一九四四年，陈强再次回到延安，作汇报演出。他们演出的话剧《把眼光放远一点》，受到了观众的热烈欢迎。当时延安文艺界存在着偏激的看法，认为只有秧歌剧才是中国形式，而把话剧当作"外来形式"加以抵制。他们的演出无疑对这种看法是个批判。

后来，陈强被留在延安鲁艺文工团，参加了陈荒煤写的反映沁源围困的话剧《粮食》的演出。排练过程中，得到了毛主席的支持，亲笔批条，同意请陈康来当军事顾问，做艺术指导。

一九四五年，陈强参加了歌剧《白毛女》的创作演出。剧本的素材，是西北战地服务团在河北完唐县搞政治攻势时搜集来的民间传说。带回延安后，受到秧歌剧《周子山》的启发，决定请贺敬之重新创作成歌剧《白毛女》。

剧本写成后，陈强本来打算演杨白劳，但剧团却决定让他演黄世仁，他思想不通，不愿演反派角色。文工团为此停止排戏而专门整风，后来他感到不演也不行，便同意了。可是，表演上，他只强调了地主花天酒地的一面，把黄世仁演成了潇洒的花花公子，他的演出虽然很轰动，却引不起观众对地主的仇恨，反而觉得洒脱可笑。演出后一总结，大家批评他立场不对。以后，扮演反派的思想搞通了，他注意了暴露黄世仁阴险凶残的本性，他的表演点起了观众仇恨的烈火，达到了预期的效果。

"七大"代表都看了这次演出，反响强烈。周总理到后台来看望演员，说："这个戏走在时间前边了。"少奇同志指出，黄世仁不属于统战对象，而属敌人，应当镇压。他们的宝贵意见给演员极大的鼓舞，并使这个剧能准确地体现党在即将到来的新时期的政策。到后来，才出现了观众向舞台上掷青果、欲开枪等意外反响。

新中国银幕上第一个工人形象

陈强的银幕生涯，是同新中国的电影事业发展共命运的。

一九四六年，陈强跋涉千里，从延安来到黑龙江兴山（鹤岗），参加东影的创建工作。抗战胜利后，党派了大批干部到东北开展工作，接管长春"伪满映"之后，由于蒋介石发动内战，而被迫将器材物资撤退到兴山。就在这个煤矿城市中，开始建设新中国的第一个电影制片基地。电影厂的职工自己动手，将一所日本小学改建为技术车间，把一座没有完工的电影院改建为摄影棚，他们还建立了农场，种菜养猪，打柴耕作，发扬党和人民军队的光荣传统。一九四六年十月一日，东影正式成立。袁牧之任厂长，吴印咸、张新实为副厂长，田方任秘书长，陈波儿担任中共"东影"支书兼管艺术处。艺术处下设编导组和演员组，陈强负责演员组的组建工作。"东影"成立后，因陋就简，在拍摄了大量新闻纪录片的同时，积极筹备试制故事片。

一九四八年二月，东影拍摄了短故事片《留下他打老蒋》。影片是表现军民团结主题的，描写一个新战士不慎擦枪走火，打死了一个老农民的儿子，部队为严肃革命纪律，决定要这个新战士偿命。老农民经过一夜思考后，要求别枪毙新战士，"留下他去打老蒋！"陈强扮演了老农民，准确地表现了这个老农民的思想活动。

一九四九年，陈强参加了新中国第一部故事片《桥》的拍摄工作，扮演了老工人侯站喜，塑造了新中国银幕上的第一个工人阶级先进分子的形象。

《桥》在第一届全国文代会上正式放映，虽然限于拍摄时的设备条件，声响和光线不够理想，但仍不失为新中国故事片的良好开端。周总理看了之后高兴地说："我看了，很好。这是新中国工人阶级在历史上第一次登上银幕，做了主人。"

南霸天："最佳配角奖"

在《桥》之后，陈强又拍摄了《白衣战士》（扮演了其中的残废军人）、《结婚》（扮演春生的父亲）、《一件提案》（扮演列席代表）、《画中人》（扮演其中的皇帝）、《三年早知道》（扮演赵满囤）、《探亲记》（扮演老农民）等影片，创造了正反派多种角色。

陈强在扮演反派角色上有独到之处。如果说，他在《白毛女》中扮演黄世仁是在新中国银幕上开创了演反派角色的新声的话，那么，到一九六一年的《红色娘子军》，他所扮演的南霸天则把反派角色创造提到了一个新高度。因而，在一九六二年荣获第一届"电影百花奖"的"最佳配角奖"。

南霸天是《红色娘子军》中的配角，原来剧本中的戏就比较少，很容易处理成脸谱化或漫画化，那样虽然最省劲，但角色也就易流于平庸无力。陈强同志没有走这条捷径，而是在认真研究剧本后，紧紧抓住这个人物的性格核心——外强中干、刚愎自用这一特点有层次地、渐进地表现他的绝望，使这一人物真实可信。

探索喜剧表演艺术

陈强是个多才多艺的演员，不仅善演反派角色，也善演正面角色，不仅能演正剧，也爱演喜剧。

一九五八年，他扮演了《三年早知道》中的赵满囤，进行了喜剧表演的探索。对这个外号"三年早知道"的私心很重的农民进行了善意的批评，使之终于能献出自己的全部存款，支援公共水利建设。影片演出后，收到了几个省的表扬信。

一九六二年，他参加了我国第一部立体故事片《魔术师的奇遇》的拍摄，扮演了魔术师陆幻奇。这出戏带有喜剧色彩。为了演好陆幻奇这个角色，陈强专门跑到上海"大世界"游艺场、上海杂技团，和著名杂技演员朱腾云、张慧冲交朋友，看他们的演出，学他们的技巧，熟悉他们的生活和思想感情。

一九六二年的大连会议，批判了所谓"中间人物论"，喜剧片《三年早知道》被打入冷宫，陈强探索喜剧的积极性也随之被打掉了。

在"四人帮"横行之时，反派演员成了糟蹋老干部的工具，这引起陈强的反感，他故意放出烟幕弹，说自己"演反派演得伤心了"，借以回避演走资派的戏。而在《海霞》中扮演旺发爷爷时，他还借剧中人之口，一语双关，大骂"四人帮"。

粉碎"四人帮"后，他首先扮演了《大河奔流》中的海青大伯，这个人物在影片中时间跨度大，前后二十年。在这个人物见到周总理时的一场戏，三个镜头，就把老农民想说而又不知从何说起的复杂心情，通过比较窘迫的形态，准确地体现出来。

一九七九年，陈强拍喜剧故事片《瞧这一家子》，重又燃起对喜剧的热情。陈强认为，观众爱看喜剧，是因为劳动一天后，希望在剧场影院中愉愉快快地度过一个晚上，解除疲劳，再睡上一个安稳香甜的觉，第二天好精神饱满地投入新的工作。"笑也有政治"。讽刺喜剧尤为重要，是解决人民内部矛盾的一种手段，是推动社会前进的力量。陈强在《瞧这一家子》中扮演的胡师傅，通过有声有色的表演，既批判了胡的思想，又不伤害其形象，还使观众对他产生同情。这个戏和这个人物，是陈强比较满意的。

一九八〇年，陈强在《孔雀公主》中再次扮演反派角色。国王勐板札是个独断专行的昏庸国王，既欣赏自己至高无上的权力，又被巫师所愚弄利用。

如今，陈强已过花甲之年，但创作情绪更旺。为了扮演角色所需之形体，他每天清晨坚持体育锻炼一小时。并坚持骑车上班，此外，他也爱养花，看画展，读文学作品，听音乐和地方戏，有时间也愿意各处走走，观察现实中各种人的生活，甚至到国外访问时，他也愿自己上街走走看看，亲自感受。他的广泛兴趣和爱好，给他的角色创造以有力的帮助。

从新中国的第一部影片《桥》，到正在拍摄中的《大海在呼唤》，陈强分别在十六部影片中出色地扮演了各具特点的人物形象，为人们所称道，他惟妙惟肖的表演，是和他不断勤奋的学习，在艺术上执着追求分不开的。让我们祝愿陈强——这位有才华的表演艺术家创造出新的熠熠生辉的银幕形象，为千千万万的观众留下更多更好的传世之作吧。

（文章原载《影视春秋》山东人民出版社）

两位老人在悉尼创办华语儿童剧院

　　1994 年 12 月 10 日，北京早已是寒风袭人的冬天，而在南半球的澳大利亚却是花木扶疏的夏季。这天，悉尼卫斯理剧场里盛况空前。大厅里摆满了花篮，场内 800 个席位坐满了热情的华侨、华人观众，连过道上也站满了人，观众中多半是父母带着子女，也有爷爷伴着孙儿的，更有一家子都来的。

　　大家都全神贯注紧盯着台上的表演——来澳探亲的上海青年话剧院国家一级演员李宗耀、旅澳上海昆剧院著名刀马旦段秋霞、歌星李佩芳等国内高手参加了这场演出，这在儿童剧演出中是不多见的，小演员也是受过训练的，高超的演技和现代声光手段所营造的神秘气氛使观众着迷，而亲切动人的标准普通话对白更令观众陶醉。场内气氛十分活跃，人们的情绪随着剧情的发展和小主人命运的变化而起伏，时而发出一片叹惋，时而爆发出阵阵笑声。

　　世界著名的童话剧《白雪公主》演出结束，掌声经久不息，小演员簇拥着一对年逾花甲的老人登上舞台。一位是身着黑色衣裙、颈上戴着白色珍珠项链的总编导王惠莉，另一位西服革履颇具学者风度的是她的丈夫、艺术总监胡玲荪。人们涌向舞台，把一束束鲜花献给他们，表达对他们无悔无怨执着工作的敬意。面对鲜花和掌声，两位老人的眼里噙满泪水，脸上露出笑容。他们的努力结出了硕果：雪梨［悉尼］澳华儿童艺术剧院今天正式成立了。

无法安宁的心

　　1989 年，疾病夺走了心爱的小女儿，使胡玲荪、王惠莉二人悲痛欲绝，他们是带着破碎的心来到悉尼，与大女儿团聚的。本来是想安安逸逸以度晚年，然而，现实生活却使他们无法安宁。他们居住的悉尼西郊地区，被人们称为"上海镇"，聚居着不少移居来的同胞，随处可同遇到的华人用汉语交谈，可是当你用汉语同他们的孩子对话时，得到的却是一句："I don't know"［我不懂］，汉语正逐渐被下一代所遗忘和荒疏。孩子们在幼儿园、在学校，讲的是英语，听广播、看电视和电影，接触的也都是英语，不出一两年，他们的英语就能讲得很流利。他们自己不肯讲汉语，又瞧不起英语不如自己的父母，这就使得父母同孩子之间的交流沟通增加了困难，而西方文化中的消极因素又像毒蛇样无情地吞蚀着孩子们，已经发生了一些令人忧虑的事情：课堂上，学生可以乱叫老师的名字，坐的姿势也不讲究；十来岁的小女孩随意和男孩睡觉，以致怀孕；有一中学女生在外过夜不归，气得父亲打了她，这女孩便在老师的怂恿下跑去报警，控告遭虐待，警察就要来逮捕父亲，最后反要父亲请求女儿宽恕，才免遭入狱。父亲气得吐血，忧心忡忡地说："把孩子留在澳洲，是祸是福还难说。"有的华人家长惴惴不安地说："如果孩子再吸上毒，那就白养了。"另有从越南来的华人母女俩，历经艰辛，九死一生，移居澳大利亚，两人相依为命，但是，没几年，女儿便要独立生活而离开了妈妈，孤独的母亲承受不住这突来的新打击，痛不欲生。凡此种种，正困扰着新一代移民，他们或者忙于为生活奔波而无暇顾及教育子女，或者经济上宽裕了却又苦于找不到解决的办法和途径。

胡玲荪、王惠莉打开电视时，本来是为消磨时光，但，几十年形成的职业习惯，又使他们总会不自觉地寻找儿童剧节目，结果很令他们失望。这里很少有专为孩子们看的电视剧，有的是孩子理解不了的成人剧，里面常常是层出不尽的凶杀打斗和性爱挑逗情节，他们为孩子担忧，心情着实无法宁静下来。他俩想：何不在澳大利亚也搞起儿童剧？可使孩子们有一处新的娱乐场所，在那里得到一点欢乐，让他们在轻松愉悦中得到教益，还可使他们在充满兴趣的排练中学到汉语。对此，胡玲荪格外看重，他说：汉语正被世界上越来越多的人所重视，一所澳大利亚学校就规定，1—7 年级学生必须都要学中文。校长对西方学生说：你们学会了中文和电脑，到了 21 世纪就不愁没饭吃。那里的西方学生已能用流利的汉语朗诵《黄河颂》，而中国孩子反而却不会说汉语，岂不是天大笑话！

一颗不知疲倦的心

胡玲荪和王惠莉的想法很快得到了华人社会的热情回应。一批家长踊跃给孩子报名。参加培训班，有人帮助找到免费排练场所。

每到排练日，在卫斯里教堂门口，就会贴出一张通知："王惠莉儿童剧培训班在二楼上课。"这张潇洒自如的毛笔字出自胡玲荪之手。

孩子们来了，小的 5—6 岁，大的 11—12 岁，他们的父母也来了。排练开始。王惠莉首先"说戏"——有声有色地讲故事，然后，教台词。小演员们齐声朗读，她不时纠正发音；再给每位小演员所扮的各种角色做示范动作。做完这些比一人唱一台独角戏还要累，她说，每次下课后简直像散了架子一样说不出话来。为了帮助那些能听懂部分汉语的孩子，还要请人先用英语给孩子们讲故事情节，分析角色性格和台词，然后，再由王惠莉用汉语重复一遍。角色的汉语台词要录成磁带，让家长带回去督促孩子练习。坐在场子四周的家长比孩子们还要投入，认真听讲，仔细做笔记，轻声跟着老师练口型，校正自己的发音。

胡玲荪、王惠莉以他们三十几年从事儿童剧的经验，对培训班采用正规的中国式的训练方法，耐心培养，严格要求。除了王惠莉主教外，还请著名的刀马旦段秋霞教形体。生动的故事，有趣的排练，使小演员的兴味和参与感被极大地调动起来，他们不仅受到高尚的美育熏陶，而且还受到良好的遵纪、守时、尊师、敬老的品德锻炼。有一次演出，正赶上一位小演员的学校要他去比赛国际象棋，两件事冲突了。孩子想去棋赛拿冠军，父亲则要他参加演出，说：棋赛是你一个人的事，你不去，比赛照样能举行，拿冠军以后还有机会；而演出却是大家的事，你一个人不去，演出就不能进行，卖出的票怎么办？孩子最后听了父亲的话。

本来，给孩子写戏排戏，对有着丰富实践经验的王惠莉来说，是驾轻就熟的事，但为了排出这里孩子喜爱的儿童剧，她依然认真备课，毫不松懈，有时为创作和改编剧本而彻夜不眠。经她编写的剧本内容丰富，像《考学》《礼貌仙子》《莫学大懒熊》，从剧名就能看出品德教育走向：赞美勤奋好学、讲礼貌，针砭懒惰、不爱劳动的坏习惯；而《陶罐与铁罐》《板凳上的钉子》等，则提倡谦虚谨慎、知错能改的好风气。她编导的剧目形式多姿多彩，有故事剧、童话剧、寓言课文剧、神话剧、哑剧、喜剧、歌舞剧、音乐舞蹈剧，等等。

走进多元文化艺术的天地

通过排练，孩子们的汉语进步很大，这更加激发了家长支持这项活动的热情，促进了公演的早日实现。经过四个多月的艰苦努力，1993年9月，王惠莉儿童剧专场五个小戏在悉尼正式演出。家长们不仅为小演员备衣化妆，还承担起后台和场内的各项工作，保证了演出顺利进行。胡玲苏还通过新闻界的朋友在报上发文章，在电台广播报道，扩大影响。这场演出变成建立儿童艺术剧院的一次预演。

剧院建立后，在大家的积极支持和企业家的鼎力赞助下，两年来又搞了几次大型公演，演出了《白雪公主》《皇帝的新衣》《青蛙王子》《金鸡与银鸡》等十几个中外著名的童话剧，都受到观众的热烈欢迎。其中，1995中秋"为了孩子"专场演出还得到了悉尼市政府拨款资助；到KEGWORTH公立小学演出时，组织了几位艺术家向澳洲师生介绍中国民族艺术——京剧、孔雀舞和笙演奏；到悉尼新儿童医院做慰问演出时，除了少数小病人在演播厅看到现场表演外，全院700多名澳洲各族小朋友通过闭路电视观看了演出，用英语演的《狐假虎威》反响尤为强烈，其他节目也都通过英文字幕与小观众达到沟通；把汉语儿童剧带到达令港多元文化艺术狂欢节演出。这些演出给澳洲各民族的小朋友送去欢乐和友谊，不仅增进了华人与其他民族的了解和友谊，对于在多元文化大家庭中如何和睦相处，树立了良好形象，而且，为创造澳洲未来多元新文化输入一股新生的活力。

永葆童心

雪梨 [悉尼] 澳华儿童艺术剧院的成功演出，实现了胡玲苏和王惠莉的初衷。家长们高兴地说："剧院的存在，是孩子们的福气。"参加剧院培训班的小演员不仅得到了多方面的锻炼，而且在潜移默化中受到中华文化传统的熏陶，很好地度过了学习汉语的难关，一位小演员兴奋地说："学中文不再只是写方块字和默写，而是一件十分有意义的事，我开始了解那充满宝藏的中华文化。"另一位华裔孩子说："在家里，父母经常提醒我不要忘了祖先和传统。我喜欢学习中文及中华文化，但在澳洲很少有条件练习中文会话，而在儿童艺术剧院的演出，给了我难得的机会。"

如今，儿童艺术剧院先后培养的六十几名小演员，已经成为剧院的骨干。悉尼华文作家协会会长黄雍廉称赞雪梨［悉尼］澳华儿童艺术剧院是"明日艺海之星的摇篮"。

看到小演员多方面的进步，同家长心情一样，胡玲荪和王惠莉也感到无比的欢乐，心中充满了温暖，两位老人焕发出勃勃朝气，王惠莉激动地说："我的血管里流动的是充满活力的血液，我的胸膛中跳动的更是一颗欢欢快快的童心。"胡玲荪告诉我，刚到悉尼时，有人说他们只能去捡啤酒罐。他们当然不会去做，也没有靠大女儿养老。他们走了另一条路，出于老艺术家的良知，靠中华文化的魅力，勇敢地再创辉煌。胡玲荪幽默地戏称："我们是吃饱了饭没事干，废物利用。"

他们哪里是什么废物，而是世间难得的宝物啊！

（原载《华人文化世界》1997 年 2 月）

耄耋之年·独脚再展自驾风

重　生

这个生日不平常，是躺在医院病床上度过的。

他叫苏明慈，退休前是中国戏剧出版社戏曲史编辑室主任、编审，退休后，成了自驾游爱好者。2015年秋，从澳大利亚旅游回来，10月突发高烧，并伴有大腿剧痛。辗转几个医院的反复诊断，其中，包括可怕又可恶的误诊，险些耽误了治疗，乃至几有性命之忧！最后确诊为骨髓炎，骨科权威专家给出两种选择：一是，病治好，腿保住，需要60个月的疗程，期间有10—15个手术；二是，截肢，病也能治好。他几乎毫不犹豫选择了后者。因为60个月躺在医院里，对于马上满77岁的他，无异于宣判了死刑。他想，截了肢，固然是巨大损失，但现今那么多残疾人，都能正常美好地生活，我有什么可怕的？与其两条腿营营苟活，莫如单腿自由愉快地活着。家人都尊重和理解他的选择，2016年春节前夕，他做了截掉右大腿的手术。

正月初三，护士领着他老伴耿延秋、女儿和朋友，来到他的病床前，捧着生日蛋糕、水果等一堆礼物，祝贺他77岁大寿。他备感温暖和幸福。戴上生日王冠帽，和大家合影。然后，在护士的帮助下，抓着床两边的扶手，坐起来。在腰腹部系牢宽带，如同汽车里的安全带。护士在床扶手上摆放一块平板代桌，铺展红纸，他手上还扎着输液针，不影响来个"书红"，写下大大的"寿"字，随后激情澎湃，又写出新春对联："三阳带路环球暖，斗战胜之我佛来。"大家为他鼓掌叫好。

漫长的康复开始了，既要养好伤口，还要找回以前的生活能力——坐、站、走。而这是每个人婴儿期由母亲拉着学会的。真巧，这时他的外孙女刚好一周，牙牙学语，便成激励他的参照系——精神学友。对方不停地报来进展情况：能爬了——能站立了——会荡秋千了——会走了……他可比婴儿难多了，就说坐和站吧，少了一条腿，就失去了平衡，适应这种新变化，就需手脚并用，尝试找到新平衡。站立则是靠拐。每个看似简单的动作，都要反复尝试练习。

那天刚进厕所，拐杖一滑，护工还来不及去扶，他就摔倒了，好在没磕碰出大伤。他想，婴儿学走路，不也是跌跌撞撞的吗？第一次摔跤是正常的，只要还能继续练走。

元宵节后，他出院了。那天儿女及孙儿女都来家看望。儿子把他背上二楼，进屋后，他很兴奋，想给大家展示他的进步，走到沙发前，放下两根腋拐后便坐了下去。不料人横着倒向沙发，旋即被弹起，抛到地上。大家惊呆了，幸好沙发离地不高，有惊无险。

春天来到了，老伴担心他整天囚在家，烦闷，如能到屋外看看，哪怕只见见阳光也好，那该多开心。正合他意。他说，我试着下楼，然后你们把我抬上楼。于是他一手扶楼梯边的栏杆，一手挂拐，一级下来，增强了信心，再下一级，就这样艰难地一级一级缓慢蹭下来。终于从二楼下到一楼。出门到楼外了，真有种解放了的感觉，心情无比欢畅！待了一阵儿，还没人来抬，他决定自己再试试。果然成功了！

安上假肢后，在工厂里按照教学片，每天扶着把杠练了1—2个月。期间，工厂也不断调整假肢，使之更灵活适用。到10月中旬，假肢活动正式验收合格。如果把他的身体比作是辆汽车的话，现在就有了正式的驾照了。

这时又添了肘拐，与腋拐轮流用，更方便起坐，成了须臾不可或缺的伙伴。使用拐杖等于多出了两条腿。他自嘲说，四条腿哈着腰走，活像大猩猩。

除了拐杖，还有了手扶轮椅，可推着走，又可坐下歇歇，是短距离行走的好助手。

就这样，在一个接一个的"第一次"中，他的康复生活既充满艰辛挑战，同时也不断地生出新的希望。其实，人从出生到最后闭上眼睛"挂了"，能不断经历着新的"第一次"，表明你还有生命力去发现新生活。于是，追求"第一次"就成为生命的快乐。这就是生活——快乐的生活。

他之所以能不断追求，还在于他不是那种仅仅能满足日常生活就止步的人。他的"野心"是重回截肢前的全部生活——满世界自驾游。他对自己健康体能很自信，身体几大系统没有毛病，又有了身体的驾照，万事俱备了。

当然，他做事也绝不莽撞，胆大心细，尽量事事考虑周到。比如，恢复自驾游也要有"第一次"，选择近处，先在市里跑一跑。他看中了丰台区的榆园，苏州园林风格，有木结构的楼台亭阁，在南西四环看丹桥西边。

新换了的汽车，依然是红色飞度，并已做了有针对性的改造——手刹变成自动挡，同时用一钢板条将左右两闸焊联一起，便于他用左脚踩油门。

他和老伴出发了。也还是带着爱犬同行。沿四环开到公园门口，汽车停存车处。从后备厢里取出电动轮椅，坐上轮椅慢慢前行。但园内的路并不都适合轮椅通过，有时不得不挂拐走。过小桥时，有游人过来搀扶帮忙，老伴便替他挡驾："他自己要锻炼走。"他还挂拐过了小土山，旁边游人为他鼓掌加油。这"第一次"独脚开车，挂拐游园，顺利结束。他形象地总结：汽车是我的远程移动；轮椅帮助解决最后1公里；假肢和拐则是最后100米。

自2010年到截肢前，他和老伴共同自驾起，其中有些是参加目标汽车俱乐部活动，五六年下来，总共20多万公里，祖国的31个省自治区，都留下他们的轮迹。重操自驾，他要找没去过的地方，幽默地称作"拾遗补漏"。

2011年8月，俱乐部又组织东北行，路线是沿辽吉黑三省西部，到黑龙江后转向东行，直到抚远——祖国最东点。过去，他到过黑龙江省的北极村——最北点。这次是他"截后余生"第一次远行，一切都充满新鲜感。抚远在黑龙江边，江对岸是俄罗斯的哈巴罗夫斯克，两国岗哨楼隔江遥遥相望，以此作背景他和老伴合影留念。

10月，他到内蒙古巴彦淖尔看望老同学，对方四次脑梗，万没想到他会独脚驾车来看自己，遂以南方空运来的大闸蟹招待，如此盛情，令他和老伴感动不已。

返回不走回头路，这是他的习惯。选了在建的京新高速公路。这是一条行走在大沙漠里的公路，经过阿拉善的马鬃山后，进入千里无人区。他忽略了此路新建特点，没有起步就加满油箱，当他发现油表显示黄字（警告）时，才感到问题严重。本来，百公里就该有的服务区，或还没全建好，或建好无人，虽然已过了四个服务区，一直还是没能加上油。正是大中午，沙漠上暴热时刻，也只好咬牙关掉空调，打开窗户进风。并把车速降到80公里以下（怠速行），勉强还能开个20—30公里。幸好天无绝人之路，眼看就绝望了，忽遇救命的"临时加油站"，私人高价，花两倍的价钱加满了油。

2018年9月江南水镇之旅，虽然有些地方到过不止一次，可这次却有大的新收获——钱塘江中秋大潮。阴历八月初一赶到海宁盐官镇，正是看钱塘江大潮的时日（八月十五是正日子，人更多）。找了当地导游，开摩托车带路。先看"一字潮"（潮头）；然后，他从1—2层楼高的大坝下来，摩托车带路在前，汽车紧随跟后，以每小时50公里速度，与江水赛跑，追赶到5公里外第二个点看"人字潮"，只见江水在两岸撞夹下于江中交叉，呈"人"字形；他再从大坝下来，追到10公里外的第三个点看"回头潮"，更壮观——江水先是向东，撞到拦阻的大坝，卷起30多米高的浪花飞落下。

2018年11月，进行"大陆西陲之旅"。从北京直飞西班牙的巴塞罗那，落地后当地租车，开始西班牙和葡萄牙自驾游。其中还享受到一次国王的待遇，那是在西班牙的塞维利亚，摩尔王宫。该王宫是15世纪留下的古代宫殿，有"宫殿之城"和"世界奇迹之城"称号。那天，游人络绎不绝，排队缓缓而入。服务员见到坐轮椅的他，就主动把他（他老伴及两位陪同）引到另一无人的宽阔大路，从当年国王进出的大门，直接进去。其实，这条路是为方便残疾人而特设的无障碍路。

情　浓

这是一对恩爱老夫妻。整个旅途须臾不离，相依为命。他老伴耿延秋，我们习惯叫她小耿。两人同时考下汽车驾照上路。他最初的想法很朴直，既然自己喜爱旅游的快乐，希望她也能来共同分享。他独脚驾车后，小耿承担了全部生活负担——过去每次出行，后备厢里装两个大旅行箱。现在变为大包小包一堆，都由小耿一个人提上提下。途中，两人换着开车，另一人睡觉休息。

上周日（6月21日），小耿回家时提着花式蛋糕。他就问，你不是不喜欢甜点心吗？小耿笑着回答，今天是父亲节，你的节日，专给你买的。他心头一热。

这样的事，旅途中就出现过。

那年第一次上庐山，到达牯岭庐山宾馆晚了，住进当年周总理住过的一个套间，晚餐喝粥。小耿出去转转，回来竟变出肉馅饺子，令他喜出望外。

那年赶路，夜过戈壁滩，晚上十点左右，天已大黑，两道车灯穿过黑暗，其他什么都不见。他停车关灯，两人走进黑暗中，天空万里无云，身边头上全是星星，格外明亮，平生没见过，小耿依偎在他身旁，兴奋地说，伸手能抓到星星。

这次，到马德里，本想参观王宫，却碰上中午关门，他们改为逛街，一个小店接着一个，小耿兴味极佳。在一家小店她看中了一顶红毛帽子，征求他的意见，他觉得挑得很好，与她前一天买的红色大衣很搭配，遂连连称赞漂亮漂亮，得到他的称赞，小耿便买下。

在澳大利亚两人意外地做了一次小生意。当时，住在阿德莱德一座留学生公寓里。大厨房是开放性的，有6—7个灶眼，小耿喜欢自己做饭，烙馅饼，学生回来，她请品尝。学生吃后大加赞赏："奶奶做得太好吃了，怎么不卖啊？"并告诉说，进群里肯定有人买。他俩真接受了这个意见，于是在中文微信圈里开了个"老奶奶小厨房"，有图有文，欢迎订餐：有麻酱馅饼、鲜肉馅饼，还有葱油饼和春饼。

订餐很受欢迎，老奶奶掌勺，老爷爷自然成了送货外卖，开着房东提供的旧汽车，依靠谷歌的中文导航，上路送货，也适应了左侧通行规则。两老人相互配合默契，干了两个月。

随后，他们沿着澳大利亚海岸公路，自驾游了半个月，之后才回国。

小耿已习惯了长时间长距离的自驾游生活，她说车就是我们的家，把家过到各地，生活蛮有意义。2018年丝绸之路南线行，出发时有种悲壮感，七八十岁，一条腿，谁知会遇到什么，但彼此相依为命，就有了底气，有他就能走。

截肢后，他这独脚自驾人，先后有6次长途之旅，约10万公里。加上以前自驾的20万公里，遍及祖国31个省市自治区和台湾岛。名川大泽、九州四海、世界屋脊、雪域高原、江南水镇、古刹寺院、飞沙大漠……处处留有他的轮迹。他到过祖国东端的抚远，西端的喀什，南端的三亚，北端的北极村。攀登到青藏高原的5300米珠峰大本营，潜水到8米深海底，到过内陆最低点艾丁湖（-61米）。车轮扫描过程，心中留下一条条难忘的路，在地图上呈现出非常有意义的奇妙图案。中国地图形状，不是很像海棠叶吗？那么，他从北京出发的一条条自驾轨迹，不正像充满活性的叶脉吗?!

自幼从母亲的教诲中，他接受读万卷书，行万里路的古训，如今在自驾游中实践着。他把自己的这种自驾游法叫3D（立体）游，开阔了视野，扩展了胸襟，丰富了知识，拓增了阅历。跟他聊天，是一种享受。他那磁性的声音，充溢着魅力。一下就把你带入彼情彼景，而他那火热的激情，流畅的表达，缜密的思维，丝毫没有半点耄耋老人的暮气，反倒充满了年轻人的蓬勃朝气。

古今中外，地理自然，他都讲得头头是道，条条在理，这不就是一个"活地理"嘛！

（原载《中国老年》2020年9月）

面对心的呼唤

接到杨靖雄的来信，我的心情很不平静，他告诉我，创办烟台残疾儿乐园的报告已得到烟台市莱山区政府正式批准。他真的要创建一项事业，在人生的路上迈出艰辛的一步？

我和杨靖雄缘于文学编辑的业余作者之交。1987 年，他写了一篇报告文学《李氏兄弟》，描述胶东农民企业家。作品透着对生活的敏感，采访较深入，文字少学生腔，时有地方特色和人物个性的语言。这篇作品在《人民文学》发表后，坚定了他的文学追求。

后来，他到北京，我们才得以谋面。他人实在、聪慧、执拗，脸上挂着沉重。

这些年，靠他的勤奋、刻苦和才气，写作有长足进步，时有作品见诸报刊。去年又得两本报告文学集。我知道，写文章曾给他惹下是非祸端，但他那股山东汉子的犟劲使他依旧不悔，在文学的小路上艰苦而不懈地攀进。

那年我去烟台，曾到他家拜望。他有个女儿，大约四五岁，皮肤白皙，大眼睛水亮亮，天真乖样，谁见谁爱。孩子有个美丽的名字，叫小雪，承载着父母的慈爱和祝愿：他们心中的"白雪公主"不幸，孩子两岁时，病魔临头，造成智残而生活不能自理，每一口饭都要由父母喂食，每一把屎尿得由大人照料。

有段时间，夫妻俩上班去，只好把女儿独自锁在屋里，任孩子小狗似的蹒跚，走累了就仰靠在沙发上，使劲抻着小脖梗，等待开门的声音，久而久之竟成驼背。杨靖雄说，没有哪次下班归来不是心急火燎，三步并作两步奔上楼，打开房门，只见孩子已经站在门前，眼巴巴地仰着小脸。每当这时，他无不撕肝裂肺，五内俱焚，连忙把女儿抱起来，让孩子搂着他的脖子，把脸紧贴到他的脸上，这是他能给女儿的最好的疼爱了。

　　眼见一朵鲜花还未开放就将凋零，直令做父母的痛不欲生。我开始理解他的沉重。

　　沉重并没把他压倒。只要还有一线光明，他就不放弃为孩子治病。在当地求医无望后，他踏上了外出求医之路，四上北京，三下上海，还寻访过其他城市。四年中，历尽艰辛，几乎倾家荡产，孩子的病却依然如故。

　　在辗转求医途中，他目睹了众多残疾儿处于自生自灭状态中的悲苦，使他心中更添沉痛。专家告诉他，医疗康复可使97%的残疾儿实现康复或部分康复。我国有500多万智残儿童急盼得到这种医疗。然而，国家太穷，在这方面投入极为有限。为了自己的小雪，为了更多的残疾儿，杨靖雄萌生自己办个残疾儿乐园的念头，让残疾儿也能像所有的"小皇帝"一样，享有童年的欢乐。

　　这个念头在他的心中翻滚思虑，终至坚定他甘愿做一个殉道者，哪怕为此暂时牺牲心爱的文学活动也在所不惜。

　　创办一个残疾儿乐园，尤其对于一个文人来说谈何容易，从来信中我看到了他不倦地奔走的身影。他先说服了牟平县一家企业为主投资办学，县政府也充分肯定。后来，考虑到离烟台较远，又逢烟台莱山建区，故而改为就近办学，说服了一家大企业为主投资单位。向区政府递交了申办报告，又向烟台市长、市政府、市残联报告，得到了多方理解与支持，终至获得批准设立"中国烟台残疾儿乐园筹建处"。从此，他开始把心中的蓝图付诸实施。对于这乐园，他确定一次规划分期实施的方针。一期工程筹建小班，面向3—7岁的学龄前儿童，第二步开办向日葵小学，面向8—14岁的大龄儿童，到本世纪末建成康复大楼。而他的女儿小雪如今已11岁了，早已过了最佳康复期。乐园建成后，于他的小雪已无补。我钦佩他胸怀广阔。

这一期工程建筑面积将达1500—2000平方米，需要资金100万元，可不是个小数字。

对这样大数额的筹资，他并不畏难却步，已经动员了若干企业家，渴望得到支持。还要向海内外广寻捐赠。他向普天下富有同情心的人们呼吁：请为残疾儿慷慨解囊，献上一片爱心！

面对他这发自内心的呼唤，我们还能冷漠而无动于衷吗?!

（文章原载《人民日报》海外版1995年12月25日）

耄耋之年写大同

　　走进好友鸣迟家，客厅墙上那横幅镜框立刻吸引了我的目光。
那是一首咏诵中日友好的藏头诗：

> 和平友好话盛唐，
> 平等互利渊源长，
> 友情晶莹富士雪，
> 好谊奔流扬子江。

> 平等互利沐春风，
> 等观休戚此心同，
> 互谅互让真互助，
> 利人利己利无穷。

> 相互信赖友情真，
> 互掬丹心可铄金，
> 信守和平千载事，
> 赖有精诚亿万民。

> 长期稳定共地天，

期望中日永无间，

稳如泰山摇不动，

定享幸福亿万年。

四段分别以楷、隶、篆、草书成，——楷书饱满流利，隶书酣畅严整，小篆古野俏雅，行草稳健遒逸。它们分别出自四人之手：第一段"苏雷十四岁"；第二段"鸣迟四十五岁"；第三段"耿霁十一岁"；第四段为"年方八旬汪大捷"——此项活动的倡导者，他在最后一行道出事情原委："为中日友好二十一世纪委员会少年儿童书法展，余率子鸣迟，陪同孙苏雷、孙女耿霁，书'中日友好四原则'藏头诗。乙丑仲夏。"

鸣迟和他八十高龄的老父汪伯伯甘当少年儿童书法展的"陪练"，不能不说这二位都对书法有相当浓厚的兴趣与修炼。汪伯伯小时家境贫寒，只能靠借抄别人的书来念。那时只有毛笔，书法就是这样自然练就的。鸣迟则从小受父母熏陶也注重毛笔字，正是在他们的影响和培养下，兄妹俩从认字起，就在使用硬笔的同时也练习毛笔，并且还先后在业余书法班里受过专门训练，进步很快，两个孩子都在少儿书法比赛中多次获奖，苏雷还成为北京市东城区少年书法协会的理事。

全诗每行的头一个字连起来组成："和平友好、平等互利、相互信赖、长期稳定"，这正是胡耀邦总书记访日时，与中曾根康弘首相，为推动两国世世代代友好下去所共同确定的"中日友好四原则"。鸣迟说，汪伯伯在见到四原则公报时异常兴奋，当即书成此诗，分别寄送胡耀邦和中曾根，表达他对中日世代友好的诚挚祝愿。

鸣迟告诉我，汪伯伯心中有着深长的中日友好情结，他的经历中有许多鲜为人知的故事。

汪伯伯1906年生于辽宁省辽中县，青年时代留学日本，就读于东京高等师范学校。1931年，"九一八"事变的第二天，他在上学的路上听到报童喊"号外"："我皇军堂堂正正进入沈阳城！"大吃一惊，马上跑回家对陪读的夫人苏敬和说，日本人把咱们的家乡占了，不能待在这儿了。两人立即弃学归国，到北平"读中国书"。几年后，汪伯伯再次到日本，入东京帝国大学院，研习日本历史，以便深入了解这个国家。1937年，"七七事变"前几天，东京特高课两度将他逮捕，罪名是："反满抗日，（对）皇室大不敬。"幸得日本友人营救出狱，搭船返国。

　　1938年，汪伯伯以其日语特长，被朋友推荐到国民政府西北行营任参议。此时设在西安南郊的"第一俘虏收容所"，有个日俘逃跑被抓回。汪伯伯被派前往处置。汪伯伯对俘虏不打不罚，晓之以理，动之以德，使其大受感动，低头认罪，感谢中国人道主义的宽大。汪伯伯将他的话译出，发表在《西京日报》，引起很大反响。由此，汪伯伯受命兼任该俘虏收容所所长。他立意将战俘营改造成教育被俘敌人的学校，并挂出"大同学园"的牌匾。

　　汪伯伯以"德法世仇，中日殷鉴，以德报怨，化敌为友"作为学园的校训，不断地向学员阐明中日战争的性质，给他们讲有关日本的阿倍仲麻吕、小野妹子和高僧空海赴唐学习，唐代中国高僧鉴真和尚赴日弘法的故事，启发俘虏认识中日友好的历史渊源及其必要性，从而渐渐明确两国今后交往应有的正确态度。除了学习，还举办运动会、演剧、游泳乃至远足等多种形式的活动。半年后，受到教育和感化的日本战俘自动组织起"大同学园反侵略战争同盟会"和话剧团，在园内和附近几个县演出了他们自编的反侵略战争话剧及《黄河大合唱》《大刀进行曲》等中国抗战歌曲，收到很好的宣传效果。

　　1945年日本投降，汪伯伯在东北负责留用日本人员的工作。借此机会，他在长春、沈阳和北平等地举办大同学园资料展览，使观众耳目一新，尤令日侨日俘大出意外，不少人流下眼泪。伪满洲国重工业总裁高崎达之助说："对于大同学园的人道主义精神，心悦诚服，只有俯首致敬。"这个日本水利专家，战后被中国留用，与汪伯伯终成亲密朋友。高崎回国后，曾出任日本国务大臣，并担任出席万隆亚非会议的日本首席代表，受到周恩来总理的邀请访华，之后又担任了民间大使——高崎达之助驻华办事处主任，为中日邦交正常化作出了巨大贡献。

中日邦交正常化后，汪伯伯追求的"大同学园精神"有了新的施展天地。70年代初，他撰写了著名的《科技日语》一书，在中国掀起了以"科技外语"为标志的外语热。

田中角荣首相访华，实现了中日邦交正常化，汪伯伯赞颂他的历史眼光，专门写了一首《田中角荣负荆英雄》的藏头诗横幅送给了田中首相：

> 田中豪气负荆来，
> 中日重关豁尔开。
> 角逐和平真巨眼，
> 荣光青史异群侪。
> 负芒日日曾忧耳，
> 荆棘丛丛岂惧哉，
> 英迈而今福人类，
> 雄风百代日中回。

从写出本文开头介绍的那首藏头诗至今，又过去十四年了。那幅作品中的两位少年作者苏雷和耿霁现在都在日本学习，相信他们一定能够以自己的行动来继承爷爷一生所致力的中日友好事业。汪伯伯虽已年届九十四，身体依然健康，经常在家中接待到访的日本新旧友人，仍然为给中日世代友好的事业谱写新章而壮心不已。

（原载《人民日报》2000 年 6 月 17 日）

悠悠故土情

我从同事手中接过话筒，里边传出悦耳的次女高音："我是《欧洲时报》的郭萃容，您记得我吗？""当然记得。"她在《人民文学》杂志上发过报告文学，我是责任编辑。她说要来看我。这时，一个同事递过两天前她打来电话的记录，预报今天来访。

一小时后，一位充满青春朝气的姑娘来了。白色连衣裙上缀着雅致跳动的图案，剪裁合体，淡淡的口红和眼影，放到北京时装姑娘中，并不显得扎眼。

她说，从北京站到这里，换车、等车，足足用了一个小时。由坐车难，她又感叹在京办事效率低，好多时间花在找人和路上。那双黑亮的眼睛不时闪出无可奈何的神情。她很健谈，天南地北，社会家庭，世态风情，文化观念……谈吐爽直风趣，宛如面对早已相识的朋友。

她一面当记者，一面攻读学位，还同法国汉学家家合作，翻译当代中国文学作品。她是来寻求帮助的。那双眼睛是诚恳的，充满魅力的。我帮她找了文学界的朋友介绍情况。

她是回国探亲的，住在家里。她父亲——一位在大学任教的金融专家告诉我，女儿出国几年成熟了，不那么孩子气了。她的母亲——一位退休干部，正在为《民盟通讯》写稿，是盟员——告诉我，女儿回来那天，已是下午。母女俩几乎谈了一夜。第二天早晨，女儿要到华侨学校去看望两天前回国旅游的法国华侨子女。母亲看她还处在时差造成的晕乎状态中，劝她改天再去，反正是捎带管的事。可她放心不下，说那群法国青少年不懂汉语，领队又没来。母亲只好陪她一起去。果然，那群法国华侨青年碰到了生活困难，正焦乱不安。她出面联系，使问题迎刃而解。她答应定期来看他们，然后，又将情况及时电告巴黎。

她应邀到几个单位去介绍国外情况。她滔滔不绝，讲自己的所见所闻所感所知，一讲就是一天，嗓子都讲哑了，全是义务的。她以丰富的材料和生动的讲述，震撼了听众的心。有的单位表示，她如来工作，可以聘为教授，使她感慨万千。

她告诉我，写那篇报告文学《洒向人间恋土情》是她心中积蓄已久的赤子之情的一次爆发。

初到国外，人生地不熟，处于恐慌、畏惧的紧张之中。为了生存，她出卖劳力，以最长的工时换取低微的工资。业余时间还学习法文。人就像机器，整天处于高速运转之中。尽管她年轻体质好，最后，还是累垮了，住进医院。

当她生活上适应之后，一种新的寂寞感又袭上心头。为了找寻自信和力量，她一度念起"妙法莲华经"，但虚幻并不能使她得以充实，很快，她就同宗教绝缘了。偶然，她捡到华人老板遗弃的半张旧中文报纸，借助这零碎的窗口，她又看到了故土生活的角落。以后，她不时从这种丢弃的中文报纸，甚至从包装货物的旧中文报纸中获得一种慰藉。一次，她走进一家华人开的餐馆，几句法语之后，便讲起了汉语，心——一下就沟通了。告别时，老板说什么也不收她饭钱。又一次，在一家华人商店里，她买了一串项链，三十法郎，老板却只收她二十法郎。讲到这种他乡遇故知之感时，她的眼里闪着泪光。

当她遇到华人中医师梁国宝时，正是她久病卧床之后。为了调理虚弱的身体，她决定看中医。按照事先的电话预约，她来到诊所。一进门，她愣住了，四壁书橱，摆满精装的线装的汉文中医书籍，简直像中医学院的图书馆。她的记者的职业性敏感，使她产生了采访这位巴黎名中医的念头，她当即表示，不是来看病。按照法国的规矩，不履约的病人要付给医生经济损失费，但这位中医师却没要，只随口说了一句："都是同胞嘛！"恰巧两人又是上海同乡。聊天中得知，他正在筹办"法国中医传习中心"，把中国的传统艺术介绍给法国人。然而，为组织法国医生到中国学针灸，遇到了意想不到的苦恼，由于中国方面超逾协定期限，使他遭到经济制裁，协定面临流产的危险。他太需要帮助了，她决定用行动支持他。她帮他分析情况，在报上写文章向有关方面呼吁，终于促成问题解决。后来，她又帮助他谈北京请针灸老专家来法讲课——用事实来回答中国的老中医并没有绝迹。这一切，使正同她谈恋爱的男朋友产生误解，她也在所不顾。

这些年来，她用自己的笔将大量有成就、有作为的旅法华人介绍给了海外中文读者和故土同胞。

"我是吃中国奶长大的！"她的心灵深处流淌着中国文化的基因。渐渐地，我似乎有所悟。在那传神的眼光里，在那悦耳的讲谈中，在那丰富的表情内，蕴含着一种魅力，一片真情——悠悠故土情！

（原载《人民日报》（海外版）1988.10.06，第二版）

于光远与家里顿大学迷你教授

"姥爷！吃饭！"每听到这声呼唤，如同接到命令，于光远先生立即放下手中的笔，站起身来，向餐桌走去。小宝宝得意地走在前面，由于她的话使姥爷解决了不能按时吃饭的问题，博得全家人的称赞，小宝宝更高兴，每天都"忠于职守"。偶尔也有没等来叫于老自己先来到餐桌前，她也会有意见："怎么没叫就来了？"为了讨好小外孙女，他便退回书房，站在门内，等她再叫一次。祖孙俩浸沉在天伦之乐的情趣之中。

小宝宝是这个家里最受关注的"大人物"，她的爸爸妈妈和姥姥都在生活上给她更多的照顾，并进行系统的教育。而身为姥爷的于光远则选了一项特殊任务：作"起居注"，同时也发表一些原则性的"指导意见"。

首先在给宝宝起名上，就充分发挥了他的指导作用。孩子出世后，宝宝的妈妈、爸爸、姥姥和姥爷，每人都提出了不少方案，但还不能定下来。这时宝宝的小姨从美国来信，提出了二三十个字，其中有一个"非"字，给了于老以启发。他提出可否用"非非"作小名？其含义是能辨是非才聪明有智慧，还有为人要正直的意思。

于老给小外孙女作"起居注"是尽职尽责的，他生动准确地记录了小宝宝的生理和心理在各个发展阶段的细微变化，从手的发达、直立行走、学说话、会用脑思考，到性格、与人交往等等，既融入了他对晚辈的浓浓关爱之情，又体现着专家的凿凿科研精神。

在非非八九个月时，家里人为她做了一张别致的名片："非非玩士、家里顿大学迷你教授、21世纪世界观察研究院特约研究员。"幽默中寄托着老人对小外孙女的殷殷期望。玩士，表明于老的教育观点——小孩要顺其发展，不能强求；对小孩不仅要有人道主义，更要有童道主义精神。孩子就要玩，才能健康发展，否则不利成长。他不仅鼓励小非非玩，还要玩出水平，玩出级别。家里顿大学乃"家里蹲大学"之谐音。迷你意为小。而"世界观察研究院特约研究员"，则根据小外孙女当时观察力强的特点而授予。年龄增长到一岁多后，这个特点依然很突出。一次大人正说要给福建奶奶家打电话，她突然说出："0593"，正是福建古田的区号。不知何时大人打电话曾说过这个电话号码，她听见后便记住了。

客观上，非非是这个家中得宠的"大人物"，但在民主的家庭气氛下，于老不想让她成为娇生惯养、不讲道理、随便指使别人的"小公主"，全家都注意培养她尊重人，讲民主的习惯。要非非做什么事时，总以商量的口吻问她，这样好不好应不应该，从不以生硬的态度强迫命令她。慢慢地，非非同样也形成了尊重别人的习惯，她自己要做什么事，先主动问大人，这样做"可不可以"。

非非很聪明敏感，但在她的性格中也发现两个弱点：胆小保守和小霸王气。前者表现在，对最初见到的事物，缺乏勇气去尝试，如公园里的木马和旋转椅等不敢坐，而比她小的孩子却敢玩；有些玩具如枪，她怕碰，管那东西叫"怕"，显得好奇心不足；后者表现为，她正玩得最有兴趣时，大人不让她做，她便发脾气，大哭大闹。

为了把她培养成一个智能双全的孩子，大家分析原因，想办法解决。带她去公园后发现，有了爸爸在她旁边，便有了依靠和安全感，木马、旋转椅她也敢坐了，不再怕了。再如枪，姥姥把非非喜欢吃的土豆片塞到枪里面，她便开始敢拿这个"怕"了。

当她发脾气，蛮不讲理时，大人决不迁就，表示出很生气，又要耐心，想方设法，软硬兼施，把她引入"讲道理"中来。

于老注意吸收借鉴国内外培育婴幼儿的观点，并用自己观察的结果加以验证或修正。"起居注"中也记录有他这方面的研究成果。有一本美国畅销书《心灵地图——追求爱和成长之路》，主张要培养懂得自律的孩子；提供孩子学习的榜样，这是父母送给子女最好的礼物。于老说，这讲得很好，但涉及儿童心理发展的一段话就不能赞同，那段话说："婴儿出生几个月内，还不懂得辨自我与外在世界，他挪动自己的手脚，以为全世界也跟着他动；他感觉饿以为全世界跟他一起饿；他看见母亲动，以为自己也跟着一起动；母亲唱摇篮曲，他以为那是自己发出的声音，在新生儿心目中，一切会动的和不会动的、你和我、个体和世界，全部没有区别。"于老说，婴儿会有感觉，但不存在那几个"以为"。

于老八十华诞时，得到了一份惊喜。非非的爸爸妈妈以小外孙女的名义送来一件特殊的礼物——"宝宝印"：在一块橡皮泥上打下非非的脚印和手印，此时非非生下只有 50 天。于老非常喜欢，视为一很有价值的纪念物。

如今，小外孙女的生活足迹已印满于老的心中。

（原载《中国老年》1999 年第 7 期）

企业家投身到科教兴国的伟大事业中

——访国务委员、国家科委主任宋健

加大防治环境污染的力度

记者： 我国国内生产总值（GNP）连续三年以举世瞩目的两个百分点增长，表明我国已进入高速发展现代经济阶段。然而，在发展过程中，我们也在付出代价。一些发达国家在实现工业化过程中曾经产生过的工业污染问题，已经在我国出现。有资料表明，我国1/3以上的河段、90%以上的城市水域受到不同程度的污染；烟尘和二氧化硫对大气环境造成污染，有的城市上空灰蒙蒙一片，能见度极低……《1994年中国环境状况公报》说，"以城市为中心的环境污染仍在发展，并逐步向农村蔓延，生态破坏的范围仍在扩大"。

请您谈谈，我们能否少走或不再走先污染后治理的路？为此，我国已经或将要采取什么有力的举措？

宋健： 无论如何，经过15年改革开放以后，在邓小平同志建设有中国特色社会主义理论指导下，全国工作重心已转移到了以经济建设为中心上来，扭转了闭关锁国、百年屈辱、悲啸难收的历史局面。这是一场深刻的革命，全国人民，上上下下，从中央到地方，都在想发展。发展经济变成第一位的任务，如此深入人心，这是中华民族前所未有的觉醒。

中国经济发展较快，但要真正达到中等发达国家水平，还要几十年的努力，这是中华民族的后代将来能过上像样的体面生活的唯一保证。发展对中华民族的未来和振兴是首要的，决定意义的。

随着经济发展快，出现一系列的问题，环境是其中之一。还有腐败、违法乱纪、已经消灭了的丑恶现象重新出现……但是，从中国持续稳定的发展、中华民族文化科学的进步和提高这个大系统来看，发展是第一位的，其他次生现象都是第二位的。李瑞环同志最近讲得好，知道夏天蚊子苍蝇多，但没有夏天庄稼长不成，没吃的，我们还是要欢迎夏天，但不是欢迎蚊子苍蝇。我们还是要改革开放，要发展。

但是，第二位有时也会变成第一位，要非常小心，这要看领导的艺术、社会的觉悟。经过改革开放15年之后，我国经济实力增强，规模扩大，人民生活有明显提高。此时，当环境问题已逐渐升到相当严重地位的时候，倘若治理环境、保护环境工作不抓紧，后果不堪设想。十几年来，我们一直在做这方面的工作。

经过十几年的努力，环境保护有了较好的基础：（1）环境问题引起了各级政府的关注，真正摆上了议事日程。否则，再这样下去，可能真没水喝，没新鲜空气，"山间的明月，江上的清风"都没了。（2）法制体系初步建立。80年代已制定了《环保法》《大气污染防治法》《水污染防治法》，但操作起来难度大，人大准备修改，加大法律力度，加强执法力度，使之完善。（3）人民大众环境意识有了提高，增强了监督作用。（4）正在制定的"九五"计划，大力加强环保，在产业政策、技术改造政策等方面坚持经济、环境、社会三个效益相统一，体现出环保是基本国策。

我国的环境问题主要是水和大气污染。水污染，工业大企业排放占一半左右，乡镇企业占30%—40%，此外是城市生活污水。工业今后要搞"清洁生产"，大企业限期改造，过期关停并转；乡镇企业污染严重的限期关闭，有些合并后治理，先从淮河流域试点，最近就要公布条例；城建和计划部门保证，"九五"期间全面完善大中城市的污水处理系统，处理后的水再排放就没大问题了。

在大气污染方面，由于我国能源主要靠煤炭，高硫煤没采取措施，燃烧后排放二氧化硫，在四川盆地、贵州和广西一带，酸雨严重。我们正抓紧研究，采取技术措施，加强管理，强制洗煤，新修的煤矿都要有洗煤技术；推广去硫锅炉（添加石灰石及其他办法），使现有每年排放 2700 万吨二氧化硫状况得以大大减少；充分利用国际合作的良好环境和机遇，引进和开发"清洁煤"技术，这是一套全新的燃烧理论，可除掉 90% 的二氧化硫而不排放到大气中。

至于二氧化碳的排放，中国还大大低于美国。美国人均 10 吨煤，占世界总排放量的 25% 左右，中国人均 1 吨，占世界总排放量的 8%。为了提高人民的生活水平和生活质量，为了发展生产，今后相当长的时间，能源的 70% 还得靠煤炭，这是中国的国情。

有了以上的治理措施，有法律、法规和条例的管理，按照现在的思路走下去，我们完全有可能比资本主义国家早期好得多。但中国那么大，人民文化水平还不高，是否各地都能搞得那么好，都能一帆风顺，也不一定。但各省都注意了。总之，悲观没有根据。

主要困难：投入不够，素质不高

记者： 党的十四大确立，把经济建设转到依靠科技进步和提高劳动者素质的轨道上来，最近，中央又明确提出"科教兴国"的伟大战略。这是认识上的深化和飞跃，来之不易。而全面落实这一战略思想，恐怕还会遇到种种困难和阻力。您认为主要矛盾在哪里？应怎样解决才能使"第一生产力"得到进一步的解放和发展，从而更好地发挥其对经济和社会发展的首要推动力作用？

宋健："科教兴国"战略方针的出台，是中华民族百年奋斗的结果。鸦片战争后百多年的屈辱和痛苦，使中国人民懂得了科技和教育落后是国家贫弱的根本原因之一。许多仁人智士为"科学救国"而奔走呼号，终因旧中国腐败统治而徒劳伤悲。新中国成立，为科技和经济发展开辟了广阔的道路。改革开放以来，邓小平同志关于"科技是第一生产力""四个现代化，关键是科学技术的现代化""科技和经济结合"等一系列指示，为我国科技发展指明了方向，使我国科技工作进入了历史新时期。

现在，从中央到地方，上下意见一致，经济界、科技界和社会各界都有共识，中国经济走到今天，要向前发展，不能再靠以粗放经营为主的传统方式，而必须提高经济效益和素质，开发新产业，这一切就要有新的科技水平。这是执行"科教兴国"战略的社会基础。

我国现有 1800 万科技专业人才，包括 150 万科学家和工程师这样的高档人才，以及基本健全的科技体系，这是执行"科教兴国"战略的又一物质保证。

困难主要有两点：一是投入不够。我国经济规模不够大、效益不够高，国家财政和企业都比较困难，要大规模向科技投入，达到中等发达国家水平，还需要做很大的努力。我国在科学研究开发方面的投入，大约占国内生产总值的 0.7%，到 2000 年，达到 1.5%，翻一番。只有投入增加上去，才能更新设备，养住科学家，开发新项目。二是干部和人民大众的素质。省以下县以下的基层干部是否都有这种眼光、这种觉悟、这种气魄、这种追求？再加上文盲、半文盲还不少，他们不能读书看报，什么也不懂，这是个科普教育问题。我们把希望寄托在普及教育、寄托在青年人身上。这就是为什么江泽民同志特别强调要编一本科普的书，干部必读。你看到了吧？

记者：惭愧，还未读到。

（宋健同志当即找来一本由他主编、由江泽民同志题写书名的《现代科学技术基础知识》，挥笔题字赠书记者。）

记者：谢谢，回去好好学。

宋健：这两个问题，经过努力都能克服，拿出五六十年代搞"两弹"的精神，科技可能很快上去。

总的来说，主客观条件和时代的要求相一致，"科教兴国"战略有望开创新时代，为中华民族的发展进步树起一座里程碑，为中国走向21世纪，实现中华民族大发展的辉煌时代开拓一条新的道路。百多年来数代革命家、革命先烈和仁人志士梦寐以求的目标，将在我们或后一代人手中实现。

差距：科技前沿和推广普及

记者：这是中华民族千载难逢的历史机遇。您认为，我们应如何发挥自己的优势，改变劣势，奋起直追，不断缩小与发达国家的差距，达到我们的既定目标？

宋健：除了整体技术实力和经济实力差距外，在科技结构方面的差距主要有两条：

（一）对在当代科技前沿的科学家的发明创造投入支持不够。中央提出"稳住一头"，就是要集中财力，拿出研究开发经费中的10%，保持一支精干的高水平的队伍，在科技前沿奋斗。高科技产业是当前国际激烈竞争的制高点，是一个国家综合国力最突出的体现。发达国家高技术产业已占据主导地位，科技进步在经济增长中的贡献率达60%以上。制造业智能自动化，生物技术商品化，信息和计算机技术普及化，已成为现代生产和社会生活的主要发展趋势。近两年，发达国家的政府和企业界投入巨资发展信息技术，使之集成化、数字化、智能化、网络化，这将使人类的生产、生活方式发生深刻的变革。智力劳动将进一步取代体力劳动，逐步成为劳动的主体，预示着新的高科技社会的到来。

当前，我国产业技术水平还不高，工业仍以传统产业为主，高技术产业占的比重很小。据统计，自然经济状态的农业和手工业、传统产业、高技术产业的劳动生产率之比约为 1:10:100。我们必须奋起直追，置身于国际开放的大系统中，参与国际合作与交流，不断提高自主创新能力，逼近前沿，重振民族雄风，使我国在世界高科技及其产业领域占一席之地。

（二）推广普及问题也很大。只有推广普及，科技才能变成群众手中的武器，发挥作用。科技是不能自发产生的。科技的应用必须有组织、有计划地推广，要靠科技推广体系去普及，不然，再过百年，还是古老的刀耕火种。这个责任在各级政府。国务院已采取措施，在工业企业，在农村（包括乡镇企业）大力建立科技推广体系。

"稳住一头"，是向科技前沿进军，缩小与发达国家的差距。"放开一片"，是为了提高整个国民经济的科技水平，缩小与发达国家的差距。这两头都抓住了，才可能使整个素质提高。

培养造就一批有战略眼光的企业家

记者：讲到推广应用，还涉及科技成果转化问题。当前科技成果日新月异，转化为商品生产的周期越来越短。各国竞相在科技成果转化为现实生产力上抢速度争效率。我国在这方面的情况令人堪忧。几年前，我国科技界发明了英汉机器翻译系统。但在国内却只有四通集团肯出 20 万买这项发明，结果被香港权智公司以 200 万美元买去，很快转化为商品。

宋健：在香港我看了，跟"联想"合作的那个人，产品卖得不错。

记者：在把科技成果转化为产品和商品的过程中，企业起着联结科技与市场的桥梁作用。

您认为，为使我国"科技成果—产品—商品"三者进入良性循环，主要应抓哪些环节上的问题？

宋健：十年来，就想这个问题，都想好了，主要抓三个环节。

（一）企业要有开发能力。全国万余大中企业自己没有开发能力，而主要产品是他们生产的，这种状况不改变怎么行？这次中央《关于加速科学技术进步的决定》中提出："大中型企业要普遍建立健全技术开发机构，逐步成为技术开发的主体。"

（二）"放开一片"推动结构调整。鼓励科研院所、大专院校办高科技产业，鼓励以技术开发为主的科研机构，多途径、多形式地与企业结合，进入市场，长入经济。动员一大批科技人才变成科技企业家，直接进入市场。国家投资可以，集体办也行，合资也行，个体也行。对 52 个高新技术开发区给予各种支持。现在已有 50 万科技干部活跃在市场，这对科技成果转化起着至为关键作用。

（三）加强科技普及。有些地方，比如农村，要抓农林牧副渔，不抓科技普及不行。

记者：既然企业家这么重要，您对他们有什么忠告？

宋健：企业家要提高科技素质。有一批企业家原来是科技人员，还有一批不是，他们的成功往往在于眼光，而不在于懂得很多科技。受兴趣和精力限制，企业家不一定都出自科学家。林纾说得好："人有柔弱刚强、千殊万异，治学之才与治世之才，常不能相兼。故能胜任事业之人，不必皆出于学。"

但企业家应有战略眼光，使一个企业在市场上成为一支能够执行重大战略任务的野战军。为此，必须重视科技，首先自己要有开发能力，说得通俗一点，要有气魄养一批科学家和工程师，为你的开发服务；如果没有新产品占领市场，最终要被别人挤掉。其次，搞经济工作和打仗一样，也得有指挥员、司令员。一个好的企业家，就是一个好的指挥员、司令员。企业家是今后决定大战略的核心。美国 GM（通用动力）公司有 75 万人，一年销售额 1500 亿美元，超过我国国内生产总值的 1/4。我对 GM 总裁史密斯说："你这个公司够大的，我们有很多部也没这么大。"他回答："我没想过这个，我只想要守住和发展我的战线。"

企业家的贡献在于对全国经济的贡献，我国多一批有战略眼光的企业家，将来经济才能上去。中国最后强大起来，要靠有一批企业家。

要通过各种渠道（像你们杂志这样就挺好），提高企业家的社会地位和素质，培养造就一批能够指挥大战役、搞大产业、占领大市场的企业家，只有他们才能实现高新技术与生产力的结合。对企业家也要爱护。

记者： 我要代表我们的读者感谢您在百忙中接受采访。

宋健： 这也是我的社会责任。

（原载《环球企业家》1995 年 9 月刊）

雕虫小技怡身心

在我的头脑中，雕刻与治病是风马牛不相及的两回事，可是老赵却改变了我的这一看法。

老赵是我在散步中结识的。我们住的那地方，许多人都有个晚饭后散步的习惯。在散步的人流中，老赵是我经常相遇的熟面孔。他戴副眼镜，总是一个人挺胸扬头，气宇轩昂地向前走着，好像在想着什么。有一天，我们聊了起来，他告诉我，他散步时带着计步器，坚持走相当长的距离，以防身体发胖。老赵已退休在家，主要乐趣是搞搞微雕，抗衰老，增益身心健康。听他这么一说，我产生了进一步探访他的念头。

走进老赵的卧室兼起居室，更像来到一个工作间，一张不大的条桌紧靠着墙边，桌面上摆满雕刻用具。我想，这要花好多钱吧？

我在展览会上看过微雕，一颗大米粒上刻满《赤壁赋》这样长的散文。老赵给我解释，他练的是平刻，字比微雕略大，但比一般的图章要小得多，在指甲盖大小的章料上能刻下五十多个汉字，装进一首唐诗富富有余。

他认为，退休后生活还是要有一定内容，不能茫茫然，无所事事。他追求积极的人生，寻找一种处于职业边缘的生活状态。于是，他充分挖掘自身所长，选择了既延续以往的经验，又能开发新事业的途径——把平雕作为生活的凝聚点，兴味盎然地干起来。

雕刻离不开同文字打交道，老赵以前从事过电脑录入工作。《字源》《说文解字》不知翻过多少遍，篆、草、隶、楷，耳熟能详。练书法又是老赵的业余爱好，已经坚持了30多年。他一直把练毛笔临帖当修身养性对待——先排除杂念，清心寡欲，静下心来。而练平雕，更少不了这些。先在纸上用铅笔练习写，一遍比一遍缩得尽可能小。为此，他从临摹到默写，常常要这样默写300—500遍，像《古文观止》中《前赤壁赋》《岳阳楼记》等名篇他都能熟练背诵，从而也牢牢地记住了字的间架结构。这要有多大的耐心和毅力呀。刻这么小的字，可以说完全凭感觉。就好像钢琴家不看键盘能气韵流畅地弹奏乐曲，又像打字员在电脑键盘上盲打录入文字一样，在操作者自己的心里都有一个清晰的视像。

练书法要用去许多纸张，但不受其品种和质地的限制，好坏优劣，各种各样的纸张都可以使用。而练平雕的章料，却比纸张金贵得多。

开始他先在蜡盘上用铁笔练，熟练之后，再上石头章料。

为了节省章料，一块料他要反反复复使用许多遍——刻满一面后，把它抹掉打光，再刻，再抹，再打光。为了不让石粉满屋飞扬，他细心加以收藏，光抹掉的石粉就已经装满了两个XO酒瓶。

更令我惊讶的是，满桌的雕刻用具，全出自老赵之手，而没花多少钱。这得益于老赵曾在工厂干过，动手能力极强。他用碳钢小钻头磨制出刻写刀笔，以儿童玩具枪筒加上从旧货市场买来的显微镜，制成高倍显微镜，放大镜则是在试管架上固定好台灯软管，再装上放大镜片，还有那固定章料用的小台钳，酷似万能机械手，可作360度旋转。他说自己动手就可以保持十指灵活，手一勤动，便能抗衰老。可以想见，老赵在做这些工具时，一定全神贯注，手脑并用，身心都得到了锻炼。

我没能看到老赵刻好的平雕成品，他说已刻好的作品保存在朋友手中有十多件，主要是唐诗，而且是两面刻，一面是中文，另一面刻英文。

提起英文，老赵说贵在坚持，他已自学二三十年了，从陈琳的英语教学跟起，一直到现在常听"空中英语杂志"，每日不断。他说学英语，有几大好处，一是继续学习能保持头脑灵活，防止迟钝；二是刻上英文后，对中国传统文化的传播将会起到一定的作用，他平刻的唐诗有些是送给外国朋友的，他们看了英文翻译，就可以了解诗的内容；三是扩大信息来源。

对已有的微雕经验，老赵很注意用心研究。10年来，光这方面的剪报就粘了10大本。他还结识了一些名家。他从中得出，微雕实践家不少，但理论上的探索则感到不足。

他正试图从笔迹心理学角度做些探索。

平刻十多年下来，老赵觉得自己在身心两方面都有很大收获。

身体上面，他有切肤的感受——多年的哮喘病曾折磨得老赵无法平躺睡觉，先后10次住进医院，坚持练平雕十余年后，他感觉有明显好转，用药量减为从前的十分之一，能较好地睡觉了，心理素质也得到了有益的训练。对这些老赵借用道家的话概括为"收视返听"，意思是，把世间的杂七杂八的事物统统放到视听之外，而把自己的注意力集中到一个凝聚点上，用心去听、去琢磨"天人合一"的自然声音，因而使自己由内到外达到一种和谐状态，特别是在搞平刻时，心静神宁，于无意中调适了呼吸，而每日坚持的这种学练，又不断将身心所处不为名利纷争的良好状态加以巩固，身体自然便会好起来了。

（文章原载《金秋》2001 年 8 月）

国道·魂桥

　　灰蒙蒙的云雾遮满天空，像半透明的塑料棚罩着大地。太阳昨天露了露脸，又不知躲到哪里去了。空气依然湿冷。90 年代的第一天，吉普车载我从红色苏区桐柏县向信阳进发，行驶在 312 国道上。

　　吉普车像蓬勃的年轻人，在车辆的家族中穿飞。前边一辆解放牌大卡车被超过了，看它那车容，真不知跑完了多少万安全公里。迎面擦过的南京"跃进"卡车，则是从城市退休到乡镇来服役的。我们追上一辆五十铃大卡车，它带着傲气，不停地鸣笛超越着别人。大轿车像雍容华贵的中年妇女，摇着身子落到我们后边。面包车像少妇，好像不屑与人为伍。小卧车则像冰上芭蕾中的姑娘，滑着娇美的舞步飞到前边。一辆手扶拖拉机大模大样走在路中央，尽管汽车再三响喇叭，那位驭手依然不慌不忙，操纵着 V 型扶杆，将军头来个直角大转弯，从容躲到路边。

　　马拉胶轮大车，从土路、石路跑上柏油路，任车把式怎样挥鞭加油，还是被汽车远远落下。中国牌的交通工具——自行车，从城镇遍及乡村，瞧，这辆加重"凤凰"，载着一大盘塑料管，令人惊叹，那骑车人在 1.5 米的大圆心上，简直像飞盘在地上移动。再看，这位步行的农民兄弟，我的心仿佛也承受着竹扁担下那两个麻袋的沉重，同时，我又不能不赞佩这古老工具所葆有的生命力。

眼前这些，将现代的和古老的，先进的和落后的，多少个世纪的文明纷呈混杂，交织出当代中国农村的画卷。

一辆笨拙的拖拉机轰隆隆迎面过去，留下恼人的噪音。十几天前，也是一辆拖拉机，满载着鞭炮，在河南沈丘县一个村庄卸车时，因解不开捆得很牢的塑料绳而发急，车上的青年突发异想，掏出打火机"叭嗒——"一声，带来惊天动地巨响，这青年永远告别了即将来临的新年。由文盲酿成的这一惨案，还殃及 27 人伤亡，其中有22 名围观的小学生。人类文明产生的火药，对没有文化的人进行了无情的惩罚。

在我们右侧的田里，一条长龙朝公路逶迤而来。为首两人，一前一后抬着新漆的大衣柜走在田埂上，后边跟着抬的是写字台、圆桌、箱子、折椅等等。从一张张助兴的脸上，报出喜事正在进行。元旦，首先是年轻人的节日，是对对佳人的良辰吉日。这不，又一辆面包车过来，车窗上也贴着"囍"字，里面坐着新娘。面包车代替花轿甩下一串笑声。

在河南周口地区，也有个新娘是坐着面包车开始新生活的。但她做出了惊俗之举，腾出洞房做课堂，让村里的姐妹们尽早走出愚昧的黑暗。

为了用文明之火照亮荒漠的灵魂，几十年来，许许多多有志者默默奉献着绿色的青春，燃烧着蓝色的岁月和金辉暮年，却又不被世俗所理解，甚至遭到冷嘲热讽，被视为"神经病"，有的抱憾离开人间，有的仍艰难地活着……

远山在云雾中渐渐模糊、隐没。而我心中那座东谷小山村，正清晰可见装点在画卷上。昔日缺吃少穿、贫病交加，今日温饱干净、风正民安，成为"太行山上文明村"。而给山村播下文明之火的，当年只是个"白字先生"。

吉普车穿过湖北省境内，再入河南，906 号石桩路标出现了，吉普车驶入最糟路段，今天却比来时平稳，大概因为这位老司机心细、经验多吧。我注意到，在这段路上，汽车速度表指针经常在 20 公里以下。以快速和效率为优势的汽车，碰上这样的坏路段就发挥不出来了。我担心到信阳晚了会有不便。果然，抵达时，接待的主人有事外出，不免忙乱一阵。这也怪我们的通讯联系没跟上，桐柏县那个老掉牙的手摇电话机，怎么也挂不通长途。这种设备与我国许多地方已经采用的微波电话远远落后了一大步。而世界上最先进的电话，不要几秒钟就能接通，但这还要有相当时间才能进入中国。而对桐柏来说，首要的是微波化，正如比高速公路更紧迫的是，先将那"906—信阳"段铺好柏油。

淮河从桐柏山发源，流向东海，与秦岭、白龙江构成我国南北气候的分界线。90 年代从元旦开始，是走向 21 世纪的最后 10 年。此次，我在这特定的空间和时间的双重分界线上旅行，身感心受，异常新鲜。北方的寒冷和南方的潮湿，固然令我难忘，而文明的进步和愚昧的黑暗，印象则更强烈。

穿过桐柏和信阳的 312 国道，无疑对发展贫困的老区经济起到桥梁作用，然而，由于"906—信阳"段的梗阻，影响到发展的速度。在建设社会主义现代化强国的道路上，我们有比铺这一段柏油路要艰难得多的梗阻，文化的落后就是其中之一。设备可以引进，但是，面对再先进的设备，没有文化知识的人也只能束手无策。不是流传过棒打柴油机的滑稽事吗？这不是杜撰的笑话，而是文盲无知干出的许许多多蠢事中的一件！

我国的文盲为数不少，根据国家统计局的数字，约为 2.2 亿，占全国人口的 1/5，这种状况再也不能继续下去了，是到了彻底改变的时候了！

时代亮出了黄牌，世界敲响了警钟，新世纪正站在历史的高点注视着这块东方的古老大地。

让我们都来做搭桥铺路的人，将荒漠中的灵魂迎接到现代文明的阳光之下，携手并进，奔向 21 世纪的明天。

（原载《人民日报》1990 年 5 月 4 日第八版）

一个黄褐色的谜

柴达木盆地，是我国著名的三大盆地之一，呈三角形横卧在青海省的西北部，面积有二十多万平方公里，东西长八百公里，南北窄，但其最宽处也在三百公里以上，我没有可能遍访她。仅从我走过的一角，也足以感受到她的浩渺神奇。

我们从三角形的上半部自东向西横插而过，再循着两个斜边，围着盆地西北部的大戈壁沙漠走出一个相似三角形。"戈壁"一词来自蒙古语，意思是平坦荒漠、没有水、草木难生的地方。如果不是亲自来到这里，也不能如此深刻地体会到沙漠的荒凉寂寞。

大戈壁，那是个什么样的地方呢？此行的组织者之一，几乎走遍青海全省的李正乾说：青海是黄褐色最深的地方。在地图上，这里就标示着深黄褐色。实际上，这里也的确是黄褐色的世界：大地、沙漠、阳光、空气和风，以致连声音都是黄褐色的……我可以毫不夸张地说，视线所及，除了黄褐色，还是黄褐色；放眼前方，一望无际的黄褐色，平平展展，从眼前一直伸到天边；细观之，这黄褐色原是涂在一颗颗沙粒上——细沙、粗沙、沙砾、泥沙……换言之，这黄褐色大地的精灵原本是沙漠；阳光慷慨播洒下来，直接施惠于每粒沙子，又把那黄褐的热返回空中，于是天空也变得黄褐起来；无遮拦的阳光格外炙热，空气仿佛也被它烧开了，带着盐碱的干涩，挟着浓浓的黄褐色向外膨胀着膨胀着——地表沙面悄无声息地席卷着前进，还不时有腾空而起的旋转沙漏，这些大概便是黄褐风的足迹了。这黄褐的风，从小汽车的窗子自由进出，给我们带来了口干舌燥、皮肤灼热紧绷；干涸的喉咙，谁也不愿多说话，一旦说出话来自然少了些水音，而多了几份黄褐色的噪音。为此，李正乾一再提醒我们：在这盐碱戈壁中，一定要不停地喝水，不停地喝……

除了我们乘坐的标有"CHINA POST"（中国邮电）的绿色小面包车，在这黄褐色的大地上久久未碰到别种颜色的东西。望着这单调的黄褐色，时间稍长，眼睛便疲倦得自然关闭起来，伴着汽车匀速而有节奏的摇晃，人很快便能进入梦乡——对于我们这些乘客来说当然很舒服，可对于司机来说无疑是非常非常危险的信号——这时我才猛然理解，为什么长途行车中司机总要连续不断地播放音乐，并且把声音调得很响很响。

在我们穿越大戈壁的七八个小时旅程中，那天只遇到三辆迎面而过的卡车和一辆小吉普，再就是路边一闪而过的几处养路道班房（红墙灰顶仿佛罩上一层黄褐色薄膜而显得淡淡迷蒙），还有在两段沙石路面遇到几个头戴橘红小帽、身着橘红马甲的养路工正在作业：轻型拖拉机后边拖着个大刮板，将洒过水的路面刮平。此外再没遇到别的人或生物。也许是为了打破这单调的孤寂，也许是为了考验我们的意志，正在飞驰的汽车意外地戛然而停——流沙给我们设置了一道障碍，把汽车底盘悬空托起，尽管汽车拼命喘着气，后轱辘只能空转，却怎么也够不着沥青路面。没辙，大家只好下车挖沙。偏偏车上又没带铁锹一类的工具，好在我们的双手天然是最好的工具。一阵挖扒忙碌过后，绿色的小面包车在众人连抬带推之下，终于又获自由，再次欢快地奔驰在大戈壁的公路上。

已过晌午，忙碌之后大家都感到饥肠辘辘。年龄最小的张小妹说，找个阴凉地儿吃饭吧。应该说，她这个要求一点儿也不过分，可是彼时彼地就是办不到，找棵小草都属奢望，何谈树荫？唯一的阴凉地儿本该是汽车里，却早被太阳晒得蒸笼一般。馒头加矿泉水让大家美美饱餐了一顿——我敢说，这是此行中最香甜的一餐，就是此时此刻我仍能回味出当时的滋味。

在这铺天盖地的黄褐色包围中，在这千篇一律的黄褐色的世界里，一的一切，一切的一，仿佛都是黄褐色的了。我不知道，时间久了，人的心绪会不会也变成黄褐色？由此，我十分敬佩那些常年坚守在大戈壁上的公路养护工，感谢他们维护好公路，使我们这些旅人得以畅通无阻。

我们很快就在这枯燥寂寞的困扰中兴奋起来。原来，青海朋友安排走这条路线是有意谋划的。尽管走的人少，而且可能会冒一定风险，但却给我们一次难得的机会，在黄褐色世界中做一次海阔天空的畅游，尽情领略瀚海风光。

人们常用沙海来形容沙漠，用它来描述广漠的大戈壁再准确不过。一望无际、浩瀚无边，其广袤其深远，其气势其神韵，与波涛光涌的大海相比，绝不逊色，而其"瀚海蜃楼"更是别具一格。在铺天盖地的黄褐色沙漠环抱中，你多么向往清清的流水啊——别急，这儿还真能心想事成。你瞧，前方几十米吧，公路上就一片水汪汪，赶近前，却又不是，那水汪汪依然在前方。再把眼光放远些远些，在地平线处还有一片大海，而且海上漂浮着一群岛屿，更诱人，我们的汽车一直追过去，追了好远好远，不知何时美景忽然神秘地消失了，好叫人失望！不久，远天处又浮现出一片海上村落，同样还没等你赶近，就又人不知鬼不觉地失踪了。这种美景若即若离，一再诱人地出现，又一再叫人失望。这大概就是来去飘忽、行踪不定的"蜃楼"其绝妙之处吧！

"蜃楼"不可求，"海景"却真真实实地出现。在我们的左前方不远处，一列列沙丘高昂着圆胖的大头，光滑的脊背斜入沙海，好似大队鲸群，神气活现地在瀚海中遨游；不久，又出现一队队棱角分明的高大砂岩山，就像战列舰队在雄赳赳浩荡荡地劈浪前进；忽而，右前方密麻麻一群沙丘和山冈，错落有致地散在坡度很大的洼槽中，让人想到奇异的海底世界。

"陆象"更神奇而耐琢磨。金字塔带，那一座座三角形大沙丘，相互间横亘着平坦的沙原，不远处还卧着一峰驼形砂山，你立时有置身古埃及法老墓群的感觉；又一堆堆圆锥形沙丘，颇似座座古墓，但特征不显著，很难说清像哪个具体时代哪个特定国家的。再瞧前边一群沙丘，圆锥帽子下都有个大底座，活脱脱是个蒙古包部落，是忽必烈还是别个时代遗留下的？这边，一道高高长长的沙墙，像雄伟的长城护卫着城池家园——透过"长城"的豁口，远方果真耸立着阿拉伯世界的建筑群：宫廷城堡庙宇殿堂，那里兴许正上演着新的"一千零一夜"神话故事。调动你的未泯童心，前方又可幻化出动画世界：大蘑菇林立，麦垛成行，无树冠的光杆森林，在原野和森林的童话世界里，活跃着许许多多可爱的动物，大海龟在向憨态可掬的圣诞老人致意，万千只海狮向着太阳朝拜，挺着长长脖子的怪鸟笨拙地移步觅食，……忽然一个深长的大峡谷出现了，在西斜的阳光里，座座城堡投下长长的影子，更显阴森怪诞，神秘莫测，绝对逼真的一座魔鬼城。

这里也不乏抒情场景。细柔的白沙托出褐色的圆沙丘，一派月下沙湖郡岛风情；更有广漠中绵绵沙原，展开新月状波纹，似微风吹皱一泓清水，层层涟漪推拥着渐递逝去，向遥远的彼岸传送去爱的微波……

这里也还有极像现实中的原野，大片"耕状"起伏的地面，如同精细深翻过的农田一般；有的地段，深翻之后还备好堆堆"粪肥"，似为丰收做好准备。

面对这些千姿百态、高矮不等、大小不一、残缺不全的沙丘、沙山、沙墙、沙链、沙堆、沙柱、沙包、沙台、沙地、沙谷、沙槽、沙原、沙河……你尽可充分展开想象——我毫不怀疑，有多少想象就能产生多少奇妙美景。感谢茫茫大沙漠，在这浩瀚的大戈壁深处给我们展露出世人鲜知的雕塑群，硕大无朋，独具魅力，拥有挡不住的诱惑！人们不禁要问：创造了如此杰作的雕塑家是谁？青海朋友答曰：雅丹。

雅丹何许人也？"雅丹"乃维吾尔语，系风化土堆群之意，也叫风蚀林、沙蚀林，一种奇特的风蚀地貌。风从哪里来又到哪里去——越过了多少山，跨过了多少河，劲吹了多少年，持续了多少世纪？我的头脑中问号接连不断：这风的刚柔力度何以那么得心应手——既有线条粗犷的岩雕，让你感受到阳刚的英雄气概；又有细柔圆润的泥塑，让你品味着轻松的生活情趣！难道这风真的通晓人意，按照人的愿望雕塑这广漠的世界，还是人们自以为理解其实并未真正理解世界，只是把自己的意愿强加给外界事物？那么，地球展露这一奇迹，又给人类什么启迪呢？人类与自己周围的世界到底沟通了多少？还有多少谜等待着人们去揭开啊?!

（文章原载《鸭绿江》1998 年 11 月）

"绿色通道"铺向世界屋脊

连接兰州——西宁——拉萨（简称"兰西拉"）的通信光缆工程于 1997 年 9 月初全线提前铺通，这是我国通信事业上的一件大喜事。"兰西拉"光缆工程全长 2754 公里，途经甘肃、青海、西藏三省区的 23 个县、市、区，是"九五"国家重点邮电建设工程。这是世界通信史上海拔最高、施工难度最大的工程，经过解放军官兵和邮电职工两个多月的艰苦奋战，终于完成了这一创举。建成这条信息高速公路，为 21 世纪全球化信息时代打开了通往大西北的绿色通道。

众望所归的工程

茫崖是生产石油、石棉和芒硝的新兴工业区，位于青海的西缘，紧邻新疆的若羌县。这天下午，一辆吉普车停在茫崖大河坝邮电支局门外。屋内，石棉矿的通信站长正焦急地等待着向国外发传真，一些打长途的人也在等待着。同一时间里，有许许多多电话争着要从仅有的 3 条长话线路进出，如千军万马抢过独木桥，"瓶颈"般堵塞也便毫不为怪了。通信站长一再看手表，已经过了四个半小时。

再过一个半小时，他手里的技术资料还传不出去，同外国公司草签的合同就有作废的危险。他无可奈何地拎起传真机回到汽车上，一加油门连夜翻山越岭，直奔线路通畅些的若羌而去。在青海第二大城格尔木，有人为打长途等了四天四夜，最后骂了声"破电话"一摔而去。有位海外顾客只好专找半夜3点人少时来打。这种情况在青海其他城镇也不鲜见。

青海省地广人稀，城镇相距都很远，电话便成为极重要的联络手段，而通信的现状却远远落后于经济发展和改革开放的形势，况且，纵横交错的中国光缆通信骨干网也只差青藏这最后的横竖两道了。于是，利用第四批日元贷款的兰西拉光缆工程便应运而生。

"迷彩"大展身手

光缆工程借助109国道爬上昆仑山，在海拔4000米以上的"世界屋脊"，向着唐古拉山挺进。在紧靠公路道边的山根下，突然，一声闷雷响，山体滑坡——大量沙土泥石相拥砸下，在一片尘烟飞扬中，地面堆起一道土丘，将正在挖沟的3名战士活活埋到里边。近旁的战友见状疯狂惊呼：快来救人哪！连长、排长和几名战士首先冲了过来。5分钟内，近千名身着"迷彩"服的官兵飞速赶到，冒着再次塌方的危险，在团长指挥下兵分两路展开抢救：部分战士筑起一道"人墙"，挡住还在滑落的余沙；大部分则刨土救人。滑落的余沙比估计的严重得多，"人墙"被冲倒，几乎也被埋起。战士们很快又搬来床板，筑起加固的"人墙"，并脱下衣服，堵住床板拼接处的漏土。在凛冽的山风和沙石不断增大的压力下，"人墙"玩命坚持着。刨土的战士更心急火燎，分秒必争。怕锹镐伤人，就用手扒刨，顾不得手破流血，但求两手动作再快些，为被埋的战友多争得一分生还的希望。经过 30 多分钟的奋战，2000 多双"迷彩"的手终将气息奄奄的 3 位战友救了出来。他们的连长则由于过分紧张和高山缺氧，而在这时晕倒了。送往医院后，他们四人都脱险了。

活跃在兰西拉全线的两万多官兵，是工程建设的主力军。他们战胜高海拔缺氧造成的吃不下睡不着等高原反应，跳进刺骨的急河中截流，在地下布满岩石的草原和大漠里，依靠锹镐、双手和炸药，完成全线的挖沟、放缆、回填和埋设标石的任务。他们手上无不磨出血泡、老茧，嘴上无不长过水泡，背上无不晒脱几层皮。18 岁的湖北战士周光远更因急性高原反应导致突发性心脏病而长眠在唐古拉山。这条地下光缆像一座无形的丰碑，记录着"迷彩"们的伟绩。

在和平时期，人民解放军始终是祖国建设事业的一支攻坚力量。50 年代，"筑路将军"慕生忠率领部下征服了"生命禁区"，筑起穿越世界屋脊的青藏公路，打开了封闭的高原，推动了青海的石油、化工、石棉工业及城市的发展，出现了一个经济建设高潮。

今天，新一代的"迷彩"们铺下的这条地下光缆，必将推动青海乃至西北高原的经济发展，在跨越世纪的伟业中再掀高潮。

"绿色卫士"的新机遇

海拔 3700 米的天峻县城，坐落在长冬无夏的高寒地带，地下永冻层厚达 3 米，不能种农作物。但是，在县邮电局院里的大花坛中，却绿意浓浓，格外引人注目。这是年轻的牛局长利用休假日专门从草滩挖来的牧草，一块一块栽养起来，其中还插栽些高高的青稞。另一地处柴达木盆地西北茫茫大戈壁边缘的冷湖镇，干燥寒冷，是寸草不生的不毛之地。但在邮电局李局长的办公室里，花盆里的吊兰、冬青、文竹一派葱郁盎然。主人骄傲地说，有特殊照料方法。

这二位局长身边的小小绿洲，是对大漠的蔑视，更是对自己职业的信心和热爱。身着绿色工装的高原邮电职工，日夜坚守在沟通人们心灵的绿色通道上，他们是应该特别受到尊敬的"绿色卫士"。

50年代，响应"开发大西北"的号召，大批热血青年从四面八方云集青海，于是，"帐篷城市"问世了，"帐篷邮电局"出现了，石油城、石棉矿也从帐篷里诞生了，艰苦创业的"柴达木精神"在各行各业中产生了。"柴达木"成了人们自豪的代称。邮电的老"柴达木"，在极端困难的条件下，架起西宁通往新疆及西宁通往拉萨的两条长话线路。他们在绿色通道上坚守了一辈子，如今大多退休了。这些"献了青春献终身，献了终身献子孙"的大西北拓荒者，在共和国的建设史册上应该占有光辉的一页。听说青海省邮电局建好退休楼，专门安排回不了原籍的老"柴达木"，这是足可欣慰的。

如今活跃在第一线的"绿色卫士"，是牛局长这样的第二代"柴达木"，他们不少人就是子承父业，弘扬光大着"柴达木精神"。在兰西拉光缆建设工地上，数千名邮电工程技术人员同子弟兵并肩苦战，从反复实地勘测后的设计，到施工现场的指导、检查、验收，他们一丝不苟，保证地下光缆铺设的质量，并做好各段线况的详细记录，为日后的管理备好档案。7月16日夜晚，连日暴雨刚停，德令哈邮电局机务站接到报告，长话线路出现障碍。从50年代起，青海各县的邮电局都坚持，只要长话线路出现障碍，即使深更半夜找不到马和自行车，再远的地点，再冷的天，也要立即前往排除。一次机务员在电话杆上刚排除障碍，突然发现黑夜里好多绿眼睛向上望着他，惊吓之余马上向局里报告遇到狼群，4个小时后援兵赶到，天已蒙蒙亮，把人救下来时，他的四肢已冻僵麻木而失去知觉。

"障碍就是命令"已成自觉的行动。德令哈机务站马上派车查线，途中在泥石流毁坏路段遇阻，待第二辆增援车赶到，迅速架起临时备用线。这场暴雨泥石流冲毁了道路、桥涵，把铁轨连同枕木一块掀翻，而将埋进地下 1.2 米深的光缆抛出地面后又狠狠甩出 28 米之外。第二天，"迷彩"们又将长达 40 公里被毁光缆重新布放埋好。

即将开通的光缆给"绿色卫士"带来了新的机遇，也提出了新的挑战。不少第二代"绿色卫士"原来只有初中文化水平，通过多年的实践和中等或高等函授学习，或到大专院校进修，适应着邮电技术的发展。今年 6 月 30 日青海全省实现程控化，传呼机、移动电话业务也已开展。各县邮电局都制定出具体办法奖励职工学习。在大柴达木邮电局宿舍，一对刚刚结婚的青年人对我们说，不学习就要被淘汰。新郎决定明年报考高函。更让人欣慰的是，新来的大专毕业生正走进第三代"绿色卫士"行列之中。

敬礼——向着 21 世纪前进的"绿色卫士"！

（原载《环球企业家》1998 年 1 月刊）

托起爱的方舟
——游泰姬陵

北京明十三陵，是从深深的地下发掘出来的奇迹，故有"地下官殿"之称。大体也是同一时期的印度泰姬陵，则另有一番天地，令人久久不能忘怀。

泰姬陵坐落在德里东南 200 公里的阿格拉市。下午，当导游带我们进入阿格拉时，空中弥漫起雾来，一时间，仿佛雾里看花，天际里隐现一座伊斯兰建筑的洋葱头轮廓——好像刚从梦中被唤醒的羞涩美人，妩媚诱人，我知道泰姬陵快到了。

泰姬陵的门楼是一座红砂岩的亭阁，上边有两个醒目的白色穹顶。拱门有两层楼高，门楣上镶满彩色宝石花纹。一进拱门，举头红色的半圆屋顶上，满布黄色菱形网状图案。迈过第二道大门后，便进入一座大花园，此时天公作美，云开雾散，视觉一下开阔起来。

一道澄澈的池水，仿佛往前开出一条笔直的水道，左右两侧是对称的赭红色步行道，再外侧是苍翠的柏树和果树行列，以及开阔的草坪。那树列就像两行卫队，守护着中央这条宽阔的水道——多像是一条另类的"迎宾大道"啊！中轴线是池水里那排宝葫芦状的喷水嘴，将游人引向前方——在我舒适的视角里，泰姬陵来了！那是稳坐在厚实平展的大理石台基上的陵墓，好似一整块大理石雕成的方舟，阳光下通体晶莹洁白，玲珑剔透。在陵墓的左右两侧，各有一造型相同的红色建筑：一为清真寺，一为答辩厅，相互呼应，又与花园入口的红色门楼构成三角形，底边的中点正是泰姬陵。这个白色主体建筑占据最佳的视觉位置，在三点红色的衬托下，格外醒目。它那大大的洋葱头状的穹顶，就像仙女头上美丽的帽子，尖顶直刺蓝天，周围的四个矮小穹顶，则是漂亮的佩饰，使主穹顶与正殿间跳动过渡，自然和谐。大理石台基四角各有一座高挺的圆塔，穿插苍穹，也都头顶小"洋葱"帽子，活像簇拥着仙女的窈窕伴侣，众星捧月，周旋进退，柔和的曲线与圆柱的挺拔穿插，给天际画上活泼的轮廓线，比例和谐，工整匀称，有一种开朗亲切的感召力，与一般陵墓的阴冷暗寂相比，多了一派阳光欢愉。望眼前，池水捧着蓝天，倒映着圣洁的方舟——两个泰姬陵同时呈现在天地间：不知是由人间驶往天堂，还是从天堂驶来人间？这如梦如幻的情景，着实令人痴迷，也引人奇想——它从人间带走了什么？从天堂又带回来什么？

　　沿着赭红色的步行道走近泰姬陵，那台基比想象的要高很多，超过三层楼，须拾级而上。像进印度所有寺庙一样，人人都要脱掉鞋子。我穿着袜子行走在大理石上，很多印度人则习惯于赤脚。宽阔的方形台基，每个边长几乎都相当于一条百米跑道，八面体的寝官高居正中，东西南北四大正面，各有 33 米高的拱门可以进出，门两侧各有上下两层的凹廊窗洞，削去棱角的四小斜面也都有上下两层的凹廊窗洞，令锥体空灵剔透，光影明暗变幻纷呈，格外雄奇瑰丽。

　　进入寝官内，游人摩肩接踵，顾不得看其他地方，眼球早被中间八角形大厅所吸引，那里的顶空就是高高的浑圆穹顶，地面上由镂空的大理石围成一道八角形屏栏，内里摆着精致的大理石衣冠冢，居中的就是墓主人泰姬·马哈尔，旁边是国王沙·贾汉，这妃正帝侧的居位，在中国似未见。棺椁和底座，为镶满宝石的茉莉花图案，宝石多达二十余种，色彩华丽，工艺精湛。与其说是两个石棺，不如说是一对精美的珠宝盒。透过大理石镂空的门扉窗棂，自然光从外面照射进来，室内景物清晰可见。寝宫内墙壁上无处不镶满宝石，构成色彩绚烂的藤蔓图案，大理石的地面也都是精致的几何图案。高大拱门的宽阔门框上，由黑色大理石精雕细刻的经文，像左右两副对联与横幅无间隔地连成一体，绘出深色的框中框。四座拱门上的经文合成半部《古兰经》，那波斯文的字形也似宝石的藤蔓图案，交叉拐绕，绝妙搭配，构成和谐的图案。凹廊窗洞外墙及内壁也都镶有精致图案，令人赏心悦目。

泰姬陵的内外上下，都镶满精美华丽的图案，使平滑的大理石一如美玉般温润。这些精致的图案，至今依然栩栩如生，鲜艳不枯，令人称奇叫绝。可以说，泰姬陵就是一颗至善至美的宝石奇葩，它的每一寸大理石都是巧夺天工的艺术珍品。

面对这一世间绝无仅有的珍宝，几百年来觊觎者不断，使泰姬陵中珍贵财宝屡遭盗劫，尤其可怕的是几乎毁于一场阴谋——19世纪30年代，孟加拉总督英国占领者威廉·本廷克乘当时泰姬陵疏于管理、杂草丛生之机，计划将其拆除，把大理石运到伦敦出售，只因没有买主，他的野心才没能实现。到1900年印度总督（另一位英国人）才重新修复了泰姬陵。印度独立后，逐渐加强了保护和管理。

夕阳下，我们坐在花园的长椅上，欣赏泰姬陵的美景。穹顶圆球上残留一抹浅淡的橙色余晖，涂抹出一弧弯月，在淡淡的暗红中逐渐隐退下去。

当月亮升起后，泰姬陵最迷人的时刻来到了，如魔法师变幻出的美妙仙境。起初，月光在大理石的圆顶呈淡青色，慢慢化出淡紫色，朦朦胧胧，梦幻般诱人，宛若仙女下凡，含情脉脉，期期顾盼……方舟也似乎慢慢移动着，移动着……穿过时间隧道，在历史的长河里上溯而去——

那是 17 世纪印度莫卧尔王朝时期。一天，有着波斯血统的美丽小姑娘阿姬曼·芭奴，一如往日来到集市卖珍珠。忽然来了一个年轻人，在她的货摊前，目不转睛地看着她，并搭讪着问珍珠价钱。姑娘想快点儿摆脱这不速之客，故意漫天要价，不料年轻人二话没说，照价付款买下。原来这是国王贾汗·吉尔的三王子库拉姆，乔装打扮来到集市。他一下便被姑娘无人可比的美艳所击倒，觅得意中人，胜过天价珠宝。从此，便开始了不停歇的追求，最终征服了姑娘的心。1613 年两人结婚。15 年后，三王子经过血战后正式继承王位，取名沙·贾汗（意为"世界之王"），封宠妃阿姬曼·芭奴为泰姬·马哈尔（宫中的明珠）。怎奈，红颜薄命。仅过 3 年，1631 年，在跟随沙·贾汗南征疆场时，39 岁的泰姬·马哈尔因难产而殒命营帐中。空床卧听帐外战马声，沙·贾汗为突然失去生命的另一半而悲痛欲绝。18 年来形影不离，同享欢乐，共度时光，宠妃给他的爱，令全世界最美的东西相形见绌。在征战途中，多次陪伴他脱险，在那场关键的大血战中，更是靠她的智慧得以转危为安从而大获全胜。18 年来爱欲缠绵情意浓，为他生下 14 个孩子，最后生下的女儿，是存活的第七个孩子。临终前，泰姬·马哈尔留下的遗愿之一，请求为她建造安息的寝宫。

　　沙·贾汗下令宫廷致哀两年，停止一切娱乐活动，并决定为爱妃修建一座最漂亮的陵墓，把全世界最美的东西送给她，才能配得上爱妃的美艳和他的思念之情。

　　陵址选在阿格拉郊区的亚穆那河畔，1631 年正式动工。沙·贾汗调集了全印度最优秀的建筑师和工匠，还有外聘的波斯、土耳其、巴格达，甚至还有法国和意大利的工匠。工地上每天超过两万人，除泥瓦匠，还包括建筑师、镶嵌师、书法师、雕刻师等。从印度拉贾斯坦采石场运来白色大理石，表面再镶上来自中国的红、绿宝石和水晶，缅甸的翡翠，也门的玛瑙，波斯的珊瑚等等。传说，有一档精美的镂空屏扇，就是专门由中国能工巧匠雕刻的。历时 22 年，于 1653 年建完。花好月圆夜，沙·贾汗亲来察看，非常满意，特别欣赏陵墓上雕刻的那句话："如果人世间有天堂与乐园，泰姬陵就是这个乐园。"

但这月光下的迷人景色，并不是每位游客都能有幸一睹的。我也只是在格拉克里蒂演出舞台上有幸一见。演员们以优美的印度歌舞演绎了这段爱情故事，同时又把大理石的超大仿真模型搬上舞台，利用现代声光手段，展现出晨昏阴晴风雨雷下泰姬陵的各个瞬间，让人一饱眼福。

泰姬陵精美绝伦的设计造型，彰显的辉煌气派，是伊斯兰与印度建筑的完美结晶，成为印度古典建筑的一个高峰，几度荣获世界奇迹的赞誉，1983 年被联合国教科文组织列入《世界文化遗产名录》。它所附丽的爱情故事更久传不衰。

1658 年，沙·贾汗的儿子奥朗则布弑兄篡夺王位，也把他的父亲软禁在阿格拉城八角红堡内，可怜的沙·贾汗每天只能临窗遥望泰姬陵，这成为他的全部精神寄托。他想为自己另建陵墓的想法自然再也不能成为现实了，忧郁使他更快衰老下去，站立维艰，又视力恶化，却仍念念不忘泰姬陵。借助最小女儿的帮助，每天把一个水晶球宝石悬在父亲眼前，一如现代的望远镜，令远方的泰姬陵在宝石上折射映现，满足了他最后的愿望。这样一直持续到沙·贾汗闭目归天。后来，他也有幸葬进泰姬陵，真成了"在天愿作比翼鸟，在地愿为连理枝"，使得这则爱情传奇更加缠绵悱恻。印度大诗人泰戈尔称这是一滴"爱情的泪珠"。古希腊哲人亚里士多德说："只有在离开这个人后，还无时无刻不在念着他，想着他时，才称得上是爱。"

沙·贾汗以倾国之力修建泰姬陵，导致国家动乱衰败，史家自会评说，但泰姬陵确实成为留给印度、留给世界的一份骄傲，成为永恒的爱情纪念碑。

　　在泰姬陵的步行道上，我目睹了一对男女定情的一幕。男青年拉着姑娘的手单腿跪着，将一枚金戒指戴到姑娘手指上，然后俩人久久拥吻。虽然没有听到他俩许下天长地久的誓言，但也能猜出他们彼时彼刻的心情，借用时下流行歌所唱的：要问我爱你有多深？爱你有几分？泰姬陵知道我的心。

　　古往今来，爱情成为人类最美好、神圣的感情。泰姬陵这"爱"的方舟从历史的星空驶来，我要敞开心扉迎接它，用心灵的海洋托起它，以它所负载的"爱"消解人生的是非纷争，愿明媚祥和的阳光洒满每一天。

（原载《中国作家》纪实 2012 年 6 月）

在印度三次乘火车的经历

　　新年伊始到印度旅游，初到新德里，住的酒店在一个火车站附近。每拉开窗帘，就能看到有火车从眼前过往停靠，也有乘客登上跳下，还有民工用毛驴清运站台上的渣土……那火车多为蓝皮或绿皮车厢，中间喷涂一条白或黄的色带，将一个个窗户串起来，不少窗子只有几根铁条代替玻璃，窗内影影绰绰可见坐满的人，车门几乎都是洞开着的。一列火车就像一段电影胶片。每临窗眺望，有如观看万花筒。直到后来也登车入内，才有机会同普通印度人接触，得以近距离观察他们的社会生活。

一

　　第一次是从泰姬陵所在的阿格拉（AGLA）到占西（JHANXI）。这是旅行社原计划中仅有的一段火车之旅，预订好10012次空调软座，告知早8点开车。清晨，在住地阿格拉的家庭宾馆吃过早餐后，7点半小面包车便出发，一刻钟就从容来到火车站。

　　印度火车站可以随便进进出出，既无安检，也不验票。月台上都是人，靠背椅上和地下，有坐着的，站着的，还有不停走动的人。清晨寒意很浓，1月是印度的冬季，在北部平原地区最低温度在5

摄氏度左右，我穿着羽绒服也不感到热。不少印度人则在肩背上围着色彩鲜艳的厚围巾，或披着毯子，还有的干脆盖着毯子躺着睡觉，也不知是旅客还是流浪汉。

我走进候车室，椅子上、地上一样也都是人，或坐，或站，还有来回走动的，混乱无序。我坐在椅子上，正翻看着带去的介绍印度的书，忽然耳边传来一声熟悉的汉语："台湾的？"一位女士，说看到我手上拿的中文书，我回答："大陆的。"也许这可能使她多少有些失望，就没再交谈下去。

8点早过了，也未见火车影。这时，对面月台上开来一列火车，停的时间不很长，我目睹了惊险一瞬。在火车刚刚启动之时，旅客却仍在竞相争上，一位身着纱丽的妇女刚迈上一只脚，另一只脚突然踩空，眼看要被转动的车轮卷下去，紧张得我心一下提到喉咙眼。在这千钧一发之际，两个男青年迅捷出手，两双刚劲的手臂组成一把强力钳子，架住正下滑的女人，司机可能也发现了这意外的情况，猛然紧急刹车，真是万幸啊万幸，一场惨祸避免了。

快到9点时，我们要坐的10012次车才到。站台上的搬运工很像北京的"小红帽"，一位红巾包头，上衣也是红色的白胡子搬运工，主动上前帮助，将我的拉杆箱举放到头顶——在平地上拉时我都感到沉重分量的拉杆箱，他却如此轻松顶着上了车，摆放到行李架上。两件行李，按当地的市情，给10卢比小费就够了，我把兜里的30卢比零票，都给了他表达我的谢意。

这时，车上着西服领带的乘务员查验了我们的车票，对照他手里登记本，与其记载相符后，引领我们到座位前。印度火车是实名制，据说已有百年以上历史。在始发站，还在每节车厢门口张榜公布旅客姓名及座位，对号入座，井井有条。

我们坐的是空调软座，宽敞明亮，淡蓝色卷轴窗帘，蓝色大鹅绒座套，让你感到一种温馨。座前小桌上摆着当天的英文报纸和一瓶矿泉水，赠给旅客。如同飞机一样，椅背可以调节。与中国的一些动车相同，车厢里座席的排列分为前后两半边，面对面，而横排五人，被过道分开左二右三。我向车内瞥了一眼，肤色黑黄白棕都有，人们都着装整洁得体，轻声细语交谈着，一派从容自得。我们正好坐在中分线这一边，对面是位印度乘客，我女儿用英语与之交谈，得知他曾在香港待过三个月，他赞扬中国变化快，留下了美好印象。

沿途风景在窗外变换着，在绿油油的农田里，金灿灿的油菜花格外醒目，仿佛交织出大块大块的双色地毯；远处闪过小村庄；公路上跑过一辆大轿车，车顶上竟然也坐着好几个青年；田间走着披着明艳纱丽的女人……

停靠的车站都很漂亮。只是沿途不时出现垃圾堆，塑料瓶和各种废弃物乱扔一气，塑料袋随风半空飘舞。

这趟火车9点从阿格拉开出，12：15到达占西。这段路程约215公里，平均每小时只有70公里吧，比中国动车慢得多。车内没有广播报站，车停站了，对面印度朋友说占西到了，这时乘务员也专门过来通知。正在思考下车后如何联系而朝车下张望时，发现在我们的车窗下，一位男士正举着纸板，上写我和女儿的英文名字。这肯定是来接我们去克久拉霍的司机，旅行社安排得周到细致，很职业。

如果不是出现了新情况，可能就不会有意外的惊心动魄之旅。

二

从世界文化遗产名录小城镇克久拉霍（KHAJURAHO）返程时，原计划是先飞往瓦拉纳西（VARANASI）然后再转飞新德里，一条新路线。这天中午，我们接到机场发来的短信，告知当天唯一的航班取消，这一来，原计划也就泡汤了。跟旅行社联系，答复：只能推迟到明天继续原计划。这怎么行呢？明晚我飞中国的返程机票早已确定，女儿明天下午要从新德里转飞印度东南一个城市，那里工作急等着她。可否从陆上走呢？接待我们的旅行社在新德里，女经理说无法临时订到这边的火车票。看来，只能自己碰运气啦。

女儿到酒店前台询问，有个当地旅行社的青年说，可以到车站试试。他开车带我女儿去车站，找了熟人，果然有办法。返回酒店，拉上我带上行李，一起奔车站。他拿来两张说是卧铺的票，要了1000卢比，外加手续费1000卢比。他和那车站熟人带我俩来到月台停着的一列蓝皮车前。拉开车门，进到空无一人的车内，他俩帮着把拉杆箱放到顶层，让我们爬上去躺下，并告诫不要轻易离开。那顶层硬光光，没有任何东西铺垫，但躺下总也能舒展开身子。他们走后不久，呼啦涌进一大帮旅客，我们的下边立刻被抢先上来的坐满，内中有带孩童的女人，其余的只好站立着，也有的干脆坐到地上。这时有个白胡子老头不时用疑惑的目光打量着我们，还用印地语说着什么。

我女儿注意到有位男青年着装整洁时尚，在满车衣冠不整中鹤立鸡群，便试着同他讲英语（有文化有教养的印度人都懂英语），有了回应后，便交谈起来，他说自己为占西一家旅行社干事。

火车沿途停靠站时，总是上的人比下的多，车厢内旅客渐趋饱和。再往下发生的情况，令人瞠目结舌。

又到一站，开门是行进的另一侧，左右滑动的大铁门，刚被外边推动，就被门内一男子，迅猛关紧，并将铁门上的扣吊旋转过来卡死，而外边则不停猛敲，一声紧逼一声，车内车外僵持着。

猛然，从没有玻璃只横着几根铁棍的车窗钻进一青年，飞速挤到大铁门前，扳了几下扣吊却纹丝未动。他很快找到一块石头，有两拳头大小，拼命敲打扣吊，终于砸开，大铁门哗的一声被拉开，呼啦又挤进一帮人。这一来，原本已经饱和的车厢内，真正成了"沙丁鱼罐头"，人挨人，人挤人，没有一点儿回转余地，在大铁门勉勉强强关上后，火车又开动了。

这时，在我和女儿的脚边各爬上一个青年，后边还有人跃跃欲试，多亏那占西旅行社青年仗义执言，用印地语讲了一通帮助解围，以后再没人上来了。

面对车内超饱和的状况，尤其是拥挤中站立的妇孺，还有挂着拐棍的老头，我心里很不安，但也没办法，一者我们是买的卧铺票，再者我在北京乘公交车也是受照顾的老人。尽管占西旅行社那青年一再笑着说，这很正常，没关系。但我仍无法轻松下来。克久拉霍那卖车票的青年接到电话后也说，你们是外国人，他们不会怎么样，等乘务员来了，换换铺位好了。我们清楚这根本不可能，乘务员哪进得来呀！如此拥堵挤塞，"文革"大串联时我曾见识过，但中国的火车座背低矮，车厢敞亮，空气尚流通。而这节车厢的前大半截像被无形砍掉了，仅仅压缩到这么两排坐席，两边也只剩下很小的空间，后边倒是有个厕所，就这么奇怪的短，这么逼仄，空间更觉憋闷。

尤其令我担忧的是，如果再继续上人，"沙丁鱼罐头"里一旦挤伤了人，那后果就严重到可能殃及我们了。行车一段时间后，便感"内急"须及时解决。我几乎是在一重重紧挨密靠的肩背中拔腿插足，嘴里还不停地喊着：Toilet——让这几乎人人都懂的英语单词为我开路让道。后来，女儿说，使她感动的是，她去时，尽管厕所内外都挤满人，里边的人还是一个一个硬挤出来，直到让她能关严厕所门。看得出，普通人在困难时刻仍能注重社会公德，坚守道德底线。

"沙丁鱼罐头"里的空气污浊可想而知，我已感到不堪忍受了，还是力主中途下车，既可以给拥挤的车厢腾出几个座位，以减释我内心的不安，也可让我们得空喘息一下。旅行社女经理则劝我们再坚持坚持，说你们毕竟是躺着，等天亮后就到终点站了。当然，我们也清楚，深更半夜找旅社和下段火车票有一定的风险，那只能由自己担当了。

午夜，车到占西。那旅行社青年在前面轻装而下，我们被拉杆箱拖累几乎无法前进一步，又担心火车开走下不去，心急火燎，我既想不出英语"劳驾，让让！"怎么说，更不会说印地语，情急之中便喊出："hai！hai！"意外的是，车里不少印度旅客也一起大声助威，喊着："hai！hai！"我的心为之一热，好像无数援手伸来，使我立感平添力量，居然硬是从拥挤中开出一条路，跌跌撞撞又磕磕碰碰地下了车。

双脚落到站台上，感到空气格外清爽，我深深吸了一口。来去两过占西，心境完全不同。来时，一切有旅行社安排好，从容不迫。此刻一切都茫然未知。

夜深了，那旅行社青年急着回家早走了，站台外只有出租蹦蹦车，便登上去找旅社，热情友善的司机也很职业，带到一家旅社无法住两人，又找到第二家才住下。他还答应帮我们解决明晨的火车票。

回味刚刚的火车之旅，不经意中亲历了印度下层人群的出行之艰苦。回北京后查资料得知，那车属于普通二等硬座，没有玻璃的窗，只横几根铁棍，座席却与卧铺格局相同，两排木座相对视着，靠背直立着与天花板连在一起，好似一堵墙，头上是幅宽行李架，也是最高的座位，先占者可以躺下睡觉，俯视下面拥挤的场面，看来印度朋友让我们躺着也是合情合理，只是面对此情此景，实在于心不忍。但我始终也没找到答案，那是节什么性质的车厢，为什么少了大半截，那么短小？

应该说，印度铁路的长度和密度都居发展中国家的前列，但众多的穷困人口拥向二等硬座，造成异常拥挤现象。或许如那占西青年所说，这很正常。看来，在印度，普通下层群众对此早已见怪不怪，在习以为常中透出一种无奈。

三

第二天一早，蹦蹦车司机同他的兄弟开着小轿车来接我们，说是买到 7 点的卧铺。我们到达火车站时，晨光熹微，车站建筑顶上的站名，还亮着红色的英文和绿色的印地文霓虹灯。上世纪五六十年代，中国上映过印度影片《章西女皇》，讲的就是 19 世纪反抗英国殖民统治的故事，当时将占西译成章西。

这占西站台也是自由进出，站台也坐满躺满游人。小食品亭、报刊亭，还有水果车，应有尽有，而且明码标价。印度的水果车和推车与中国有别，都是四个轱辘，更平稳，好把持。

印度火车晚点好像已成家常便饭。快到 9 点钟，小车司机才带我们登上卧铺车。他拿出车票，乘务员验示后，指给我们两个铺位。这是没有空调的二等硬卧车（SL/Sleeper），小车司机要了我们 1000 卢比，外加 10 美元小费。

这卧铺是宽体车厢，比中国的宽，除两横排相对视的铺位外，过道边窗户处还有一排竖列，组成个开放空间，横排三层铺，竖排两层。我是横排中铺，女儿在过道边竖排的上层。卧铺上没有卧具，硬板上只蒙着绿色人造革，好在我穿着羽绒服，女儿带着羽绒垫，而且又是白天行车。每层壁板上都有插放矿泉水的瓶架，天花板上一字倒挂着三个电扇。铺边有粗铁管的扶手梯，方便上下。我的上铺是空的，对面的中铺堆放着刚刚盖过的毛毯之类，主人离开坐到下铺——那里坐着两个人。男的五六十岁，脸上有老人斑，头上围着褪色的白头巾，露出花白的头发。女的在黑色毛帽上又围一条黄褐色毛围巾，身上盖一细条格灰绿毛毯，眉心一点紫红吉祥痣，她的面相让我联想起《童年》电影中高尔基的祖母。女儿的下铺是两位妇女，眉心都点有深红吉祥痣，还有一个小男孩。年长的女人头发染过，发根露白，镶宝石的耳坠，左鼻翼还有鼻钉，灰毛衣上搭着印度花纹的披肩，慈眉善目气质好；另一中年妇女，虎皮纹上衣，耳环似更贵重，手上戴着两枚戒指，也有左鼻钉，她很友善，吃点心时还礼貌性地让让我。小男孩蓝牛仔裤，蓝运动上衣，一身蓝，加上一双纯真明亮的大眼睛，活泼可爱。满印度都见的吉祥痣，不分年龄、信仰，过去是点朱砂，现在已为市场销售的亮贴片代替，而色彩与美丽的纱丽搭配都很和谐，是印度独有的一道风景；鼻钉则为已婚妇女才配饰。

我拿出相机，一一摄入，她们都很友善配合。有这样的"左邻右舍"，你自然会感到宽松。

车厢里有序不乱，旅客融洽地生活在同一空间里，为旅途平添了几分安全感。

也有让你分心焦虑的。这趟列车常常不到站就停，大概是为那些特快、快车让路，走走停停，停停走走，它自己就没点了，一旦晚点就如多米诺骨牌倒下，一发不可收拾。原说中午就可到达新德里，此刻还在半途，没人知道何时到达。

除了有一次来卖点心和矿泉水外，再没有别的。我们只好把准备带回国的点心当午餐了。

火车晚点苦了新德里接我们的司机。按旅行社的安排，他中午就到了车站，而我们这车一直到下午18：19才进站。晚点五六个小时，也给旅行社增添麻烦，不得不几次更动我女儿的航班。我虽然未误航班，但原定在新德里的购物计划也泡汤了。深尝欲速不达的滋味。

在火车里三次接触的乘客，从着装、神态所反映出的精神状态和所选乘的车厢等级，大体可推测其家庭经济状况，代表着不同层次的群体——坐空调软卧的多是上流阶层、官员、军官、商人、工程师等精英，还有外国游客；坐硬卧的多是普通群众；坐二等硬座，多为下层群体。从中可以明显感到印度社会的等级分明。印度自古以来就有种姓制度，留下森严的等级差别，英国殖民者则是"借力使力"利用和进一步"发挥"了这种森严的等级制度，贫困像魔影跟随着下层群众，他们还未分享到经济发展的成果。

后两次的车票，显然是走后门搞来的，并没有人看我们的护照。制度的漏洞，使实名制成了虚设，因此才有人能从倒卖中获利。我不知道，那些持站票的乘客是否也实名制？列车不准点，普遍遭人诟病，反映出管理和基础设施都存有问题。

此次出外旅游，安排计划时，没给应对意外情况留下充裕时间，结果就给我们留下这永远难忘的记忆。

（文章原载《时代报告·中国报告文学》2012 年 9 月）

瀚海遗珠

小汽车如贪婪的渔轮在浩瀚沙海上航行，仿佛要将一望无垠的大戈壁悉数吞入"网"中，而沙海则如决口的潮水，挟带着无数光闪闪的宝贝从我们眼前一晃而过，涌入"网中"。这是我在柴达木旅途中得到的第一个鲜明印象。此行感受良多，尽管我头脑中的网眼疏大，遗珠之憾不在其少但总还有些许贝壳可向朋友炫耀。

盐　桥

早就听说有座举世闻名的盐桥。我跨过木板桥，越过石板桥，也穿过钢筋水泥桥，那么，盐桥又该是什么样呢？脑中一直在琢磨。终于到了近前。"欢迎光临万丈盐桥"大字当头高悬，白字衬在紫红色标牌上，格外醒目，八个字一分为二，中间以公路标志的黄色方向盘图案隔开，标牌由每边各两根红白相间水泥交通杆撑起在公路之上，好像一座凯旋门，我们刚想提出停车，青海的朋友抢先开口说，到那头还有路碑，再下来。汽车继续走在公路上。我睁大了眼睛，前后左右寻找桥头在哪里，桥两边的护栏又在哪里？还有桥墩及其下边的流水怎么看不见？啊，在右侧看见水了——察尔汗盐湖！湖面偶尔靠近一下公路，我们能看到湖上正在作业的采盐船：

公路的左侧与铁路平行，两条路基中间，夹着一条低洼地面，泛着白花花的岩石。汽车走了一段时间后，才到达桥的另一头。这里也有一模一样的标志杆牌，留意之下又发现，紫红横幅右尾部是蓝方，上压白字：青海省格尔木市公路段。而且，整条横幅下部也是窄长蓝色带，好像红旗缀以蓝边，上面又有一行白色的英文字，将那八个汉字传达给外国朋友。紧挨大牌之下还有一条小路牌，与北京长安街上的一样规范，蓝底白边白字：万丈盐桥。它的前头另有三角形的交通标识，黑边黄底，上面一辆倾斜的汽车前方是弯路，提醒司机：注意路滑。公路边立着一座黄褐色大石碑，两米多高，上面镌刻"万丈盐桥"四个红色大字，底座上层还刻有红色的格尔木市交通局及建碑的时间。原来这里以前都是湖面，经过长时间的强烈蒸发之后，形成了由岩盐、卤水和泥沙胶结的坚硬而厚实的盐盖，好似结一层冰，公路和铁路还有飞机跑道都从这盐盖上通过：其厚度可想而知。每当公路坑洼不平时，养路工人就铲几锹盐填上；再浇上几瓢坑里的卤水，太阳一晒又变得如沥青路面一样，平坦坚硬而光滑。

看似一条湖边公路，其实是修在盐盖上，好像架在厚厚的浮冰上，于是便有了"盐桥"这一形象的名字。这段公路31公里，恰好折合市制万丈，"万"字念起来朗朗上口，且在中国字里又寓有悠长久远的吉祥之意，如：万里长城，万古长青，万事亨通，万紫千红……"万丈盐桥"便以它奇特的自然景象和优美而响亮的名字成为稀世罕见之旅游景观。

经　洞

在这海拔4000米左右的山地草原上，低矮的牧草稀稀落落匍匐在地面，在这个有限的平坦范围内，突然冒出一座孤零零的小小山头，很有点桂林山水的味道。严格地说，这是一个不很大的圆锥体，底下周长也就400米吧，高度约25米。在崇山峻岭连绵、峰峦叠嶂不尽的青藏高原上，这么一座小山头很容易被忽略掉。人们很自然会产生疑问：它怎么来的？从古至今答案一定不少。有心人发现，它的东北侧有座大山，缺少个尖顶，人们都叫它"无顶山"。而从一个角度看，这个小山头恰好能与那山顶抹平的缺口吻合，由此生发出很有意义的传说。

相传，格萨尔王为救回王后珠牡，与霍尔在霍岭打过一场恶仗，格萨尔的侄子嚷吾叶什德喀英勇战死。格萨尔悲痛之至，决定为侄子超度亡灵，但周围一片光秃秃，缺少遮风挡雨的场所，悲怒之中他一剑砍下眼前的山头，待其滚落下来后，又在其上用剑戳成个洞，格萨尔钻入洞中，为其侄子念诵藏文佛经《甘珠尔》108部，历时九年九月零九天，终于将侄子超度成仙。后人以甘珠尔的谐音"关角"呼叫这个山洞。

这个洞又叫"二郎洞"，其传说来源于家喻户晓的《西游记》故事。孙悟空大闹天宫后，二郎神奉诏前来擒他，二人在此大战三百回合不分胜负，二郎神便摇身变成一个小山头，想蒙骗孙悟空，却被识破，只好丢下小山尖，再去追杀孙悟空。

据说，洞口外原来有一道壮观的围墙，由108块长方青石砌成，象征佛祖释迦牟尼的《甘珠尔》藏经由108本经书组成。可惜，修公路时拿青石当路标用，使得围墙已不复存在了。洞内四壁上布满岩石镶嵌的图案，是由石灰岩自然形成的不规则的三角形、正方形、长方形、四边形等等。现在洞门是用青砖砌成。左侧山坡上有"二郎洞"三个红色大字。

过去，此洞为藏传佛教僧人诵经拜佛之地，也是牧民朝拜的圣地。而今，仍有过往藏传佛教僧人在洞内住宿，并留下经文。

距此洞不到10公里有座世界最高的关角隧道，是青藏铁路线上的咽喉，轨面海拔有 3700 米。当年，许多解放军战士，克服高寒缺氧的困难，战胜施工塌方的危险，终于打通全长 4010 米的隧道。而一些年轻的战士倒下就再也没有起来。当列车穿过隧道，那铿锵分明的车轮节奏，和着声荡山谷的汽笛鸣响不禁让人联想起格萨尔的诵经超度——可以告慰那些长眠的年轻英灵们，人民不会忘记，他们的名字将同隧道一起永存。

风　雕

　　在荒漠的大戈壁的旅途中，随时都能感到风的存在，风与沙漠有不解之缘。我们赶上初秋的晴好天气，万里无云，在一望无际的黄褐色之中，无遮无拦，更感到太阳的炙热可畏。空气仿佛被烧开了，带着盐的干涩，悄无声息地膨胀着——风在温和地流动着，将沙漠任意把玩着，时而卷起薄薄的一层沙面向前快速滚动着，时而又将旋转沙漏腾空拔起；一旦风变了脸狂怒起来，定会飞沙走石、昏天黑地……当一切过后，沙漠不是依然恢复其广袤无垠、茫茫无际的原样。出乎我的意料，风不仅有着意想不到的伟力，而且还像高超的艺术家，在沙漠腹地留下千姿百态的"雕塑群"，实在令人惊叹不已！

　　初见大片"耕状"起伏的沙面，如入精细深翻后的农田；在另一片沙原上，则有大堆大堆的"麦垛成行成列摆放整齐"；再见细柔的白沙托起褐色的圆沙丘，呈一派月下沙湖群岛风情，新月状的白沙波纹，更有微风吹皱一泓清水之妙；还有茂密的"冠状树丛和奇特的冕冠森林"，憨态的"百龟"邀请慈祥的"寿星老"跳舞——我仿佛欣赏到了"瀚海田园"交响曲。

　　"海上风光"也令人难忘。大队"鲸群"高昂着圆胖的大头斜露出光滑的脊背，神气活现列队闯荡世界业有战列"舰队"劈斩瀚海巨浪，雄赳赳浩荡荡威武前进；面对密麻麻一群沙丘和山冈，错落有致地散在坡度很大的洼槽中，你立时有游览"海底世界"之感。

人人大概都深藏有一颗未泯童心，这里正好给你展示美妙的童话世界：透过雄伟"长城"的缺口，可见到阿拉伯世界的"宫廷城堡、庙宇殿堂"。兴许那里正在上演新的"一千零一夜"。

更有神秘莫测的"魔鬼城"，在西斜的阳光下，座座"城堡"投下长长的影子，更增阴森怪诞的氛围。

不能不钦佩具有巧夺天工之神力的风，将高矮不等、大小不一、残缺不全、造型各异的沙丘、沙山、沙墙、沙链、沙堆、沙柱、沙包、沙台、沙地、沙谷、沙槽、沙原、沙河等创造出如此奇妙的雕塑世界，既有粗犷的岩雕之阳刚气概，又有圆润的泥塑之生活雅趣。可以说，风是高明的雕塑家，"雅丹"是其作品的总称。"雅丹"本是维吾尔语，意为风化土堆群之意，也叫风蚀林，一种奇特的风蚀地貌。我们莫如称之为风雕，也许更形象更恰切。

毫无疑问，这风雕乃是千万年的杰作。而人类用自己的审美情趣加以诠释，恐怕并非作品的原意。那么，大自然通过它又给我们什么启示呢？地球村即将跨进 21 世纪，人类所面临的一系列问题更尖锐：土地沙漠化加速、能源危机日重、环保污染加剧、吸毒犯罪……倘若解决不当，风雕便是一种警示，这或许过于悲观。当然也有另一种前途，齐心协力战胜难关，依靠高新科技创造前所未有的辉煌，这或许是风雕的积极寓意。

天　路

在青海，在柴达木大戈壁，我不止一次看到特别笔直、平坦而又深远的公路，从脚下一直延伸到天边。在矮小收草匍匐的广阔地区，它如墨绿色地毯上的一条灰色绸带，铺展到天之尽头：在茫茫无际的荒漠里，它像黄褐湖面上的一座黑色长桥，通到海天交汇之外。有人把这种路叫"天路"。其实真正称得上"天路"的应该是穿越"世界屋脊"的青藏公路——尤其是其中的格尔木到拉萨1200多公里路段，重重艰难险阻：爬昆仑天险，越漫漫无人区，跨激涌的长江源头，翻唐古拉山口，海拔都在4000—5000米，的确难于上青天。我们到达"天路"第一隘口：昆仑山口。北看崇山峻岭争先比高，白雪茫茫连绵不断；南望山川丘陵逶迤起伏，皑皑雪峰层出无尽。果然山谷险要。路边纪念碑文告诉游人，此地海拔4767米。碑的上部正面为蟠龙卧顶，背面是二龙戏珠，麒麟和鲲鹏两座大型雕塑守卫在碑的左右，象征中华民族是龙的传人，发源于昆仑山的黄河、长江如巨龙护卫着九州大地。神话传说中，巍峨昆仑是天梯，通达有城阙、醴泉、瑶池、药草的仙境，层层登上可长生不老，会呼风唤雨，直至成仙。西王母等众神仙常乘龙驾鹤来此游玩。麒麟是这里祥瑞之怪兽，神鸟鲲鹏则下能击水三千里，上能扶摇九万里。我们有幸到达这里，自然大喜过望，得意地捡石头、挖天草，神气活现地拍照留念……我等乃凡夫俗子，自知不可久恋"仙境"，但未料到同伴汽车出了故障，不得不在山上延误四个多小时。超时必受罚，这里空气稀薄，氧气含量只相当于平原的一半左右，我们都感到太阳穴压痛，胸部严重憋闷，坐卧不安，站立不宁，不时得大口大口喘气。想想在山上长年累月干活，得克服多大困难啊！我由衷地敬佩当年征服天险的英雄们。

50年代，遵照毛泽东主席的指示，"筑路将军"慕生忠率领部下，一手拿枪一手拿镐，苦战七个多月，打通了这条"天路"，为百万农奴架起了连接外部世界的"金桥"。70年代，经周恩来总理批准，又一支人民子弟兵队伍，奋战三个多月，架起了一条通往拉萨的输油管线，保证了国防和建设所急需之"血液"。90年代的今天，身着橄榄绿的官兵承接了铺设"兰西拉"通信光缆工程，鏖战了两个多月，跨越"世界屋脊"，提前铺好信息高速公路，为走向21世纪的青藏高原打开一条绿色通道。

在半个世纪的三次"天路"大行动中，人民解放军始终是攻坚力量，一次次创造奇迹。他们在"天路"上经受着魔鬼的考验，克服常人难以忍受的重重困难，好像修炼出道的大鹏，自由飞越"生命禁区"，将"天路"变成造福人民的坦途。

圣　泉

前往昆仑山口的途中，看到如此美妙的一眼清泉，心田立时滋润了。即使在平原地区，能见到天然泉眼也会喜悦得眼睛一亮。何况，在海拔4000多米的"天路"上，在半年刮大风的昆仑山中。我们到达时是9月初，依然是这里的黄金季节，更幸运的是，我们赶上了这个季节也少有的无风天气，湛蓝湛蓝的天空无一丝游云，远处的雪峰遥遥在望，头顶的太阳暖融融。在路边一排房子背后，低矮的石墙下便是清泉。这里的藏语地名叫纳赤台，清泉也以此命名，但人们习惯上以它地处昆仑山中而叫它昆仑泉。

那泉水被条石围在外围内八卦形的井口里，汹涌喷突，在水面掀起小小波涛，好似东海的一小片波浪被舀到昆仑山谷，又好像餐盘里盛来一朵晶莹剔透的大银耳。我们则如同好奇的孩子，竞相掬一捧清泉品尝，好清凉甘冽哟！我们一路上喝过的矿泉水跟它相比，真有天壤之别。在如此高海拔空气稀薄的寒冷地带，绝少污染，是理想的纯天然矿泉水顶尖极品，再命以"昆仑山泉"，也许能创出个国际畅销的名牌。

井口四周由天然条石铺得平平展展，石块垒起的临街矮墙上，那条条水泥勾缝，将石头的轮廓线突显出来，画出独有的不规则图案，似儿童画中的网。墙角下冒出一簇簇绿草，与泉水相衬，更增添这里的生气和活力。这里年平均气温在零摄氏度以下，有四季皆冬之说，但这眼泉水却常年不结冰，所以，它又有"不冻泉"之称。它昼夜汩汩喷涌，终年不疲地奔向昆仑河。在它流经的荒漠高原上出现了草滩，给黄褐色的高原涂上几抹绿色，带来希望。而在昆仑山中，像这样的不冻泉还不止一眼，我们不妨把它称作昆仑第一泉。

有了泉水就有了希望。当年修筑青藏公路时，这里是过往司机的歇脚地，他们差不多都要用这泉水冲个澡。驻守这里道班的一对夫妇兼承起招待司机食宿的工作。他们的故事被写进小说《惠嫂》，后来又拍成电影《昆仑山上一棵草》。这昆仑泉也因此而名扬于世。

（文章原载《人民文学》1998 年 6 月）

灯　河

　　长安街的夜是迷人的。那由近而远的灯柱，牵起一长串雪亮的华灯。那疾驶而过的各式轿车、吉普车和穿梭往来的公共汽车、电车，各色车灯，头尾相接，川流不息。这些灯光互为映衬，交相生辉，使整个长安街变成一条奇丽的灯河。

　　站在这灯河畔，我凝神远望，一只记忆的航船追赶着逝去的岁月，孩童时代第一次见到灯河的情景，历历眼前。

　　……为了庆祝人民自己国家的诞生，在我的家乡，我念书的小学校，要举行一次提灯游行。我们在欢乐和激动中盼着这大喜日子的到来。我们还专门讨论了做什么样的灯，才最能代表班集体。正当大家凝神设想的时候，一个同学抢先发言，他兴奋地说："咱们班做一个'天——安——门'吧。"教室里"哄"地一下活跃起来，这个提议一下子就被大家通过了。在我们幼小的心灵中，天安门是和北京，和新中国，和中国共产党以及她的领袖毛主席连在一起的。天安门在我们心中就是一盏明灯啊！我们推举了三个心细手巧的女同学，代表大家去做这只灯。

　　其他同学也都以自己的聪明才智，精心扎好了一只只各式各样的漂亮的灯。不言而喻，那盏盏灯上自然也凝聚着同学们的哥哥姐姐甚至父母的情意。

　　那一天，同学们举着自己的灯，早早云集在校园内。夜幕刚一垂下，大家就争先恐后地点起灯中的蜡烛；几乎在一瞬间，所有的灯都燃亮了，放出五颜六色的光辉，映着一张张欢快的笑脸。校园里，顿时变成了七彩缤纷的灯的湖泊。

啊！一条光灿灿的金河，从我们校园灯的湖泊中流泻出来了，它涌出校门，穿过小巷，奔向大街。提灯游行开始了。我们的班长高举着天安门灯，走在灯河的最前面。这个天安门灯有二尺多宽，尺半高，发出红艳艳的光芒。城楼上的毛主席像，望着人们慈祥地微笑。

我们举着各式各样的灯，跟着天安门灯前进。我的同桌做了一个红五星灯，他哥哥说，红星象征党，党给我们带来光明和幸福。一个立志做飞机驾驶员的同学，做了一个银白色的飞机灯，他说将来要驾着银燕在祖国的蓝天翱翔。一个火车司机的儿子，做了一个火车头灯，黄色的机车，还有轱辘。他说，长大要像爸爸那样，开着火车，把物资运到祖国各地，支援建设。一位女同学做了一个金红色的鲤鱼灯。这是她妈妈的主意："现在日子越过越甜香啊，年年有鱼（余），家家有鱼（余）呀！"

还有拖拉机灯、汽车灯、轮船灯、火炬灯、和平鸽灯、鸭子灯、葵花灯、玉米灯、宫灯、走马灯、折叠小提灯，等等。

这条灿烂的灯河，吸引了很多小朋友，跟着我们跑前跑后。十月的夜晚，已有寒意。但每个人的心中都像有一盏燃着的灯，散发出无尽的光和热，驱走了寒气。

这灿烂的灯河，在大地上流淌，也在我们心中流淌。我们兴致勃勃地呼着口号，尽情地高唱："解放区的天是明朗的天，解放区的人民好喜欢……"我们满怀着解放的自豪感和翻身的喜悦引吭高歌。解放前后两重天，这在我们稚气的头脑中，也刻下了清晰的记忆：在炉渣堆里捡煤核的日子、一家五口分吃两个窝头的生活、一口袋钞票换不回半袋玉米面的怪事……如今，这些阴暗的日子，痛苦的生活，已被解放的东风吹得无影无踪了。我们已从黑暗中走出来，进入了光明的世界。我们的心里是亮堂的，一片光明。

二十几年中，与我年龄相近的朋友们，在祖国温暖的怀抱里长大。新中国给我们打开了理想的闸门，童年的理想正在变成生活的现实。昨天手擎飞机、轮船、汽车和拖拉机模型的那些少年男女，早已置身在轰鸣的飞机、轮船、汽车和拖拉机之中了。你看，那飞机的舱口亮了，汽车的驾驶室亮了，人造卫星发射指挥塔上的灯亮了，各种仪表上的指示灯亮了……灯光映照着一张张青春焕发的面容，他们正和广大人民一起，汇成建设社会主义的强大洪流，汹涌澎湃，奔腾向前……可是，在林彪、"四人帮"猖獗的日子里，妖雾阵阵，恶浪翻飞，凄风阴雨不断向人们打来，妄想扑灭人们心中的灯火啊！我感到，人们心中的灯河仿佛在暗下去，流速在缓缓慢下来……

好啊，一九七六年十月，一声惊雷，华主席、党中央一举粉碎了"四人帮"，扫除了天空中的阴霾，祖国大地，阳光灿烂，亿万人民心中的灯河，又掀起了金光闪闪的波涛。

像大江喧腾浩荡，像长河奔泻不息，一条灯河冲出了峡谷，带着欢乐、信心、希望和力量，滚滚向前。——这是首都人民欢庆粉碎"四人帮"的长安街夜景。

听，这洪流发出了时代最强音："打倒王张江姚'四人帮'""热烈拥护华国锋同志任中共中央主席和中央军委主席"——这千百万人胸中爆发出的雷鸣，声震寰宇，音盖海浪，响过飞瀑，和着浑厚的大鼓、清脆的小锣、激越的铙钹，夹杂着鞭炮的炸响，组成了雄壮的交响乐。

看，这洪流，席卷着翻腾的旗涛。缤纷的彩旗，各色的横幅，在金风中扬起一个个浪峰，波谷间闪出夺日的标语牌和宣传画，更增添了瑰丽的色彩，这色彩，映着人民胜利的笑容。

我随着这洪流前进。我分外激动，沉浸在欢乐与幸福之中。我的眼睛模糊了——这洪流，比天上的银河更光耀千倍万倍啊！那噼噼啪啪的鞭炮，不断地闪烁着一串串明灭的小灯。那翻着跟头腾上夜空的"二踢脚"，在灰黄的雾霭里亮起一颗颗闪光灯。那亭亭玉立的灯柱，多像无数只强劲的手臂，高举起一长列秀美的莲花灯在前进。啊，好一条璀璨的灯河！那打头的灯，不就是天安门吗？

是啊，天安门也已披上节日的盛装——那勾画城楼轮廓的一串串装饰灯，恰似无数宝石、明珠，在这雄伟建筑的晚礼服上闪烁，光彩夺目。天安门，你就是一盏巨大的明灯啊！蓦地，童年参加提灯游行的愉悦心情油然而生。

这十月的波涛，十月的灯河，使我心中的灯河变得如此光亮！祖国又有了希望，人民又看到了光明。

粉碎"四人帮"后这两三年里，我到处看到了这个充满希望和光明的灯河。一个晴朗的夜晚，我登上重庆枇杷山顶的红星亭，放眼一望，好像置身于星的海洋之中，在万点星光中，有一条银白色的光带——那长江大桥工地的灯光，不正是因为融进了十月灯河的光芒，而分外灿烂吗?!

在童话般奇妙的长江三峡，两岸陡峭的石崖上，那新安装的电气航标灯闪闪烁烁，与穿流而过的夜航轮上的灯火辉映，不正看到了十月灯河的影子吗?!

在东海之滨的北仑港工地上，灯光驱赶着黑夜。聚光灯下机器打桩有节奏的声响中，不是可以听到十月灯河的鼓浪声吗?!

在南国广州，除夕夜的花市，那花流、灯流和人流，不正是由于合进了十月灯河的欢快旋律而洋溢着空前的热情吗?!

在北疆的友谊农场，灯光下，学习外语和农业科技的年轻的眸子里，不正闪动着十月灯河的涟漪吗?!

从东到西，从南到北，在我们可爱祖国的土地上，处处能看到灯河的光芒和灯河奔腾的雄姿。从这光芒和雄姿里，我更看见了明天，看见了未来，看到了希望。

透过那长江大桥的灯光，我看见亮着车灯的高速汽车正从远处疾驶而来；

透过那三峡闪烁明灭的航标灯，我看到葛洲坝的巨大水电站给长江两岸缀起万颗明珠；

透过北仑港工地那一道道光柱，我看见灯火辉煌的万吨轮正鱼贯而来；

透过那花市拥挤的人流，我看见一座座剧场里百花争艳的舞台；

透过那闪着青春火花的明净的眸子，我看到了拖拉机和联合收割机上一盏盏的车灯……

啊，十月的灯河，在祖国广袤的大地上不息地奔流吧！在你流过的地方，将勾画出二〇〇〇年的绚丽图景！

（文章原载：《星火》1979 年 10 月）

呵，井冈山

一过桥头镇，车子便在两山间的谷地中蜿蜒上行，向着井冈山前进。繁茂的蒲草从山坡上拥到公路两旁，在微风中摇着绒嘟嘟的长穗，好像要径直探到车窗子里来……

井冈山，这驰名中外的英雄山，究竟要以什么风格色调展现在我的面前？

当车子从南昌驶出以后，越往南，土壤就越发红褐。还有那些田野中的小伙子，也多是身着大红或橘红背心。这红壤、红背心，好像有意无意在证实我头脑中固有的印象——井冈山，这革命的摇篮，是红色的！于是，那些由红旗、红缨枪、红袖标以及血和火所组成的历史画面便浮现在我脑中……也许，我看到的井冈山将会是遍地红壤和裸露的红岩石单一的红色调吧？

然而，越近井冈山，那田野、山峦、峡谷却是越加绿得浓烈，绿得深沉。

井冈山的心脏茨坪，如今是井冈山市行政机构所在地，更是一座幽静的花园式山城。市区南部的人工湖好似一面硕大的平面镜倒映出绿树丛中簇簇白色楼群和四周那浓绿抹成的山峦。

真想不到，这名扬天下的红色革命摇篮，原来竟是个美丽诱人的绿色王国！并且藏着许许多多神奇的美景，等待着游人去探寻，去发现。

我跨进一条长长的大峡谷。两侧石壁陡峭高耸，而且越近顶端，两面山势就越趋于合拢似的，好像不情愿被掰开。那谷底就是相连的机体，而潺潺溪水像是山的流淌着的生命之脉。峭壁已长满丰厚的绿色肌肤，将嶙峋怪石遮得严严的。井冈山的朋友告诉我，这里是原始森林带，枝藤缠绕，叶密如幔，密匝匝，绿沉沉，有杉、松、柏等树木花草数千种。其中还有第四冰河纪遗留下的珍贵树种。如今，这里已划为国家自然保护区。

放眼望去，我已身处在绿色包围之中了：绿崖绿谷，绿水绿溪，天空也仿佛是绿的；这绿又有深浅层次之别：黄绿、翠绿、墨绿、黛绿、蓝绿、灰绿……在或静或动中，展示着不同的色调和光影的层次。这就更令人感到山中光色的幽远深邃，氛围的恬静安谧。

在这奇静幽深的世界中，除了树叶飒飒和溪水潺潺，还有各种绝妙的音响："吱——吱——"的蝉鸣，断续的蟋蟀振翼，"呱——呱——"的石鸡鸣鼓，婉转圆亮的山雀清音，以及许多辨不清叫不明的声调，共同组成了天然协奏曲，和谐悦耳。从声音嘈杂的城市一来到这里，你就会感到莫大的享受，将一切忧烦统统抛到了九霄云外。

然而，脚下可千万大意不得。小路，钻林入谷，穿山过坳，盘旋起落，大多傍崖临涧，身侧的峭壁高如悬天的绿墙，下面就是万丈深渊。幸有成排的大树挺立在路沿，形成天然的绿色护廊。脚踏在小路或条石台阶上，坚实稳定，自然有安全感。可偶尔也会觉出地面突然一陷，不觉一惊；但马上又弹起来——原来这"弹性路面"是年年岁岁的枯枝败叶积垫而成。倘若不小心踩脱小石块滚落崖下，侧耳等待着响动，是要许久才听得到一点回音的。

这三四公里长的郁郁葱葱的森林大峡谷，就是有名的水口公园。

如果说，水口是柔曼的小夜曲，那么龙潭则是激越的交响乐。

一进园门，从幽深荟郁的山林深处传来隐隐的轰鸣声，吸引着你觅声寻迹而去。谷深路转，不久就听到如雷似鼓的轰响，好似一条天河顺谷顶奔下，跌落到前方的断崖下去。啊，瀑布！它水流湍急，铺天盖地，喷空而来，将下面的岩石凿成不可见底的碧绿深潭。潭面有如鼎沸的巨镬，雪浪跃荡翻飞，水雾腾空弥漫。从瀑布的乱纷纷飞落的雾珠下穿过，宛如穿越神话里的水帘洞一般，身心沁凉松爽。

更让人意外的是，一幅飞流直下的瀑布之上紧接着又是一幅飞珠喷玉的瀑布。在这条不足两公里的溪水上，竟有五潭十八瀑之多。其中，以紧紧相连的五潭五瀑为最大。

每幅瀑布都有六十多米高，像一条巨龙盘旋五叠而下，银飞碧泻，极为壮观。这五瀑又如形状迥异的姐妹，分别获美名：碧玉、卧龙、珠珍、来凤和仙女。这仙女瀑，也许因为是五妹，更显得娇小妩媚，恰似飞天仙女婀娜的腰肢，轻舒的臂膊，正在婆娑起舞，令人目眩神迷。

黄洋界则是以险绝而著称于世的。这自然是因当年发生在这里的战斗使然。如今，盘山公路一直通达山顶。登高临下，果然奇险可惊！悬崖朝正前方突出于万仞山中。崖下只有一条羊肠小路可上，左右两翼陡不可攀，确有"一夫当关，万夫莫开"之势。怪不得曾是当年井冈山五大哨口之一。

1928年夏秋，湘赣两省敌军乘我主力外出之机，偷袭井冈山。英雄的井冈山军民在这里打了一场漂亮的保卫战，至今仍传为佳话。那时候，在浓雾掩护下，井冈山军民架起迫击炮，射出仅有的三发炮弹，最后一发打响之时，漫山遍野人声呐喊，枪声大作，洋铁桶内的鞭炮齐响，也频频壮威。我军民乘势反击，吓得敌人闻风丧胆。如今，山顶上一段荒废的半截掩体壕沟，已成为保卫战的遗址。毛泽东同志为此写下的名篇《西江月·井冈山》如今已镌刻在山顶纪念碑上。碑身横卧，有琉璃瓦檐遮护，状似北京的九龙壁。诗碑对面，另一座纪念碑高耸入云，上有毛泽东手书"星星之火，可以燎原"八个金字。

站在万山叠翠、气势磅礴的黄洋界上，灰绿的云雾扑面而至，将四围统统笼罩在绿的纱幕之中；转瞬间，又远远飘逸而逝，不留踪影。黄洋界，当年绝险的哨口，如今在人们的心目中，不觉已成为畅观云海的理想场所了⋯⋯

站在高崖上，极目远方，只见数不清的云团如潮似浪，冲向这聚拢的群峰，奔涌扑流。俄顷，在云海的汪洋中，仅存下几点山巅，如海上孤岛。据朋友讲，碰得巧，能看到瀑布云——一种从山顶向下倾泻的云流，绿灰色中间杂有条纹，极似瀑布飞落，很有气魄。那是就连去黄山也不得一见的奇景。

井冈山的美景不胜枚举，除水口、龙潭、黄洋界之外，还有"十里杜鹃"的毛架山等，共有八大景区，观景点总数则在二三百处以上，说它是绿色旅游胜地，该是当之无愧的了。

直到临别时刻，我才仿佛略有些醒悟了。昨天，井冈山是红色革命摇篮；今天，她又成了美好的绿色旅游胜地。那么，这绿和红，这今天和昨日，交相叠映，井冈山才愈加青春常在了。

从井冈山归来，哦，忽然发现，在我的彩色胶卷底片上，井冈山的基调是红褐色的，而扩印出来的照片，却是一脉碧青翠绿了⋯⋯

（文章原载《散文世界》1987 年 3 月）

我和女儿的两个梦

　　清晨，照例按钟点催女儿起床。她翻动了一下身子，不情愿地睁开眼睛，抱怨着："你把人家的梦给冲散了。""什么梦？""我正在拆你的相机……"

　　女儿和我都喜爱摄影，没想到，又各有自己的梦。

　　女儿小时候，见我拍照，常常跑过来，把小脑袋瓜钻到相机后边，将眼睛贴到取景器上，好奇地寻觅那里边的景物，还要动手按快门："我来给你照相！"我当然不敢放手给她，总是说："等你长大了再学。"

　　如今，女儿到了小学高年级，我给她买了一架120双镜头相机。自此，女儿对摄影兴趣大增，假期听区里的摄影讲座，找摄影的书看，还不断练习实拍。在参加北京市的"祖国与花朵"抓拍活动中，她的作品还获了奖，随后，成了东城区"闪光摄影协会"的小会员。这更增加了她的兴味。

　　有一次，她忽然问我像她这么大时，是否也会摄影。我告诉她，我的童年，也有过摄影的梦。那时，除了到照相馆去正儿八经地照相外，还有便宜的街头快照：摄影师用一架简陋的移动相机，路边墙上挂一块黑布当背景，用手快速开合镜头上的小黑盖，便完成了一次拍照。为了能当一次这黑布前的照相人，我不知跟妈妈哀求了多少次，最后总算如愿以偿。那是我上小学二三年级的时候。此后，探求相机秘密的愿望，日甚一日。

但买相机是绝不敢有的奢望。看到少年报上介绍针孔相机制法，我萌生了动手的念头，将一只盛杂物的小木箱改成相机的镜箱。安上爸爸废弃了的两片老花镜当镜头，在镜头前装好能上下滑动的小拉门，镜箱后边装上毛玻璃挡板，再把妈妈给的一块旧红布钉在镜箱上，围成口袋，外层再套件黑衣服。我将头钻进口袋里，便开拍了。

那是一个夏日的中午，哥哥和邻居一个小孩在太阳光底下当拍照对象。我看着毛玻璃上的倒影，学着摄影师的腔调："头往左歪一点，再往右偏一下，注意——别眨眼。"我拉起快门板，"啪"一下又放下，"很好！"晚上，用被子遮严窗户便是暗房。当看到两张底片上模模糊糊显出人头时，甭提多高兴了。可是印出的相片却很不理想——在一片黑灰中，影影绰绰，只能分辨出五官，我只好用浓墨修版，结果相片上的人头清晰了，可也近于画片了。这次自制相机带给我的欢乐和困惑，许久还萦绕在心中。

工作之后，我对摄影的兴趣随着技术的提高而增加，买相机的梦更常在心中浮现，我在寄卖店里看中了一台苏联的卓尔基相机，售价120元。我请来单位里懂行的老同志当参谋，他说相机质量可以。掏钱买时，却又犹豫了，我连手表和自行车都没有，却要买在当时还属奢侈品的相机，是不是主次倒置了？于是终于没买成。

当我把这个足足孕育了30年的梦讲给女儿时，她两眼瞪得大大的，简直像听神话一样。尤其没想到，我的梦竟会进入她的梦中，并且居然在梦中动手拆我那个自制相机的一块侧板……她要一件一件拆下后，再装上，说是为了培养自己的动手能力，也要像我的童年那样。

女儿和我两个不同的梦，该怎样解析？

（文章原载《消费时报》1988 年 8 月 5 日 4 版）

鲜花伴你远行

多想伴你再走一程啊：从北京医院到八宝山，从太平间到告别室，哪怕再迈前一步，可是，一道无情的门挡在前边。让我最后再看你一眼——走过这道门，你将永远永远不再回来……谁来伴你走向那没有归途的世界呢？殡仪馆师傅提醒了我们：可将花圈上的花瓣撒在她身上。于是，我和女儿，还有你妹妹及女儿的男友一起动手，先将高雅素洁的马蹄莲摆在你胸前，一侧缀上北京 190 中学送来的挽联："武吉文老师千古"，另一侧是女儿和她的男友的挽联："母亲大人安息吧"。然后将大把大把的花瓣撒向你。霎时间，花雨缤纷——在这花雨中，我依稀又看到了往日那张最熟悉、最亲切的面容……

我俩是在团泊洼"五七"干校相识的。那晚，我俩从独流减河大堤走下来，漫步在通往农场场部的大道上。你说，离开北京时，最使你难忘的，是在你们音乐出版社里，留守的周碧华送你的那朵红玫瑰，尽管是纸花，却异常精美，含苞待放，巧夺天工，你格外喜爱。在那春寒料峭的夜晚，我们共同期盼着鲜花盛开的季节早日到来。我俩由相识到相知，由相知进而相爱，共同催开心中的红玫瑰。

你喜爱赏花，也爱自己种花。先前住一楼时，窗前有块小空地，在你力主下，变成一块"画布"，绿茵茵的底色上点缀得姹紫嫣红：

茉莉花、牵牛花、串红、凤仙花、菊花、石竹、芍药、夜来香、太阳花……

搬到高层楼房之后，靠几个花盆，在阳台上你又创造了一个小天地。你提醒按时浇水，拔除杂草，督促我买花肥，扶正仙人球的花茎。于是，吊兰给阳台挂起两道绿瀑布，你说，光看看绿色心情也很舒服；马蹄莲几度开花——你最钟爱这洁白素雅的花，说这是周总理特别喜爱的花，让人联想到美好的情操、高尚的品格。

这些年，每到冬天我总会收到漳州朋友寄来的水仙花，你为我有这样的朋友高兴，为获得原产地的珍品而兴奋不已。你精确算好日期，小心翼翼刻好花茎，每天观察生长情况，按时更换洁净水，这成了你养病期间不可缺少的工作。每当除夕夜，"凌波仙子"准时微笑光临，送来淡淡的幽香，给全家增添几分节日的喜悦。这时，我也总会满足你的美好心愿——打开相机镜头，记录下你与簇簇水仙共度佳节的喜悦。

望着花瓶中那水灵灵、红郁郁的康乃馨，你目不转睛，爱不释手。这是母亲节那天女儿送你的礼物——那时女儿已是大学生了，又是英语专业，便将西方的节日带回家。你那么高兴，又那么开心。女儿还像娃娃时那样，娇柔地搂抱着你，母女俩亲密无间，当年那种只想捏她亲她的做母亲的幸福之感，再次充溢你全身，真叫我羡慕。女儿这朵花，你是值得骄傲的：你以带病之躯，冒着生命的危险，孕育了她。对此，我很感谢你。你说，你有病，问我将来会不会讨嫌你，遗弃你。我说这你可以放心，因为谁都不愿有病，而谁又都可能得病。在你后来病重这些年，我实践了自己的诺言。你像天下所有的父母一样，用自己的心血培育女儿：从牵手蹒跚迈步到口授牙牙学语，从幼儿园的接送到学前种种兴趣培训，从检查小学作业到报考大学志愿……在女儿成长的路上，处处洒有你的汗水——而由于你的身体不好，这种奉献精神更为可敬可佩。你可以宽慰的是，女儿的身心都得到了健康的发展——小学的三好生，中学的特长生，如今已从一所名牌大学毕业走向社会。

这里，女儿又送来碧红丝黛般的康乃馨，希望再次给你带来愉悦开心，而她也渴望再得到你的抚爱……

春天举家到中山公园，观赏郁金香花展，那一方方花畦里，好似无数手臂齐展展举起红绒绒、黄灿灿的花盘，还有数不清的嫩白、玫红的杯盏，令游人驻足赞叹，流连忘返。此后，按你提出的新目标，我们来到水榭湖边。你对坡上那棵怒放的桃树情有独钟，一定要在那儿拍照。我把你坐的轮椅推到斜坡半腰，找了块平坦安全的地方停稳，以这棵缀满粉红桃花的大树为背景，你留下了几张照片，其中的一幅，湖水边还有三五个嬉戏的儿童，恰似桃花落岸边。人们常用桃李满天下来表达对教师的崇敬和赞誉，作为这支队伍中的一员，你也是当之无愧的。

从干校回京，你转到中学当音乐教师，你刻苦备课，虚心向别人学习，很快就熟悉了教学的各个环节。孩子们的朝气感染了你，你的开朗风趣又得到他们的呼应，课堂上异常生动活泼。你更留意于发现音乐苗子，帮助他们进一步提高。在你到中央音乐学院附中担任班主任那段时间里，你早出晚归，全身心扑在工作上，从检查个人卫生到督促完成作业，从帮助计划每月生活费用，到提醒脖上挂好宿舍钥匙，事无巨细，你都耐心而热心地做好，就像孩子们的妈妈那样，关爱他们，呵护他们。如今他们大多事业有成，有的成了有名的小提琴家，举办了个人演奏会。每当你在电视或报刊上看到这些报道的时候，总要得意地告诉我，瞧，这是我们班的学生，或说，这是我教过的学生，一种自豪和幸福溢于言表，你那话音还萦绕在我的耳畔……

当1998年金秋即将来临，一派丰收在望之际，你却走了——像一个普普通通的园丁，怀着一颗爱心默默地走了。你走在这百花斗艳、万紫千红的季节，虽然病魔夺走了你说话的能力，却不能剥夺你对鲜花的一片痴爱真情。花若有情花亦悲——那缤纷的落英不正是涌流的泪潮吗？你说，你愿长眠在森林里，终身与绿树为伴。放心吧，你的遗愿定会得到满足。

（文章原载《中华散文》1999 年 3 月）

住院杂记

"环形跑道"

穿上蓝白条病号服，我便成为这家北京大医院住院病号了。

从电梯里走出，进入普通外科病房，一条宽阔明净的走廊引导向前。右侧是一间间病房。每扇门上半部是整块大玻璃，既方便医护人员观察病人情况，又增加了走廊的光亮。左侧一排是配餐室、清洁室、护士办公室等。其中，浴室、男女卫生间、杂物室的门上有文字和标识牌。这排屋子好像是个中轴，后边又是一条同样的走廊和对称的一排病房。两条平行的走廊之间，有短通道相连，组成环形交通网。

走廊里十分宁静，水磨石地板上杂尘不染。两壁上一长溜光滑的木扶手，很方便病人，又成为白墙的棕黄色装饰线。消音天花板上，扁圆的顶灯和火灾自动报警器，点点洒洒拉成一条中线。

通道口上方悬有大饭店里常见的标识灯牌：一个朝箭头指示方向奔跑的人。望着它，我突生异想，这环形通道多像运动场上的跑道啊！而医护人员、勤杂人员、病人及家属，不就是这生活跑道上的运动员吗？

白衣天使

我抓过手表，在调光壁灯下一看，已是凌晨3点钟了，仍不能入睡，心中焦急，同屋两病友早已鼾声起伏。中午，给我做了疝气手术，此时，麻醉剂效力已过。左脚刚拔除输液针头，右腹刀口处刚撤去压着的沙袋而阵阵绞痛不止，全身处于不能转动的固定姿势下，腰背酸痛，仿佛每块肌肉都想摆脱难受而不能。

我伸手抓过对讲机开关，拇指刚要触上又犹豫了。已经呼叫过两次了。值班大夫来过，护士也为我插了氧气管缓解胸痛，还为我服了药。再说，也不忍吵了两位病友老大哥。心想，再忍忍吧，也许就能睡着了。可是事与愿违，越想忍，疼痛越剧烈，尤其是小便憋得难耐。只好拇指用了一下力——墙头上的小红灯亮了。我知道，护士室的指示板上07—3床的红灯该亮了。果然，我头上的小喇叭嗡嗡响了："怎么了？"我有气无力地说："请给我打安眠针。"

护士小姐打完针，我又恳求："实在不好意思，麻烦你，再拿一下便壶。"上一次这样恳求的时候，对方带有责难地问："你的家属没在这儿？"我的独生女儿在中学念书，面临期末大考，爱人病在家还需要别人照顾，我据实回答："来不了。"护士小姐还是帮了忙。这次，护士小姐二话没说，痛快地帮了我。

我刚住进那晚，第一次走进护士办公室，两面墙都是大玻璃，如"水晶宫"，我报告我那床头灯头是碎裂的，"晚上也没法修，明天再说。"站在病案柜前的护士小姐侧身听完后，冷漠地下令，"这屋不许病人看。没事可以回去了。"当时我想，她是不是只习惯于用对讲机跟病人交谈呢？

病友们在称赞护士小姐大多打针技术熟练时，也有不尽满意的，输液时，一病友被接连扎了四五针。还有一次，早饭已摆到桌上，护士小姐还是坚持要输液而吊起他的胳膊，害得他只好勉强用另一只手吃饭。

然而，这一夜的经历，也使我对护士小姐有了更多的理解和感激。她们年轻好强，努力尽职尽责，空闲时书报不离手，有的还奋发攻读外语。有谁知道她们一天在"环形跑道"上要跑多少路？下班后，有几位小姐摘掉白帽后，便习惯于将大玻璃墙当镜子，梳理秀发，大概也要把浑身的疲劳一道梳光。我又想到第一晚打交道的小姐，也许当时可能太累而心绪不好，后来再打交道态度也挺温和。

面对社会上不正之风的影响，医院领导决心抓好院内小气候，改进服务态度，这是值得称道的。

我想，这医院的"硬件"（设备）是一流的，它的"软件"（服务）也应当与之相配套才是。

谁是主人

清晨，护士小姐取走体温表后，打扫卫生的大嫂很快就来了。清扫拖地，擦窗台、暖气片、洗手池。来到床头柜前，她一边手不拾闲地干着，一边嘴也不停地说着，批评病友桌上的东西太多了：这个瓶子该拿掉，那个罐头要收起。搞完室内做走廊，扶手擦得光洁，水磨石地面亮可鉴人。

病人午饭早，饭后总要活动一会儿才能休息。偏偏这时，这位大嫂又刚擦了一遍走廊，怕病人踩在未干的地上弄脏了她的劳绩，便对走廊里的病人下令：别在走廊散步！那口气俨然是一副主人的样子。弄得有些病友心中很是不快：为什么你不能在病人午睡之后再拖地呢？

以主人自居者还有配餐小姐。早七点，餐车推到病房门口，病友已到病房门口迎候。同病室一病友去取饭时，配餐小姐溜了一眼登记单后，抢白道："你手术了，没有饭！"这病友根本没做手术，便说："我订了。"小姐断然驳回："没有！"病友也很坚定："我订了！"同室俩病友一齐来作证。小姐只好再翻看记录，稍停，才说："有一杯牛奶。"病友又说："还有一个鸡蛋。""没有！"语气之肯定，不容置疑。接着又宣告鸡蛋已发完。争执不下。小姐最后用夹子捏起一个馒头充数。弄得病友啼笑皆非。

无论是清洁大嫂，还是配餐小姐，他们有个共同点，首先不从方便病人考虑问题，而是从方便自己出发，好像他们才是真正的主人，病人倒应服从她们的指挥。两人也有不同，清洁大嫂还多少是出于一点责任心和荣誉感，而配餐小姐实在混乱无章，缺少起码的责任。

听说，她们属于临时工，管理困难。但，只要认真抓起来，严格要求和检查，还是可以改好的。

病友对配餐小姐的意见强烈，反映上去后，引起院里有关部门的重视，果然有了大改进。

窗　屏

每到探视时间，亲友的暖声笑语给病房带来一片温馨，减轻着病人的孤独与苦闷。那些探视的家属，也乐在其中。

我住的病房朝南，窗台以上是整整一面铝合金大玻璃窗。平时，阳光尽情洒入，此时，楼外的景物尽收眼底。仿效银屏之称，叫它个窗屏吧。

瞧，一辆深蓝奥迪轿车停在病房大楼前，从车里走下一个年轻人，提着保温瓶走进楼里，不论探视与否，每天他都这样来两次。想得出，有位需要特殊照顾的病人在等着他。

一辆人力小三轮车来了，车上坐着穿深蓝羽绒服的老太太，骑车的绿太空服女郎搀扶着老太太下车，然后，两人一道朝楼门走来。这大概是探望老爷子的吧？

一辆又一辆自行车驶来停到楼前树丛边，更多步行而来的家属，色彩缤纷的冬装，鱼贯而入。他们提着各式各样的塑料袋，装满新鲜水果和其他食品。

这一对夫妻，蓝色和紫红色羽绒服身后，还跟着孩子——灰羽绒服和小白帽，快进楼门时，男青年突然猛朝地上擤了一阵鼻子。小白帽站在那里望着爸爸的所为，无形中受到不良影响。看来，养成自觉讲卫生、维护公共环境的良好习惯，还有一段相当长的路要走。

一位女士身穿时髦黑大衣，脚蹬高跟鞋，左手牵着一个橘红色小大衣，小姑娘隔一会儿就得快跑两步跟上妈妈的步子，看样子，小姑娘顶多不过三四岁。又一位穿着翻毛皮大衣的少妇走来，怀中的婴儿用粉红色斗篷紧紧裹着。

看到不少家属带孩子甚至是婴儿来探视，总不免叫人为之多担份心，也许，这是杞人忧天了。

医生经常劝告少带儿童来医院等公共场所，以减少孩童受交叉感染的机会。不知这些家长从来没听过这方面的知识，还是根本不相信这类宣传？抑或是爸爸想孩子，孩子也想爸爸，因而顾不得许多啦？

另一些来探视的家属，又不注意爱护病人，也着实令人恼火。病友让我到厕所去看看，我赶紧走去，里边空无一人，却弥漫着呛人的烟味。

本来，病房走廊进口、拐角等许多地方，都贴着禁烟标识：一颗冒烟的香烟，被打上红叉。某些嗜烟成瘾的家属钻厕所未贴禁烟标识之空，进里边偷吸，在他们满足快感的时候，却忽略了这里空气不宜流通，病人进来后必将尽受其害而无处躲藏，而且，术后病人最怕引发咳嗽。我和病友将这个意见反映给护士长。她说，整个病区楼内都禁止吸烟，抓住厕所内吸烟者罚款5元。可是靠谁去抓呢？而且，这些规定为什么不公开张贴宣传呢？

探视时间快完了，家属一批批离去。有些人走到院内丁字马路拐角处又停下了。那里人行道上架着一辆自行车，一中年男子举着棉毛衫招揽行人。人们围拢过去，挑选着摊在大纸盒上的背心、三角裤和棉毛衫裤，大概价钱便宜，真有人掏腰包。在这窗屏上，可以一览社会生活的小角落，如同坐在家里面对银屏。

（此稿原为80年代某刊物专号约稿而写，后刊名改变，未发出。文中所及一些不良现象，经过几十年已大多改变。）

中老年迪斯科

　　日前清晨，偶然来到日坛公园。刚进门，迎面传来轻柔的音乐，走不远，眼前的大道上站满了人，合着电子乐那强烈鲜明的节拍翩翩起舞，灵活地舒展摇动，左右前后，进退蹬点，时而似群莲绽蕾，时而似风中杨柳，时而似蝶飞抖翅，时而似浪里醉仙……细观，舞蹈中又夹有体操的展臂扩胸，舒腰伸腿，品之，那手到眼到的身段步伐，又颇具武术气功之妙韵。

　　舞者逾百，排列有序，且有领舞者，疑为哪个有组织的集体在排练。上前打听，原是松散聚合，自愿而来，跳中老年健身迪斯科的。

　　迪斯科，一个时期曾同西方资产阶级腐朽生活方式连在一起，被视为洪水猛兽般可怕的异端。怪哉，曾几何时，渐渐变成中国老百姓所喜爱的群众性活动。始流行于青年，每于舞会中一展青春活力，令传统的交谊舞侧目。现在，连比较稳健的中老年也由瞧不惯转而爱上了。当今的青少年则又潜心于"霹雳"去了。好事乎？坏事乎？不是很当值得一些人省思吗？乐曲中还有南北民歌风的女声伴唱："人海茫茫多风浪，有时清风有时雨……""是谁迎来春天？是谁装点春天？……"令人在享受轻柔的歌声中回味。在二十年前，也曾有过一次群众性的街头跳舞——由北及南，一片"忠"字舞，虽也好闹了一阵，但很快便销声匿迹，以致比孕育它的那场运动要短命得多。

历史就是这样同某些人开着玩笑。这个公园里的中老年迪斯科，活动已有一两年。维持推动其发展的基本群众乃是离退休职工干部，且半边天为盛，他们虽届古稀花甲，然精神矍铄，腰腿灵活，只是节奏较青年人为舒缓。舞者中似也不乏正在工作的中年甚或青年人，急急而来，掐着钟点匆匆而去。

这队伍不仅占据着公园的主干道，也伸延向旁边的甬道、树丛和草坪，看得出，远离中心的边缘，不时有怯怯的新来者，队伍仍在扩大中。

有趣的是，教练全是热心的志愿者，她（他）的义举当然受到欢迎和支持，人们主动捐赠赞助，购买录音机和电池。据说，录音机已用坏而更换过四台了。

这还只是公园中的一伙，在这个公园的坛中央，另有两伙，人数少些。三四十人那伙，如出操，跟着前边教练，一招一式地练基本动作，很像初级班。另一伙，人更少些，动作难度更大，成员年龄较轻，大概是中级班吧。

像这样的迪斯科活动，听说北京各大公园中都有，与早已占据其中的气功、武术、体操等晨间活动并立争妍，可谓百花竞放！

经电视台传播而得以倡导的中老年迪斯科，已在群众中落脚普及，北方南方，各有流派，风格迥异。自发自愿，自娱自益，健美长寿，乐在其中。这大概是其日趋旺盛的原因吧。

放眼公园，鹅黄的迎春，嫣红的桃花，嫩白的李花朵朵怒放，春大米了。

（文章原载《散文世界》1988 年 7 月）

香港，一个充满生机的小圆圈圈

　　在中小学的地理、历史课中虽然学过有关香港的知识，但最终这一切在我头脑中仅化为一个明晰的印象：香港，只是中国地图上的一个小圆圈，如同地图上的北京、上海这类地名一样；当然，它又与北京、上海有别，是一个特殊的小圆圈圈。一言以蔽之，香港是一个静止的无声无息的地图上的符号。

　　1980年，我出差到福建，从石狮买了几条尼龙纱巾，质地柔软，色泽亮丽，卖主得意地说是香港的。石狮满街的店铺和摊床上摆挂的几乎全是香港服装，款式新颖，色彩丰富。这些服装令人大开眼界，但就我当时的工资收入来说，还不敢轻易问津。后来，还是妻托朋友从香港为女儿买来牛仔裤和魔方。

　　此后，在北京的商店里标有"Made in Hongkong"的商品越来越多，从塑料制品到大小家电，精美实用。而在专卖舶来品的外汇商店里，香港商品更是充斥柜台。香港紧跟世界潮流，远远走在大陆前边。对于香港发达的制造业和繁荣的外贸出口，我开始有了具体的感性认识。于是，香港这个小圆圈圈，此时已经从地图上走了下来，进入我的生活。

　　不仅如此，往日那只在国庆活动中才一睹的"港澳同胞"，这时也走近普通百姓。也就是我和傅活作为《人民文学》的编辑、记者出差福建那次，有幸结识了香港朋友潘耀明、王尚政、何达、黄河浪，这四位作家应福建作家协会的邀请，回故乡参加代表大会活动。他们衣着比我们讲究，身体也比我们壮些，这大概反映出他们的生活条件好于我们。

福建作协安排我们同他们一起参观游览。因为是初识，加之改革开放时间还不很长，昔日那"内外有别"的心理障碍也在某种程度上影响着深谈。尽管如此，我们还是相互有了初步的了解。特别是潘耀明说，他自己每天都要给报纸写 500 字的专栏文章，哪怕出门在外也不间断，这给我留下很深印象。他是我的编辑同行，在做好本职工作之余，仍能每天笔耕不辍，这种持恒的毅力和勤奋的精神着实令人钦佩。我从中还感到，这是香港快节奏生活的一种折射。

后来，潘耀明将这次活动中所拍的照片分别寄给我们。我那 6 张彩色照片，至今仍在我的彩色影集中占据着开篇之页——这是我个人最早的彩照。国内的彩照业是在 5 年之后才大规模上市的，在这方面，香港比我们先进一大步。

潘耀明此次故乡行写了一些文章，其中，由泉州洛阳桥引发的一篇散文《桥》寄给了我，文中流露他盼望香港与内地增进了解，沟通感情的真挚情怀。这篇文章后来发在《人民文学》上。此后，我们的联系一直保持下去。

每逢新年，几乎都有贺卡互赠。有一年，忽然接到他太太的来信，令我意外。原来是潘耀明到美国去上学深造，这期间有事可同她联系。两三年后，再接到潘耀明来信，他已升为三联书店的副总编辑。到 90 年代初，他又到一家杂志社任总编辑、总经理。在这十来年中，他任职单位换了几家，职务一升再升，这是与他不断学习、吸纳、奋发、刻苦分不开的。这也从一个方面看出，香港工作岗位调换的灵活性。

从潘耀明这位香港朋友身上，我得到了一些启示。

我忽然想到，圆是由围绕圆心而动的无数点组成的。地图上香港那个小圆圈圈不也是由围绕香港生活节奏而运动的无数小点组成的吗？而我的香港朋友不正是这千千万万小点中的一个吗？这时，我头脑中的那个小圆圈圈立时充满了生机，鲜活起来。

（文章原载《人民日报》（海外版）1997 年 6 月 30 日）

塞上奇观

看过一眼，立时留下强烈印象，至今想来，依然历历在目。以往，到一名胜之地，或为美景所吸引，或为奇境所陶醉，然而，这一次，我被震慑了。

来到宣化市内，眼前一座古建，高大的方形砖石台基像座古堡，四面有门洞开。清远楼竖在其上，楼体为三层绿瓦飞檐环抱，活像造型别致的宝塔。

热情的主人带领我们进入楼上参观，一口百斤大铜钟靠四根通天柱吊挂楼中央。据说，敲响这口大钟，其洪亮悠扬的钟声可传 40 里外，是故，清远楼又因这"宣府镇城钟"而得名"钟楼"。

我们从北京来，心中自有钟鼓楼，正阳楼、前门箭楼和故宫等一系列雄伟的古建印象，因而，宣化清远楼就不易在感情上引起更大的震动了。但是，我们这种潜在想法很快就发生了变化。

我们来到清远楼下古堡的门洞前，起初，觉得这门洞也很平常，如同北京天安门城门洞一样司空见惯。然而，就在我迈下两级台阶，步入洞口的一霎，洞内的景观令我惊异。

坎坷不平的青石路面上，两条平行的车辙，像地下铁道伸向前方，那横列铺屏的条石，则像承受铁轨的枕木。这车辙有一个人的脚面宽，深浅不均，最深处可没过人的脚脖子。

顺着车辙向洞里走去，但见条石都呈弧面，边角圆滑，有的上凸，有的下凹，有的相邻几块凹成一个大弧坑，紧接着又是一道岗峰……各种凸起凹陷散乱无序，摆在由石缝勾画的一个个长方格子里，宛如一幅浮雕。

来到洞中央，拦腰插过一条横洞，贯通另外两门，在这"古堡"内构成十字拱形券洞。横洞的条石路面上，同样也有两道深深的车辙。一竖一横，两道车辙垂直相交而过，组成一个"井"字。

谁能想到，在这古老的清远楼城下，竟藏着如此奇观。站在"井"字当中，仰望四个洞门外，通向宣化四门的柏油马路，恰似这井心放出的射线，洞外阳光明媚，路面平坦，行人如蚁，车辆如梭；洞内光线阴暗，起伏不平，少许游人，一派宁静。洞内洞外，两个天地，反差如此之强烈，怎能不在视觉和心理上造成猛烈的撞击呢！

洞壁和拱顶依然完好，两道车辙和残缺路面则报告着历史的久远。

清远楼始建于明朝成化十八年（公元1482年）距今已500多年了。如果把清远楼比为一位老人的话，那么，这门洞就是它的眼睛，而透过这"眼睛"所看到的井字车辙，则是这位老人心灵的轨迹吧？

这门洞内的条石路刚刚竣工之时，我想定然是当时的一级路面，而变成如今这般模样，其间经历了多少条轮痕蹄迹，多少双步履足印，日积月累，重重复重重，锲而不绝。

站在这车辙前遐想，好像面对一班历史列车，正以超特高速从中世纪开来，直冲本世纪，那500年风烟血雨及沧桑人世转瞬即从眼前逝去。

修建清远楼之时，明王朝已从兴盛巅峰跌落下来，北部的鞑、瓦剌等游牧部族经常侵扰边境。《明史》记载："正统后，边备废弛，声灵不振。诸部长多以雄杰之姿，恃其暴强，迭出与中夏抗。边境之祸，遂与明终始云。"

宣化地处京师北门，外患首当其冲。来犯之敌，连营数十，三五万骑攻关破隘，屠城洗劫，挟着哭声和马嘶声，杀掠人畜而走，留下血腥的刀光剑影，而守护边兵，虽战马辎重不少，却每每御敌不利，反扰民不止。昏聩的皇帝如武宗还一再人马浩荡来宣化游猎享乐，宦官奸臣只会营建宫室，并不断抢掠民女进献。车辙记录着他们的荒淫无耻，也证明着他们的必然灭亡。

果然，明朝王座在此伏彼起的农民起义的炮火中倒塌了。李闯王率领的农民军就是从大同来宣化，经由这里而攻进北京的，沿途受到百姓热烈欢迎。

本世纪，这里既留有日本侵略者铁蹄践踏的痕迹，也留有民族独立和人民解放的胜利凯歌。

在烽火战云过后，总伴以休养生息的和平发展。你看，这井字车辙不又是市井的象征吗？传说古制八家一井，于是"井"字含有人口聚居地之意，人们称街市、市场为市井。

宣化素有"旱码头"之称，18世纪已成为集贸中心。这条车辙又好比河流航道，关内和塞外的物资从四面八方汇集到宣化来：塞外赶来牛马羊群，驮着羊毛兽皮，带来金银货币，关内滚滚而来的车辆，拉来江南的绸缎布匹，北方的粮食和锅勺铁器。市场上，商旅云集，人声喧沸，洋溢着友好交往的欢快气氛。正是这种互通互补，促进了繁荣和进步，推动着科学的发展和时代的前进，那吱吱转动的木轮车已被胶轮马车和汽车所代替，条石路面为柏油路所代替，那深刻在条石上的车辙——限制车辆只能在辙内行驶的轨道，也随之一段段消失了。

只有清远楼门洞内这段东西28米，南北26米的条石路面，连同上面的井字车辙被环绕清远楼的柏油路隔绝于世，从而完好保留下来。它向人们昭示，历史列车从这里东来西往，南下北上，载走的是征战——和平及贸易往来的交叉岁月，留下一个深刻的双写的十字。

（文章原载《团结报》1991 年 4 月 6 日）

京西有个爨底下

春游踏青，北京近处那些名胜古迹大多已去过，摄影家窦君提出个新景点：西山深处爨底下村，陌生的名字本身就有吸引力。

109国道引导我们乘坐的旅游车向西奔驶，西山从平日天幕上的剪影走下来，变成迎面而来的实体。我们沿着永定河和它的支流清水河畔，穿行在连绵的群山和绿色的包围之中。时而，车从山脚驶去，时而，又从崖旁擦过。大山忽而拥近车窗，仿佛你一伸手就可触到陡壁上的树枝和花叶；忽而又敞开宽阔的谷地，让你放眼四周峰峦。我们的神经，面对每天上班时车拥人挤的街景已被搞得坚韧而疲惫，在此情此景中却得到特有的松弛。

我们从一大片楼群外边驶过。这里是京西重镇斋堂，可以看出镇中近年所建的幢幢新楼。斋堂镇所属的爨底下村，则远离109国道，经过半个小时的土路颠簸，汽车终于停在一座小山村边。路边竖着一块大牌子，白底红字，十分醒目：古迹山庄爨底下。

山村在峡谷的山坡上，坐北朝南，依山而建，层层升高，错落有致，构成一座完整和谐的村落建筑群。一面长长的弧形大石台，由大小不等长短不齐的乱石堆砌而成，足有十来层楼高，格外壮观，好似半山上升起的一道长城，把个小山村隔成上下两半。抬眼望大石台上的层层房屋，气势雄伟，令人一下联想到世界驰名的布达拉宫。

踏着条石台阶攀登而上，一条石板铺就的小巷，被两侧紧挨相邻的院墙挟持着向前伸延。形状各异的门洞，大小不等的窗户，使厚实的砖墙有了空灵的变化。向前伸出的房檐屋瓦，向后缩进的台阶和大门，以及人字形山墙脊、圆拱门洞上的女儿墙垛，都表现了建筑的风格和主人的品位。

铺就路面的青石紫石，呈现不规则的长方形、梯形、三角形和多边形。当年，这些采来的天然石头，平面朝上镶嵌在一起，无意中谱成天趣图案。石板面已被磨得平滑而失去尖利棱角，从石缝中钻出的野菊花和无名小草报告着又是一春，还有从脱落的墙灰中露出的片石墙基，这些都增加了几分古朴幽雅。

小巷逶迤蛇行，前行中视线几次被遮断，每当出现疑无路时，更能拨动游人探寻柳暗花明的好奇心。

导游是身着八路军灰军装的山村少女，她们经过培训，能流畅地背述有关山村的历史典故、建筑特点等等。她带领我们参观了小巷边的几个院子。典型的四合院，大门都在院子的东南角，正房的东山墙均有泰山柱支撑，取东边为长为大之意。几个大门口的拴马桩上蹲着石雕兽，门洞过道的粉墙上依稀可见壁画。那门楼屋檐下透雕荷花牡丹，门墙两侧青石浮雕的喜鹊登枝，充溢着吉祥如意、和美富贵、合家欢乐的情调，也反映出其立意、构图及雕工之讲究。

放眼下半村，也大多是青砖灰瓦四合院，多完好整齐，精制考究，看不到马虎草率的简陋痕迹。当年生活在小山村里的村民该是多么富有宁和啊。

如今，全村仍保存着 70 多套院落，300 多间房屋。好一座古迹山庄！

在深山峡谷中，何以保有这样一块"世外桃源"？

探寻山村的来历，首先就想到村名"爨"字，这个笔画多、难写难认的生僻字，当地有个顺口溜：兴字头，林字腰，大字底下架火烧。此字有两种意思：灶和炊，二者都和火有关。而"爨下"则有烧剩的良木及幸免于难的双重含义。古时，这个词还与一个美丽的"焦尾琴"的故事相关。《后汉书·蔡邕传》载："吴人有烧桐以爨者，邕闻火烈之声，知其良木，因请而裁为琴，果有美音，而其尾犹焦，故时人名曰焦尾琴焉。"

这个山村的上头有个爨宝玉沟，相传是太上老君炼丹聚宝的地方。本村因在其下，故称为爨底下。1958 年后，为了书写方便，改成音近而笔画少的"川"。现在通用川底下这个村名。

相传，村人原来都姓韩，是明朝永乐年间由山西移民而来。后遭一场山洪，全村房毁人亡，只有远亲姑侄二人外出而幸免。两人有意结婚以重建家园，但又犹豫于同宗关系，便定下由天裁决的办法。二人各背一块石磨，爬到山上后共同推下。再到沟底去检视，果然合二而一，说明合天意。婚后生三子，渐渐发展为"三大家"，到现在已是第 20 代。

啊，这座小山庄浓缩着三百多年的历史，凝聚着昔日的辉煌。

村中现保存有两篇清朝直隶教育司颁发的文职中举的捷报，提示这里有重教育的传统，使我们得以探寻山村发展的文化因素。

清朝康熙皇帝很注重佛教。本村进京科考的韩宗德因貌酷似皇上，被选中到京郊龙凤寺"替"康熙出家当和尚（叫"替僧"），求得佛祖保佑皇朝平安。这样一个偶然机会，使韩家被列为皇亲，得到大量财帛，暴发为京西第一财主。韩家从此更重读书应试。

到光绪年间，韩四爷不甘守着现成的家产，便自己赶着牲口外出做生意，以图再发展。他沿着明清古道前往河城怀来一带，途经一处遗址时，又意外发现一缸金元宝，发了大财。从此外出经商成为韩家发展的另一条路。

由于山村地处北京通往关外的古交通要道上，区位优势给发展商业提供了有利条件。为适应来往商人日增的需要，山村里逐渐有了三四家骡马车店，还出现了七八家"板搭门"的买卖铺子。

做生意使山村更增财富，有条件在盖房时选用上好木材和砖瓦石料，而韩家那些进京科考和中举的读书人，则把京城四合院建筑风格带回这个偏僻的山村。于是，留给我们这一组建筑群，虽经二三百年风雨雷电的蚀洗，却依然保有原貌和风格而无大的损坏，不能不令人赞叹建筑质量的精良。

在一家大门的过道中，还存有中日甲午战争中立功升位的捷报，这又使人了解到山村的另一个侧面——这里还有习武的传统，并在抗日战争中发扬光大。

"七七事变"后，日本鬼子侵占了华北大片土地，斋堂成为中国共产党领导下的平西抗日根据地。在党救会召开的一次大会后，只有98户人家的这个小山村就有70多人报名参加抗日队伍，而"抗日小学"七童子徒步奔延安更传为美谈。这七名少年从端午节动身，途经重重艰难，穿过多道敌人封锁线，终于在中秋节全部平安到达延安。

藏在深山峡谷中的这个小山村，也未逃过日本侵略者的袭扰破坏。一次，千多鬼子兵闯进村来，放火烧房抢东西。幸好村中七名八路军伤员和五名抗日队员的英勇抗击，他们隐蔽在对面山梁上，利用有利地形，声东击西，依靠手中仅有的"水连珠""老套筒"和猎枪等老式武器，就把鬼子打跑了。山村得救了。大部分房屋才幸免于难。"爨下"果然名副其实啊！

山村外出参加革命的人，有些英勇牺牲在战场上，有些立有卓越战功的幸存者，成为新中国外交、军事、经济等方面的领导干部。

新中国成立后，新修的丰河铁路和109国道使昔日的明清古道失去了作用，远离了新建的交通要道的爨底下村，又相对沉寂下来。

当导游告诉我们，作为山庄古迹的碾盘至今仍为村民所使用时，我猛然感到一阵悲凉：这不是仍然停滞在昔日的简陋工具和手工作业之水平上吗？

当然，时代终究前进了，改革开放的春风也吹进了这个小山庄。你看村中的水泥电杆、电话线，半山上的鱼骨天线都在告诉人们：封闭的小山庄已和山外的火热生活连接起来。

近两年，山庄的古建风貌率先为影视界、美术摄影界所发现，电视连续剧《苦菜花》还来此拍外景。小山庄也因此发现了自己的新价值，把历史遗产作为旅游资源为山村的脱贫致富服务。

"小八路"导游指点四周山形，口齿清晰地讲述着诸如金蟾望月、威虎镇山、神龟啸天、蝙蝠献福、笔峰笔架山等传说故事。然而，离开了导游的诠释，这些山形不会引起游人很大兴致。真正有魅力的还是明清的建筑群，游人身临其境而留下鲜明印象。

即便如此，一般游人在此看几眼也就满足了，他们不会有建筑学家历史学家或社会学家那样浓烈的专业兴味。如何能使游人得到更多的收获，从而实现当地提出的"开放旅游，富一方百姓"的初衷，恐怕还要充实和完善些什么。

当年，京西古道上络绎往来的客商的经营活动，不啻给爨下燃起一把经济大火，促进了山庄的发展繁荣。如今，恐怕还得用经济发展的火给爨下加热，补助景点单薄的状况，改善交通条件，增加其他旅游产品，开发自己的土特产品（如在现有养蜂、养羊业上动动脑筋），使旅游内容更丰富多彩。吸引更多客人来此一游，并能带走一两种土特产，使来者看不够、玩不尽、买不完、吃不厌，从而流连忘返，推动旅游业上新台阶，使古迹山庄再度辉煌。

（文章原载《西北军事文学》1997 年 6 月）

四月江北行

今年春的脚步蹒跚，进入四月，虽已绿满枝头，春色撩人，但天气乍暖还寒。

越往南，春越浓，正可谓鹅黄红紫，杂英遍芳甸。

台儿庄之夜

当晚到达台儿庄古城，大出意外，眼前竟是一座不夜城。这古城，被乾隆皇帝称为"天下第一庄"。1938年春的抗日大战，将古城化为废墟。70年后，这座江北水乡得以重建。

这天是周末，满城灯火通明。主干道大面门街上游人络绎不绝。我们入住徽派风格的"久和客栈"，高悬的狼牙齿镶边的幌子，上面四个红圈的堂号醒目，每个卧房里都有电视和现代卫生间。像这样又古又今的住处景区内有十几二十家。河流水网布满城区街巷，众多古建商铺，尽显古风古貌，名字也很雅致：扶风堂、三恪堂、绿竹翁、翠屏学馆、日升昌记、兰亭书寓、爱莲店等，既有酒店餐饮，又有售卖辣豆腐、脆皮鸡、驴肉狗肉、手抓饼等特色食品，也有衣店、茶行、竹业，更有鲁绣、柳编、风筝、砂陶，面塑、剪纸、年画等特色工艺品。还有不少展馆，涉及古城重建、运河税史、私塾文化、运河漕运、票号文化，等等。"水陆通衢"等几座牌坊，尽现当年风姿。街旁增添了雕塑——卖唱的胡琴师、给孩童理发的剃头匠、牵着顽猴的杂耍人等，吸引游人驻足观看。天后宫前是一处露天演艺场，"乾隆巡游台儿庄"是它的品牌，紧随其后的南狮表演更抢眼，扮演南狮的俩男孩在双排齐人头高的金属桩上起落蹦跳，惊险得让人捏汗。沟通广源河和古运河的两条小支流间，夹出一块船形街，上面有龙形石舫"大河行舟"，船首朝南，龙口大开，喷涌不歇，舫的二层是观看柳琴戏的演出厅。两旁临河的楼房，好似两条弧形长廊，是售卖各种工艺品的小店。

黄色照明灯光射向建筑的屋檐屋脊，加上勾画轮廓的装饰灯，配以高悬的串串红色宫灯，还有河水倒映出两岸屋内露出的灯光，夜景极其诱人。古城是休闲度假村，更像为拍摄而建的一座影视城，再现了当年"商贾迤逦，入夜，一河渔火，歌声十里，夜不罢市"的热闹景象。

扬州瘦西湖

瘦西湖是园林城市扬州的大名片：

瘦西湖逶迤飘逸，串起众多美景佳园。走进"园中园"徐园，花木竹石似江南园林的缩影。白塔和五亭桥，让我想到熟悉的北京身影，只是这里的白塔更修长，五亭桥也比五龙亭紧凑玲珑，它成为瘦西湖的"园徽"。可以毫不夸张地讲，一步一佳景，步移景易，人境皆可成佳作。钓鱼台更是佳景上的明珠，三面临水，都有月亮门，成为"框景"之经典，在某一点上可同时拍到透过两个门洞的白塔和五亭桥。

瘦西湖处处展示一种吸纳各地园林之美，首先这"瘦"字就蕴含着比西湖苗条的谦虚美，还如园中园的"小金山"似仰慕镇江金山之高大。扬州以包容的胸怀，吸纳天下之美，创新出具有本地特色的微缩精品。

湖畔景美，空气清新，天空湛蓝，湖水清澈，这也是一入扬州就有的感觉。游人蜂拥而至，摩肩接踵，流连忘返，这却给摄影诸多不便，何不另辟蹊径。我信步来到长长的碑廊，果然清静。碑文选唐宋以来的诗词佳作。碑前的玻璃罩上映出湖畔的春柳烟波，不时还有"乾隆水上游"的彩色画舫驶过，碑景相映成趣，我适时按动快门。

老城一条街的水泥座碑上刻着三行字："中国历史文化名街——扬州关东街——中华人民共和国文化部——国家文物局推荐"。路两旁一家挨一家的店铺，多有二层顶楼，并挂有红宫灯，匾牌上不少标榜老字号扬州特产："关东三把刀"、"扬州三把刀"、百年"扭扭糕"、"赖氏四喜汤圆"，特色食品"东关臭豆腐""芡实酥""手工牛皮糖"等等，还有"卖字会友"的扇面画字、纳财辟邪的"藏獬阁"、"东方魔术玩具"等。我们观赏并拍下了"扭扭糕"等小吃的制作过程。舌尖的体验传承着古老文明。

千岛菜花黄

我们是在夜色中到达兴化市缸顾乡东旺村的。第二天朦胧中启程，追拍日出。小船载着我们穿行于河网，来到观景阁亭，爬上顶层三楼平台，视野大开。横竖交错的河水，如发亮的大网，兜起一垛垛发暗的田块，又像庞大的船队在水中行进。天光大明，眼前展开一幅美漉的童话世界：水面袅袅升晓雾，霞光弥散倚烟波，云蒸霞蔚，如梦似幻，令人叹为观止。

朝阳升起，像魔法师变幻着手中的魔棒，初用橘红色涂抹，接着又将黄色大把大把泼洒下来，世界霎时金灿灿一片，黄艳艳的菜花汹涌怒放，一眼望不到边。装点在水中的小船，农家摇橹运货忙，游船载客往来悠闲，双桨雁翎展翅，船娘一式的红头巾，成为花海中一大亮点。

水乡的人们从水中取土堆田，整齐如垛，在这独特的垛田上种植菜花，由来已久。素有"河有万湾多碧水，田无一垛不黄花"之说。

太极水城广府

第一次听到永年县广府水城这个地名。

第二天一大早，从南门马道（当年为战马上城墙而修的无台阶缓坡）爬上12米高的城墙，晨曦中的南门城楼雄伟气派。东方尽头有角楼，全镇城墙方方正正，周长"九里十三步"，四个城门，四个角楼，城墙上面宽8米，当年专跑战马，现今铺着青砖，能骑自行车（南门下就专有出租自行车），城墙外有护城河和开阔的洼淀包围着，小镇便成了永年洼的中心。想不到这小镇有2000多年的历史，隋末农民起义军窦建德曾在此创建大夏国；明嘉靖年间将原来的土城砌为砖城，今天有几处裸露的土城痕迹，供游人们凭吊发忧古之情。城东北的弘济桥，是赵州桥的姊妹篇，像长虹飞架滏阳河上，桥面石板上还留有远古生物化石，弥足珍贵。

筑有瓮城的东西两城门，是镇上主要街道的出口，东城大门上的厚铁皮已锈蚀得斑驳破损，墙上专门钉了标牌："明代城门距今约500年。"东门外一片洼地公园，岸上一座五层大楼，南北长列，很显不凡，楼顶一行醒目大字：国际太极文化交流中心。

原来，广府除了古城、水城外，还有"太极城"这第三张名片。杨式、武式两大太极的创始地，被国家体委命名为"太极拳之乡"，已连续举办了 8 届国际太极拳交流活动。

（文章原载《中国旅游报：文化·江山》2013 年 8 月 19 日）

虎跳峡，我心中的大峡谷

啊，终于看见了你，虎跳峡！

你离我曾是那么遥远，却也那么亲近。

北京到昆明，3000 公里，隔着黄河、秦岭、长江，但在波音 747 的机翼下却算不了什么，3 个小时便画了一条东北至西南走向的对角线。而从昆明到虎跳峡，这段 600 多公里的路程，越野小汽车则跑了三天。

当我们在兴文看见金沙江后，汽车便一直沿着大江的左岸向北急驶。江面开阔，江水平稳地流淌着。两岸高山连绵起伏，向前延伸。山在水之畔，水在山之谷，两两相依相随，恰是游人天然的向导，无言无语地陪伴我们去寻访虎跳峡。尽管我们极力从大山和大河的变化中寻找着启示，可是依然看不到虎跳峡的踪影。

行进中，河谷忽然变得开阔，敞开一个喇叭口，只见一条小河流入大江，在其交汇的三角区内，袒露出大片沙洲。上面有三辆拖拉机正忙着装运沙土，一辆拖拉机吐着白烟，向岸上爬来。公路边停着一辆面包车，几个游人正举着相机对着前方拍照——大江向远方的深山里流去，那里两山几乎聚拢在一起，莫不就是虎跳峡之所在？果然，我们很快就进入了虎跳峡镇。路边的水泥游览图牌，标示虎跳峡已近在眼前。

我们的汽车在悬崖边开出的公路上前进，车轮轧过石块和沙土垫成的路面，迸起的石块飞落到陡峭的崖下，久久没有回响。忽见车前有人高举双臂，连连摇动："前边塌方啦！"果然，前方不远处，山崖滑落的大堆沙土碎石堵塞了道路。我们只好下车。江心有块巨石——上虎跳峡到了。想来，那也是一次山体大滑坡的杰作。想到这里是地震频发区，不禁令人生畏。说也怪，越是萌生危险恐惧感，越有一种要进一步探求的欲望。我们在有限的空间游览。抬头仰得脖子发酸，却看不清顶峰，只见白云在亲吻大山。放眼前方，视线被绝壁遮断，望不断层峦叠嶂的尽头。俯探崖下，头晕目眩，心惊腿软，感到随时都会像小石块那样坠入深渊。甚至当我倚靠在崖边竖立的大块巨石拍照时，心中仍不免微微打鼓：身边这块巨石会不会突然晃动而坠落江心？我们身边是峭壁耸天的哈巴雪山，地图上标记海拔 5396 米。南岸的玉龙雪山更高，海拔 5596 米，崖更陡，车不能过，只有崎岖的羊肠小道。这里地处横断山山脉的断层地带，南北两山巍巍对视，沉沉重重，相互逼近。置身于两座大山夹峙之间，备感绝壁森森，阴风飒飒，仿佛两列长长的对开列车掠过身边，前不见尽头，后不见末尾。

暮色中游人寥寥，峡谷里万籁有声。是谁，从崖底传来阵阵激吼，打破这里神秘的寂静？啊，这是长江的头颈——金沙江在同大山拼搏时发出的浪击涛吼。对于金沙江这个名字，很多人都从毛泽东那著名的诗句"金沙水拍云崖暖"中知道她。的确，金沙江在云南境内流经了不少惊险的悬崖陡壁，而虎跳峡则更是惊中之惊，险中之险了。进入峡谷前，金沙江挟带着千年冰雪的积淀在舒畅平稳地流淌着，猛然在这里被大山挡住去路。江水激怒了——收紧腰身，积蓄力量，挟着怒吼，翻滚白浪，削山切谷，凌厉闯关，从暗礁险滩群中奔腾而下，犹如桀骜不驯的猛虎飞跳下山，声震天地，势不可当。峡谷最窄处仅有 30 米。在 17 公里的峡谷里，激流跌落 200多米，有 18 处险滩，从滩边到两岸雪峰高差都在 3500 米以上，比世界著名的科罗拉多大峡谷还要长要深。虎跳峡,人称"魔鬼大峡",名不虚传矣!

民间流传,一只猛虎跳过江心巨石后纵身跃上对岸,虎跳峡由此得名。这个传说寄托着人们心中的美好愿望,呼唤着勇士前来征服这条魔鬼大峡。古往今来,多少旅行家、探险家在这里留下他们的足迹也许并不是巧合,1986年正值我国农历虎年。这年夏天,我国一批青年漂流探险队员勇敢地向虎跳峡发起挑战。他们怀着振兴中华的民族热情,以大无畏的英雄气概,战胜艰难险阻,几位队员甚至献出了青春,终于写下了人类首漂虎跳峡的纪录。在他们身上显示出虎的智勇和雄风。虎跳峡,你那桀骜不驯的蹦跳中蕴藏着无尽的能量。为了打开和利用你这一能源宝库,半个世纪以来,有关部门进行过多学科考察和许多基础工作。全国政协副主席张冲曾9次深入这里,同专家和技术人员一道实地考察,探讨在这里建立水电站的问题。1980年11月张冲逝世后,遵照他的遗嘱,将他的骨灰撒在虎跳峡里。

虎跳峡,你为大西南的经济腾飞大显身手、为中华民族在下个世纪再创辉煌做贡献的时日不会太远了。

虎跳峡,真希望再来看你。

（文章原载《中国旅游》1997年第5期）

做客草原

我好像站在硕大无朋的绿绸缎上，它泛着灰白的光泽，向四面八方自由地伸展：从左边沟里爬过后又向下漫去，在右边，它从山坡上滑了过去；眼前，它平展地延伸出去，与远天汇成一线；回首望，那淡淡一道黛梁多像能织出这奇妙"细级"的纺机，横卧在蓝天下。啊，地阔天近，寂静安谧！这是我对乌兰察布草原的第一印象。

暑天接到朋友来信，说："草原今年丰收，快来吧。"于是我怀着多年的向往来了。

朋友说，草原并不仅一种类型。有的草原，棵高株密藏得下牛羊，而这里茎短草低，如果不是今年雨水丰沛，还像前两年连遭大旱，草稀得斑斑秃秃就不会有这满眼满地的绿了。

我们乘坐的吉普车，好像一把大剪刀在这绿绸缎上飞快地剪裁着，却总也剪不到边。

一路上，没见到一位骑马的牧民，却不断有摩托车往来穿过。那驾车的年轻人多身着西装，坐在后边的年轻妇女，衣服鲜艳，有的还怀抱婴儿。朋友说，这是新一代的牧民！

摩托车飞向地平线，消失到蓝天上，四周又一片宁静。只有我们的汽车追逐着头上移动的白云，好像双方在竞赛。忽然，前方绿绸缎上飘落下一片白云……近前一看，原来是大片大片的羊群——几百只绵羊、山羊聚在一块，或低头咬噬青草，或抬眼张望，或横卧休息，或慢慢走动……林林总总，神态安逸。

不久，在远远的山坡上出现一座小院，院中高竖的杆顶上，银灰的风车在飞转，那红色的尾翼随风摆动，格外引人注目。那是风力发电机。我暗想，能拥有发电机的人家一定是稀有的富裕户。可是，这种带风车的小宅院在后边的路上屡见不鲜。我不禁叹惊：牧区真富！陪同的一位旗委宣传部长说，到牧民家里去坐坐，你才能真正感受到这些年牧民生活富起来了。

汽车停在一座青砖红瓦的宅院前。两条大黑狗"汪汪汪"叫个不停。一个小姑娘制止了狗叫。这土坯墙院内至少有二三百平方米。男主人引我们穿过宽敞的外间，来到里间的长沙发上落座。玻璃窗使屋内格外明亮，两间屋各有三十多平方米。

沙发的对面是一通炕，上面满铺地毯，而姜黄的炕沿、果绿的墙围和红砖地面，都向客人提示：新居修盖时间不久。粉白的墙上贴着风景画：《八骏图》《桂林象鼻山》《黄山卧龙松》，显示了爱骏马的主人也有喜奇山幽水的心境。城市中常见的组合家具：大衣柜、高低柜和带玻璃拉门的书橱等分摆在两侧。

女主人迅速在我们面前的茶几上摆出牧区风味的茶点：奶皮、奶酪、炒米、黄油、白糖和盐，并给每人倒满一碗奶茶。我们边吃边同主人聊起来。男主人图布敦是蒙古族养羊专业户，他有小学文化，靠自学，汉语也讲得相当流利。他早年丧父，母亲是优秀牧民，自治区劳模，三八红旗手，"文革"中惨遭迫害而病故。他一直以放牧为业，直到1983年实行畜牧草场承包后，他的才干得以充分施展，他继承了母亲的经验，又运用了科学管理方法，使牛羊繁殖兴旺，日子也红火起来，才两年，便盖起了这所新房。

这时，旗电视台同志来他家拍摄，他们选了些纯粹靠劳动致富的普通牧民为对象。我们随同参观了羊棚畜圈，果然高大宽敞，干爽洁净。随后，又看了"草库仑"——一种人工管理的草场。为防止牲畜入内，围墙是以角钢为柱，上拉粗铁丝。在这四五百亩地的围墙内，专门打了一眼深井，安有小型喷灌机，人工浇灌，难怪这里的草格外粗壮高大。我问，为什么不见他家的牛羊来这里吃草？主人告知，这是专供冬季用的。夏季草场不围，也在附近，早晨将牛羊赶去，晚上收回棚圈。草场的固定，改变了靠天吃饭的游牧方式，人也定居下来，于是砖瓦宅院代替蒙古包而棋布草原。

为了电视台拍摄羊群场面，主人从院中推出一辆红色大摩托，"突突突突"一溜烟跑了。过不大会儿，约400只羊就由他雇用的"羊倌"从草场圈回来了。这里的牧民几乎家家都有摩托车，有的还不止一辆。这家主人已经骑了四年。他家的生活也像摩托车一样迅猛提高。电灯、双卡立体声收录机、电视机都已涌进他的家庭。一旦高压电接通，主人说还要买彩电、电冰箱和洗衣机。

蒙古族兄弟能歌善舞艺术天分高，从主人身上深深感受到了这点。书柜里摆满了音乐磁带，有：《乌拉特民歌》《轻快的青马》《森德尔姑娘》《察哈尔八旗》等。书柜中塞得满满的蒙汉文图书中，文学方面又占了大部分：《草原之夜》《一层楼》《蒙古古代文学百篇》《小说集》《小说散文集》《水浒》《三国演义》等等，看出主人的多种爱好。窗台上摆满花盆，连屋里地上也放着两个显眼的大花盆，仙人球、剑兰等花卉挺拔碧绿，使新居平添几分情趣。

纯朴好客的主人宰杀了一只肥羊，用民族风味的手扒羊肉招待客人。一杯一杯盛情的酒高高举起，一首一首豪放的蒙古族民歌从主人的喉咙里飞出，回荡在屋中。酒使主人那特有的紫红脸颊更红了，他兴奋地说：我今年48岁了，心中的小算盘是搞好经济，把四个娃娃带好带大。他的两双儿女都在旗镇学校念书，为此，他专门在那里租了一间房，由他爱人照料孩子生活。父亲对孩子是慷慨的。四个孩子都戴着电子表，家里还为他们买了羽毛球，还有城里也才出现几年的健身拉力球。假日，他带孩子们到呼和浩特、北京、五台山等地旅游，墙上镜框中和二屉桌的玻璃板下的照片，记录着这种活动的喜悦。照片中，有一男主人在蒙古包前的留影，而今，我在新居的房山边见到的蒙古包，已是盛杂物的仓库了。

告别了主人，汽车又飞驰在硕大的绿绸缎上，在那无边无际满眼满地的灰绿中，又出现了高高的风车。那醒目的红色尾翼，在不停地转动中调整着方向，好像风向计，又好像是在提醒着什么。我想，这风车的出现，不正标志着改革时代的劲风吹到了绿色的草原吗?!

风车在飞速旋转，旋转，我的眼前幻化出飞机的螺旋桨——那宅院又像是机身啊！这飞机已经发动，即将从绵长的绿色跑道冲上蓝天，飞向未来。我默念着祝它飞得更高更快！

（文章原载《天津日报》1989 年 5 月 25 日）

天路与圣泉

　　在青海，在柴达木大戈壁，我不止一次看到特别笔直、平坦而又深远的公路，从脚下一直延伸到天边。在矮小牧草匍匐的广阔地区，它像墨绿色地毯上的一条灰色绸带，铺展到天之尽头，在茫茫无际的荒漠里，它像黄褐色湖面上的一座黑色长桥，通到海天交汇之处。有人把这种路叫"天路"。

　　其实，真正称得上"天路"的，应该是穿越"世界屋脊"的青藏公路——尤其是其中的格尔木至拉萨1200多公里路段，穿越了重重艰难险阻：昆仑天险，漫漫无人区，奔腾的长江源头以及唐古拉山口，海拔都在4000—5000米，的确难于上青天。我们到达"天路"第一隘口昆仑山口。北看崇山峻岭争比高低，白雪茫茫连绵不断；南望山川丘陵逶迤起伏，皑皑雪峰层出无尽。果然山谷险要。路边纪念碑文告诉游人，此地海拔4767米。碑的上部正面为蟠龙卧顶，背面是二龙戏珠，麒麟和鲲鹏两座大型雕塑守卫在碑的左右，象征中华民族是龙的传人，发源于昆仑山的黄河、长江如巨龙护卫着九州大地。神话传说中，巍峨昆仑是天梯，通达有城阙、醴泉、瑶池、药草的仙境，层层登上可长生不老，会呼风唤雨，直到成仙。西王母等众神仙常乘龙驾鹤来此游玩。麒麟是这里的祥瑞之怪兽，神鸟鲲鹏则下能击水三千里，上能扶摇九万里。我们有幸到达这里，自然大喜过望，得意地捡石头，挖天草，神气活现地拍照留念……

我等乃凡夫俗子，自然不可久恋"仙境"，但未料到同伴的汽车出了故障，不得不在山上延误四个多小时。超时必受罚，这里空气稀薄，氧气含量只相当于平原的一半左右，我们都感到太阳穴压痛，胸部憋闷，坐卧不安，不时地大口大口喘气。想想在山上长年累月干活的筑路大军，得克服多大困难啊！我由衷地敬佩当年征服天险的英雄们。

50 年代，遵照毛泽东主席的指示，"筑路将军"慕生忠率领部下，一手拿枪一手拿镐，苦战七个多月，打通了这条"天路"，为百万农奴架起了连接外部世界的"金桥"。70 年代，经周恩来总理批准，又一支人民子弟兵队伍，奋战三个多月，架起了一条通往拉萨的输油管线，保证了国防和建设所急需之"血液"。90 年代的今天，身着橄榄绿的官兵承接了铺设"兰西拉"通信光缆工程，鏖战了两个多月，跨越"世界屋脊"，提前铺好信息高速公路，为走向 21 世纪的青藏高原打开了一条绿色通道。

在半个世纪的三次"天路"大行动中，人民解放军始终是攻坚力量，一次次创造奇迹。他们在"天路"上经受着魔鬼的考验，克服常人难以忍受的重重困难，好像修炼出道的大鹏，自由飞越"生命禁区"，将"天路"变成造逼人民的坦途。

将来，在"天路"上还会有新的行动，出现新的奇迹。

在前往昆仑山口的途中，我曾看到一眼美妙的清泉，心田立时滋润了。即使在平原地区，能见到天然泉眼也会喜悦得眼睛一亮。何况，在海拔 4000 多米的"天路"上，在半年刮大风的昆仑山中。我们到达时是 9 月初，依然是这里的黄金季节，更幸运的是，我们赶上了这个季节也少有的无风天气，湛蓝湛蓝的天空无一丝游云，远处的雪峰遥遥在望，头顶的太阳暖融融。在路边一排房子背后，低矮的石墙下便是清泉。这里的藏语地名叫纳赤台，清泉也因此得名，但人们习惯叫它昆仑泉。

那泉水被条石围在外圆内八卦形的井口里，汩汩而出，在水面掀起小小波涛，好似东海的一小片涌浪被舀到昆仑山谷，又好像餐盘里盛来一朵晶莹剔透的大银耳。我们则如同好奇的孩子，竞相掬一捧清泉品尝，好清凉甘洌哟！我们一路上喝过的矿泉水跟它相比，真有天壤之别。在如此高寒地区，绝少污染，是理想的纯天然矿泉水顶尖极品，再名之以"昆仑山泉"，也许能创出个国际名牌。

井口四周由天然条石铺得平平展展，石块垒起的临街矮墙上，那条条水泥勾缝，将石头的轮廓突显出来，画出独有的不规则图案，似儿童画中的网。墙角下冒出一簇簇绿草，与泉水相衬，更为这里增添了生气和活力。这里年平均气温在零摄氏度以下，有四季皆冬之说，但这眼泉水却常年不结冰，所以，它又有"不冻泉"之称。它昼夜喷涌，奔向昆仑河。于是，在它流经的荒漠高原上出现了草滩，给黄褐色的高原涂上几抹绿色，带来希望。而在昆仑山中，像这样的不冻泉还不止一眼，我们不妨把它称作"昆仑第一泉"。

有了泉水就有了希望。当年修筑青藏公路时，这里曾经是过往司机的歇脚地，他们差不多都要用这泉水冲个澡。驻守这里道班的一对夫妇承担起招待司机食宿的工作。他们的故事被写进小说《惠嫂》，后来又拍成电影《昆仑山上一棵草》。这昆仑泉也因此而名扬于世。

随着青藏高原的开发，昆仑泉必将迎来新的辉煌。

（文章原载《中国民航报》1998 年 9 月 6 日）

学生时期习作（三篇）

队的生活——爱护红领巾

沈阳天后宫完小五年二班

我们全校的队员第一次过大队日是到北陵去过的。北陵是清太宗的坟墓，有着许多高大的建筑物和参天的古木。帝王们生前有很好的享受，死了又埋葬在这样好的地方，这些奢侈和享受，当然都是从劳动人民身上压榨出来的。看了北陵以后，使我们对反动统治者更加愤恨。

一会儿，我们的队伍解散了，便进行小队活动。

小队活动各组都有不同的内容，有的采集标本，捕昆虫，有的玩集体游戏。不管小队进行什么活动，我们大家都做到了一点：爱护公共财物——没有一个人去破坏树木或攀折花草。

午睡的时间，我们都安静地休息着，虽然满地都是大蚂蚁，但没有一个队员不守秩序或乱说话的。休息的时间并不长，但我们都觉得恢复了我们的体能，精神更愉快了。

在回家的路上，忽然大雨下来了，我们大家并不惊慌，先把红领巾从头上取下来，叠好了藏在衣服内，这样就不会被雨水淋湿了。然后快步地走回学校去。

所有这些爱护公共财物，守秩序有纪律等，我们都叫作：爱护我们的红领巾。这个意思就是说，我们要做一个好队员。

（文章原载《天津新儿童》1950 年 36 期）

学校是我们的第二个家

我的学校是沈阳市北关区天后官完小，校舍是过去的知县府，普通的瓦房，很长的门洞，里边是传达室，再往里是搞板报的黑板。校内有些杨树和垂柳，操场中央是旗杆，顶上飘扬着五星红旗。除了十几个教室外，还有图书室、医务室、教员室、校长室、事务室。早晨，同学们从家里背着书包来到学校。同学中大半是工人子弟，也有职员、一般市民的子弟。我们班的级任是孙品洁老师，他很有教学能力和好的工作方法。同学们也都很努力学习，所以成为全校最好的模范班。

在课后，我们也开展各种体育活动和文娱活动，像打篮球、跳跳箱、单杠、排球、乒乓球、跳舞……我们就这样愉快地生活在学校里。

在老师的指导下，组成了学习小组。我们小组五个人，家都住在附近，放学后，以两小时为学习时间：复习当天的功课，做笔记。谁有问题可以提出，大家帮他解答。我们总是按时完成作业。所以，我们组同学的学习成绩都在 85 分以上。除了学习功课外，我们也学习一些课外的自然科学，做一些实验，我们曾做了幻灯、矿石收音机、电动机模型等，既加深了我们对自然科学的理解，也培养了爱科学的兴趣。我们都有自己的愿望，将来要做各种家，把祖国建设得更美丽！

除了学习小组外，我们还组成了收听小组，每天用半小时时间来收听沈阳人民广播电台《儿童时间》的节目。我们小组为纪念和学习鲁迅，起名为"鲁迅收听小组"。组内的同学都非常关心广播，订了收听小组计划，并且，每人都有收听笔记。收听后讨论，大家都踊跃发表感想和意见，如：收听《明明的旅行——介绍井冈山》后，孟祥耀同学说："听了井冈山介绍以后，使我知道了革命根据地井冈山的自然环境和人民队伍的发展情况。"王实同学说："人民军队之所以发展那样快，是因为他们有严明的纪律，这点值得我们学习，在学校里要守纪律。"王遇春同学说："他们还听从上级的领导，团结群众，我们也应学习这一点，在校要听从老师的领导，和同学打成一片，才能使我们学习得更好。"我们组的同学，除特殊情况外，从来没有缺席的。我们也常常给电台写信和写稿，和电台建立了联系。大家都深深体会到电化教育的帮助，说："电台是我们的第二个学校！"

我们也非常喜欢看书，尤其喜欢看儿童文艺作品，为了更好地看书，我们组织了"好孩子阅读组"，是发有证书的"《好孩子》之友"成员，每期《好孩子》杂志我们都读，读后也讨论。通过参加阅读组，提高了我们的文化水平，给了我们帮助，像读了《小柱的旅行记》，加深了认识祖国的伟大可爱，增强了同学的学习信心。看过各类文章后，增加了很多知识。所以，同学们也认为阅读组比单独看书好，是一种好的学习方法。

丰富多彩的学习生活，使我们无比的幸福和快乐！

（中央人民广播电台少年儿童节目征文《我的好朋友》，1953 年 8 月播出）

鹅——变成了哨兵

[苏联]尼娜·叶米利娅诺娃 作　高远 译

　　我们团司令员——近卫军中将养着一只大鹅。这只鹅是一个从刚解放的村子来的妇女带给炊事兵的。炊事兵打算宰了它。可是这只鹅一点儿不怕生，它在院子里摇晃着身子，走来走去，张开光滑洁白的翅膀，伸长了脖子，像伸懒腰似的。近卫军中将是一个身材高高、体格匀称的人，他走出门来，看见这种情况就说："叶菲梅奇，别杀这只鹅了，让它活下去吧。瞧，它简直是一个美人！"就这样，这只鹅被留下，生活在车队里了。

　　很快，鹅就同近卫军周围的人混熟了。它常跟炊事兵叶菲梅奇在一块。炊事兵经常喂它，一边抚摸着它结实的脊背，一边唠叨着："不许碰鹅！谁动就咬谁！"鹅就把自己的嘴插到叶菲梅奇的袖子里，轻轻地啄他的手。鹅也常跟汽车司机在一起。每当汽车司机到外地东跑西颠时，就把鹅放到工具箱里一起带走，一到目的地，就撒出工具箱说："到站了，快爬出来吧！"

　　在夜里，鹅也常常同哨兵一块儿值班。哨兵踱来踱去，鹅就栖在将军的汽车旁，或者隐藏到什么黑暗的地方；只要哨兵一停下，它就跑来，钻在哨兵腿下，把脑袋插到翅膀里睡觉。哨兵一走开，它惊醒了，身子晃一下，从翅膀里拔出脑袋，委屈地叫一声。夜里多了个"哨兵"，这使将军很高兴。有一天，哨兵对将军说："近卫军中将同志，这鹅是一只神鸟，感觉很敏锐，远处任何一点儿声响，它都能听到。只要见它一伸脖子，这就是说——两眼得留神！"

　　八月，我们军队在北顿琳兹河畔发动了大规模进攻。德国人拿几百架飞机对付我们分队。在这些天里，团司令部设在深谷中。通信兵把电话安到密林里，供司令部的军官们用。将军把地图摊开在帐篷里的一张桌子上，开始研究下一步的作战计划。帐篷外，有哨兵在日夜守卫。

鹅低垂着头，摇摇晃晃地在山谷里走来走去。一看到野鼠倏然窜进洞时，就嘎嘎大叫起来，啄着坡上的草。谷底又潮又黑暗，阳光只照射到斜坡的高处。鹅跑近小阶墩向上爬去，两个大翅膀扇忽扇忽地保持着身体的平衡，两个脚掌啪嗒啪嗒地响着。终于，它爬上去了。以后，每天一早鹅就爬到上边去晒太阳，一直到午饭的时候，才瘸着腿，笨拙地迈着两只红爪；从小阶墩上慢慢地走下来，走到斜坡下边。那里堆放着叶菲梅奇烤好的点心。

几天过去了。大家都在紧张地工作，叶菲梅奇听到高处有鹅的叫声，好像是拖长嗓子叫着："咯啊——啊！"叶菲梅奇向上看去，只见鹅站立着，伸长着脖子，头稍稍转向右上方。本来叶菲梅奇想去拿萝卜削皮，但他不放心，就又看了鹅一眼。这时，鹅细长的脖子高高竖起，走来走去，好像在倾听着什么。叶菲梅奇对那个常夸奖鹅敏锐的哨兵说："喂，齐波利柯夫！你的接班人大概担心着什么？"

齐波利柯夫是从海军陆战队来的战士，负过两次伤，右胸上挂着一枚"勇敢奖章"。他正站在将军的帐篷外，脖上挎着自动步枪。他已经看到了鹅，于是移了一下胸前的枪，对炊事兵说："瞧瞧，它这样做是有用意的！"炊事兵说："那一定是灌木丛里有什么人！"

哨兵仔细看了看，说道："不对，不是人。你还记得吗？它只有遇到可怕的点西才这样恐惧。"突然，哨兵对门里边喊："近卫军中将同志，请准许我报告——发现敌机！"将军从土窑里走出来，仔细听了听，问道："你打哪儿冒出来这么一句话？——什么声音也没有。"

"近卫军中将同志！我根据鹅判断出来的……"

将军笑起来了："嘿，我的'哨兵'真行。"说着，他向山谷的尽头望去，只见，大白鹅在仓皇地跑着，躲避着什么可怕的东西，它细长的脖子扭转着，头偏向后，急促地重复着："咯啊——啊！"

哨兵坚持自己的看法："快到战壕里去！"他仰起头注意地听着，然后说："来了……飞得很高、很快，是德国人的……要给我们厉害瞧了！"

将军对副官说："虽然……虽然还听不见，也看不见什么，但要发警报！"

立刻，全体战士和军官从各处跑向变黄的战壕里来，但是却慢慢地下去，因为天空还是那样宁静。将军同大家站在一起。

突然，第一批炸弹带着呼啸声落在山谷的边缘。在齐波利柯夫的头顶上空升起了烟柱。天空变暗了，像暴风雨来临时一样。只有一柱阳光投射到绿色的山坡上，映入哨兵的眼帘。大白鹅张开翅膀，从小阶墩上飞快滑下来。

当齐波利柯夫跳进战壕的时候，离他不远的地方，又是一声爆炸。他看见鹅拼命飞过战壕，钻到汽车底下去了。

飞机的轰隆声一停下来，大家就都走出战壕。只见山坡上好像被人犁过一样，炸弹爆炸造成了许多漏斗形的弹坑。将军的帐篷，叶菲梅奇的炊炉，还有汽车……一切都毁了。然而，战士们却安好，只有两人受了轻伤。将军走到齐波利柯夫身旁，对他说："好样的哨兵！你很尽职，感谢你！"

齐波利柯夫却说："近卫军中将同志，它才是好样的哨兵呢！我要说……"

"它是谁呀？"

"就是那只鹅！请允许我把汽车搬开，它就在底下藏着呢，也许已经死了。"

掀开汽车碎片，人们看见在仅存的完好的后轮旁栖着鹅。它虽然受了惊吓，却安然无恙。齐波利柯夫高兴了："瞧啊，这才是我们好样的哨兵！喂，快爬出来吧，该接班去了！"

将军微笑着说："齐波利柯夫同志，你没有懂我的意思，好样的哨兵是你，而不是鹅。你是机灵的哨兵，因为你不但善于注意、观察自己周围的情况，而且能从观察中作出正确判断。所以，我要感谢你，齐波利柯夫同志！"

齐波利柯夫举手敬礼，答道："为祖国服务！"

（文章原载上海《少年文艺》）

第三辑 | 瞬　间——摄影作品

垛田行舟－（浙江）

长安街上中国结－（北京）

火树银花 - (河北)

冬至之光 - (颐和园)

"空"留痕 -（山西悬空寺）

琉璃之光 -（印度）

夏宫花园 – （圣彼得堡）

鹰击尼加拉瓜 – （美国）

心之谷 - (美国圣多纳

水墨荷竹－（北京）

图书在版编目（CIP）数据

捡起时光的红叶 / 高远著 . -- 北京：作家出版社，
2023. 9

ISBN 978-7-5212-2451-1

Ⅰ . ①捡⋯ Ⅱ . ①高⋯ Ⅲ . ①中国文学—当代文学—
作品综合集 Ⅳ . ① I217.2

中国国家版本馆 CIP 数据核字（2023）第 156766 号

捡起时光的红叶

作　　者：高　远
责任编辑：佳　丽
封面设计：薛　怡
出版发行：作家出版社有限公司
社　　址：北京农展馆南里 10 号　　邮　编：100125
电话传真：86-10-65067186（发行中心及邮购部）
　　　　　86-10-65004079（总编室）
E-mail:zuojia @ zuojia.net.cn
http://www.zuojiachubanshe.com
印　　刷：唐山嘉德印刷有限公司
成品尺寸：152×230
字　　数：235 千
印　　张：20.75
版　　次：2023 年 9 月第 1 版
印　　次：2023 年 9 月第 1 次印刷
ISBN 978-7-5212-2451-1
定　　价：58.00 元